剣ケ崎・白い罌粟

MasaAki TAchihara

立原正秋

P+D BOOKS
小学館

目次

薪能《たきぎのう》

一

壬生家《みぶけ》には二人の息子がいたが、長男は第二次大戦で戦死し、まだ若い寡婦《かふ》と一人の娘がのこされた。美しい寡婦はやがてその器量をのぞまれて他家に再婚して去り、残された娘の昌子《まさこ》は父方の祖父の手で育てられた。

分家した次男は兄の戦死にともない壬生家を継ぎ、大戦には生きのこったが、昭和二十一年の春のある夜、鎌倉駅前のマーケット街で、つまらぬことでアメリカ兵と喧嘩《けんか》をしてピストルで射殺され、三十四年の生涯を閉じた。やはりまだ若く美しい寡婦と一人息子がのこされたが、寡婦はあくる年の春、実家の人達のすすめる人のもとに息子をつれて再婚して去った。

しかし息子の俊太郎は新しい父親になじまず、その年の夏のはじめのある日、学校にでかけたまま帰らなかった。下校帰りに鎌倉の祖父のもとに行き、そのままそこに居ついてしまったのである。

祖父の壬生時信は、これはつまりは自然のなり行きだ、と喜び、孫をひきとって育てることにした。俊太郎を壬生家の跡継ぎにと考えたのである。俊太郎の母が東京世田谷《せたがや》と鎌倉を数度往復して、このことはあっさりきまってしまった。俊太郎九歳、昌子十三歳のとしで、やがて二人は、昌子が二十五歳の秋に和泉《いずみ》公三のもとに嫁すまでの十二年間、寝食をともにした。

壬生家は、日本橋で三代続いた毛織物の輸入商であった。毛織物の輸入ができなくなったのが昭和十六年頃で、そのまま終戦を迎えたが、輸入商として再起できる見込は当分なかった。以前のように自由貿易ができるようになるまでには十年はかかるだろう、と考えていた矢先に、残された次男をうしなった壬生時信は、間もなく日本橋の店を売りはらい、以来、鎌倉の家をでなくなった。

没落しかけた壬生家にとって俊太郎は唯一の望みだったが、壬生時信は孫の俊太郎が二十一歳の冬、つまり昌子が和泉公三の妻となってから二カ月後に、数々のおもいを残して世を辞した。昭和三十四年のことである。稲村《いなむら》ヶ崎《さき》にあった広大な邸と土地はすでに他人の手に渡っており、邸の北側のわずか百坪ばかりの土地と、そこに建っている三十坪の能楽堂が、俊太郎にのこされた。

それから四年の月日がながれた。

二

恒例の鎌倉薪能《たきぎのう》が今年は九月二十二日に催される、と昌子が知ったのは、八月も末であった。その日の午後、昌子は買物にでた帰りに、若宮大路《わかみやおおじ》にある鎌倉彫の源氏堂によった。季節はずれの涼しい日で、街にはどこかもう夏の名残《なご》りが感じられる一刻であった。

昌子は源氏堂の店のあがり框《がまち》に腰かけ、お内儀《かみ》がいれてくれた上等の煎茶《せんちゃ》をのんでいたとき、店の壁にはってある薪能のポスターに気づいたのである。源氏堂によったのは、別に用があったわけではない。ときどき何気なしによると茶をもてなされ、何気なしにそこをでるのが、昌子の四年ごしの習慣となっていた。正確には、和泉公三の妻となった四年前の秋のある晴れた日から身につけてしまった習慣といってもよい。昌子は茶をひとくちのむと、もういちどポスターを見あげた。場所は例年と同じ大塔宮《だいとうのみや》の鎌倉宮《かまくらぐう》であった。昌子は前の年には独《ひと》りで薪能をみに行った。その前のとしとその前のとしには、能に興味を示さない夫の公三とでかけた。その前のとしには祖父と従弟《いとこ》の三人ででかけ、それから二カ月後に彼女は和泉家に去り、さらに二カ月後には祖父をうしなってしまったわけであった。

能を観る、という贅沢《ぜいたく》な習慣が、昌子には身についてしまっていた。稲村ヶ崎にいた頃、売りはらった屋敷内でたったひとつ残された能楽堂で、祖父がたて続けに三番も舞ったのをおぼえていた。祖父は七十九歳で亡くなる直前まで一日に一回は鰻《うなぎ》を食べていた。幼い時分から能をみなれ、仕舞《しまい》をやってきた昌子には、みる目ができていた、と言ってもよい。祖父の舞いが一流能楽師のそれに比肩できるのがいくつかあったと記憶していた。

源氏堂の店内の棚《たな》には、ひとつき前にみた能面が同じ位置に三つ並んでおり、ひとつは端正な増女《ぞうおんな》、ひとつは端麗な節木増《ふしきぞう》、そしてもうひとつは華麗な孫次郎だった。昌子は、こうして能面と自らを対置させることで、四年間、能面の作者である従弟の壬生俊太郎と逢ってきた。

「あの面《おもて》は、七月にここでみたのと同じものかしら」

昌子はお内儀にきいた。

「節木増だけはあのときのままです。あとは売れまして、つい十日ほど前に届いたものですのよ」

お内儀が面を見あげて答えた。するとやはり俊ちゃんは今でも面造りだけで生活しているのだろうか、と昌子はおもった。

「壬生さん、ときたまお見えになるんですが、こう売れなくっちゃ、とこぼしながらも、そのくせ主人がほかのものをすこし彫ってみたら、とすすめても、そのうちに、なんて笑っているんですのよ」

お内儀はわらっていた。

昌子はもう一杯茶をのんでから源氏堂をでた。

それから、おそい午後の陽に桜並木がながい翳《かげ》をおとしている段かずらの道を駅にむかって歩いていたとき、子供の頃〈見せっこ遊び〉をしたことを想いだした。男の子と女の子がたがいに下半身を裸にして見せあう遊びだった。ときには相手の部分に手でふれてみたりした。手をふれるのはいつも俊太郎で、昌子が俊太郎のものにふれたことはない。子供心にも男のものはなにか兇暴《きようぼう》に思えた。

その遊びは人気のない広い邸の一部屋でおこなわれ、庭のすみの繁みのかげでもおこなわれた。

公三といっしょになる直前、俊太郎から、見せっこ遊びをしたのを覚えているかい？　ときかれたことがあった。

「俺《おれ》はいまでも、あの白いふっくりした陶器のようなかたちと、やわらかい感触をおぼえているが、あんなあそびは、いまの子供達のあいだじゃ廃《すた》れてしまったろうな」

どうしてまた、こんな子供時分のことなどを想いだしたのだろうか、と昌子は歩きながら考える。しかし、想いでというものは、いつもこんな風に唐突《とうとつ》にやってくるものかもしれない、いや、俊ちゃんとのあいだが疎遠になるにつれ、想いでだけが鮮明に彩《いろど》られて残るのかもしれない、と昌子は記憶にとどめている若者の二つの目を想いかえした。壬生俊太郎は父母に似ず醜男《ぶおとこ》にちかい容貌《ようぼう》だったが、純一無雑な目をしていた。大学ではサッカアの選手で、帰宅すると能面を打っていたが、彼はなんにつけても明確なもの、単純なものが好きな青年であった。あの大戦直後の荒涼とした時代に、わずか九歳で能面造りに興味をもった少年の存在は、ながく昌子のなかでゆるがぬ位置をしめていた。こんな太平な時代に、あのような一人の青年が生きているのは、稀有《けう》なことかもしれない、といまも昌子は歩きながら考えている。

壬生俊太郎がサッカアに見出《みいだ》したものは掟《おきて》と節度と勇気であった。そのなかで筋肉が躍動し、汗をながして勝敗をきめる、その緊張の度合、それが彼のすべてであった。そんな彼がいまだに面打ちに興味をもち続けているのはどうしたわけか、と昌子は和泉公三との婚約がととのったときに従弟にきいたことがある。サッカアと面打ちではおよそ対蹠《たいしょ》的な行為だったのである。俊太郎はわらって答えなかったが、彼はあるいは、祖父の能楽堂にかかっている古い能面から、他家に去った母親の面影を見出していたかもしれない。母のもとをでた彼は再び祖父の家をでなかったのである。

昌子は公三といっしょになってから間もなく、やはり従弟とは離れられないのではないか、と思った。これはどこかで予期していたことであったにしろ、それからの夫との毎日が虚しさに充ちはじめたのは予期していなかったことであった。見合結婚をした夫に不満のあろうはずはなかったが、夜、夫にからだをまかせながらも、能楽堂をおもいうかべ、そこで面を打っている醜男を想った。

祖父の告別式のとき、彼女は従弟をつかまえ、あたしに子供ができるまで俊ちゃん他の女と結婚しないで、と約束させた。日はすぎて行き、昌子のなかで虚しさは深まって行った。そして四年たったいま、その虚しさは、彼女の肉感と同じように熱っぽいものになっていた。四年すぎたいまでも昌子に子供はできなかった。ことしの春いらい、昌子は、従弟を訪《たず》ねようと思いたったことがいくどかあった。いちどなどは途中まで行き引きかえしてきた。思いとどまったのは、人妻としての貞節からではなく、いとこ同士という血の近さを意識したからであった。昌子は九月二十二日を今年も心ひそかに期待したが、結局その日がきてみると、どうしたわけか薪能をみにはでかけなかった。あとから考えてみて、でかけなかったわけが自分なりに判《わか》った。公三に嫁してからは薪能の催し場でいちども従弟を見かけなかったからである。牽牛《けんぎゅう》と織女《しょくじょ》のはなしは遠いはなしではなかった。

「ことしは、薪能をみにでかけなかったのかい?」

と夫から言われたのは、十月にはいってからだった。日曜日の午後、つれだって街にでて、六地蔵通りの掲示板にはってある薪能のポスターを公三が見つけたときである。

「ええ、ことしはやめましたの」

昌子はしとやかに答えた。答えてしまってから、そうとは知らない夫にいたわられたことが、すこしばかり呵責《かしゃく》となって残った。

そしてこの年はこともなく過ぎて行ったが、この二十九歳になる人妻の心のなかでは、暗い夜を彩る薪能のあかりが燃えつづけていた。

鎌倉薪能は、昌子が公三といっしょになった年から市の催しもののひとつに加えられ、それ以前にはなかった。しかし昌子が薪能をみたのはもっと早く、祖父と従弟の三人で大和路《やまとじ》をめぐった年の春、奈良《なら》の興福寺《こうふくじ》南大門で、金春宗家《こんばるそうけ》の差配するそれに接したのがはじまりであった。昌子十八歳のとしである。しかし従弟に永遠をみたのはそれより以前であった。

三

四月の中旬、目黒の能楽堂に卒都婆小町《そとばこまち》をみにでかけたのは、昌子としたら習慣のひとつにすぎなかった。「能を観るとか仕舞をやるとかは、女がわが身につける贅沢《ぜいたく》のひとつである。そのようにして身につけたものを見世物にしたり、あるいはそれで暮しをたてようとしてはならない」と昌子は生前の祖父からきかされていた。祖父がこう言ったのは、祖父が女能楽師を嫌っていたからであった。女がでると舞台の厳格さがくずれる、と祖父は言っていた。たいそうな目ざわりだ、とも言っていた。しかし昌子にはそんなことはどうでもよかった。女がわが身につける贅沢のひとつ、と心得ることで彼女はこれまで身を処してきた。事実、仕舞をやりながらも、春秋の別会にでたことはいちどもなかった。

その目黒の能楽堂で従弟にであったのが偶然なのか必然なのか、昌子には判らなかった。従弟が目黒の能楽堂にでかけているのは昌子も知っていたが、不思議と二人は同じ日にでかけたことがなかった。

「久しぶりで逢ったんだから、あとで、めしをおごってくれ。俺はいま文なしなんだ」

と俊太郎は言った。こうした従弟をみるのは楽しかった。

二人は最後の舞台をみずに七時に能楽堂からでた。東横線で横浜にでると、南京街《ナンキンまち》に行った。夫の公三は、大学の慰労会だと称し、泊りがけで熱海《あたみ》にでかけていた。二人は支那《しな》料理をとってつもる話をした。

同じ鎌倉に棲《す》みながら、二人が祖父の告別式の日いらいいちども顔をあわせていないのを、他人がきいたら不思議と思うかもしれない。二人に、愛しあっている者同士の節度があったのは事実だが、たがいに逢うのを避けていた、ということはなかった。

「まだ子供はできないのかい」

俊太郎は驚くほどの速度でビールを飲み料理をたいらげながら、合間にきいた。

「俊ちゃん、結婚する相手のひとがみつかったの?」

「いや、そういうことではないが」

「あいまいな返事ね。……子供はできないのよ」

「できないようにしている、というわけではないんだろう?」

「あなた、あたしがあかくなるようなことを平気でいうのね。すこし不良になったようね。公三には子種がないの。子供の頃、頬張《ほつぱり》風邪《かぜ》をやり、それで子種ができなくなったんですって。その風邪にかかると、千人に一人はそういう人ができるそうよ。それがわかったのは一昨年のことだわ。医者からくわしく説明をきいたの」

「そいつは面白いはなしだな。この文明の世にねえ」

「あなた、公三を気の毒がっているの? それともあたしを気の毒がっているの?」

「千人に一人の確率に感心しているところだ。選ばれた人だな。俺の知っている大学の先生にも子供のない人が多いが、すると奴らみんな、そのほっぱり風邪とかをやったのかな。奇妙なはなしだな、大学の先生に多いというのは」

「まさか。大学の先生だからそうなるということはないでしょう。それより、俊ちゃん、あなた、むかしとすこしも変らないのね」

「変ったと思っていたのか」

「独《ひと》りでくらしているうちに意気地《いくじ》なしになってしまったのではないか、と考えたこともあったわ」

「俺ももう二十五になったよ。泣いていられるとしでもあるまい。昌ちゃんも、もう今年は三十二か三のはずだな」

「ひどいこと言わないでよ。二十九じゃないの。それより俊ちゃん、あなた、いま、どうやって生活しているの？」

「なんとかやっているよ。暮には危くお祖父《じい》さんの能面と能衣装《のういしょう》を売りとばすところだったが、源氏堂が助けてくれた」

「戦後十八年もたつというのに、おきあがれないのは壬生家だけのような気がするわ」

「嘆くことはないさ。移ろわないものなんてないよ。そうそう、昌ちゃん、久振りで俺のサッカアを見物にこないか」

「サッカアはやめたはずじゃなかったの？　いつか福田さんに道であったとき、そんなことをきいたけど」

「いったんはやめたさ。学校をでたときには、人並みに月給とりになって平凡な一生を送ることを考えた。もっとも、いまじゃ、平凡以下のろくでもない人間になってしまったらしいが。

去年のことだ。さっき昌ちゃんが言ったように、俺は意気地がなくなり挫《くじ》けそうになったことがあった。そのとき俺の頭のなかをよぎっていったのは、慈愛深かったお祖父さんの顔でもなければ、小さいときに別れた美しいおふくろの顔でもなかった。灼熱《しゃくねつ》の陽光のもとでの競技場をなつかしく想いだしたのさ。あの健全な時代が再び俺に訪れるだろうか、と考えた。それからまたサッカアをはじめたのさ」

「そのとき、あたしの顔はおもいださなかったの?」

「ひとの奥さんをおもいだしたって仕方ないだろう」

「あなたは、あたしを理解しているはずじゃなかったの?」

「白状すると、昌ちゃんの家の前まで行ったことが三度ある。いまのはなしの前のことだがね」

昌子のなかをゆるやかに感動が噴きあげてきた。しかし彼女は女らしい質問をした。

「では、薪能《たきぎのう》にはどうしてこなかったの? あれだけ固い約束をしておきながら、一年に一回だけ逢える日を、どうして反故《ほご》になどしたの?」

「俺が行かなかったのは一昨年だけだ」

「続けて二年もあたしが公三といっしょだったというわけね」

「俺は遠くから人妻になりきってしまった女を眺《なが》めたものだ」

「あたしはまた、いちども俊ちゃんに逢えなかったから、今年も、とその場の虚《むな》しさを考え、去年はでかけなかったわ。でも、一昨年は独りででかけたわ」

「世のなかって、そんなものだ」

「そうかもしれないわね」

昌子は料理の皿に視線をおとした。自分にたいして渝《かわ》らぬ気持を抱《いだ》きつづけてくれた従弟がたのもしかった。彼女はしばらくして目をあげると、サッカアの競技場はどこなの、と従弟に訊《たず》ねた。

「秩父宮《ちちぶのみや》ラグビイ場だ。こんどの日曜日」

「なんとか時間を都合してみに行くわ。あたし、さっき逢ったときから感じていることだけど、俊ちゃん、しばらく逢わないうちに、すこし不良になったようね」

「さっきもそう言ったが、服装のことか？」

「表情もよ。目つきがすこし悪くなったわ。悪い女でもできたんではないか、とさっきから考えているところよ」

「いや、そんなことはない。俺はいま清浄潔白な身だ」

俊太郎はすこし狼狽《ろうばい》しながら打ちけした。

四

和泉公三は、週に三日、毎朝七時に山の内の自宅をでる。あとの三日は講義が午後で、十一時に家をでる。坂道をおり、横須賀線の線路沿いに北に三百メートルほど行くと、そこに北鎌倉の駅がある。彼は電車で東京駅にでると、中央線にのりかえ、お茶の水駅でおりる。自宅から大学までおよそ一時間四十分かかる。これが彼の十年来の日課であった。

「あたし、明日のひるすぎから、仕舞のおさらいにでかけますが、あなたはお家にいらっしゃるでしょう？」

土曜日の朝、昌子は、夫を門まで見送りながら話しかけた。

「僕は今日の夜は座談会の予定があるが、おそくなれば築地《つきじ》で泊るから、明日の帰りはひるすぎだな」

公三はめずらしく機嫌《きげん》のよい声で答えた。だいたいが朝のうちは機嫌の悪い男だった。

神田の私立大学で英文学を講じて十年、あと数年もすれば助教授から教授になれるはずであった。かなり才能はある、と言われていたが、それは昌子には興味のないことであった。和泉公三の唯一の後悔は、官立大学に地位を得られなかった一事であったが、しかし彼は仲間から尊敬されていた。大学の先生で思想は進歩的、という広く知れわたった法則を守っている夫を、昌子は眺めているだけであった。仲間の奥さん同士のつきあいもあったが、昌子はでなかった。別にそんなつきあいを俗事だと考えたわけではなく、興味がなかっただけのことである。

公三は築地明石町《あかしちょう》に仕事部屋と称するものをもっていた。そこに仕事部屋をもったのが、ごく単純な動機からでたものであることを、昌子は理解していた。彼は下町でうまれ、そこで育った事実につよい郷愁をもっていた。築地にあった海産物問屋が空襲で焼ける前に父親が亡《な》くなり、同時に彼は母と妹と北鎌倉の別荘にうつった。店は番頭にまかせてあったが、つぎの空襲で店は番頭や他の奉公人や犬猫もろとも焼けてしまった。大戦後、ここで余生をおくろう、との母の提案で、彼は問屋を再興する意志もなかったので、築地の地所は売り、山荘に棲《す》みついてしまった。山荘のまわりに彼の嫌《きら》いな蛇《へび》がいることをのぞけば、彼の山荘ずまいは甚《はなは》だ快適であった。

学者としての彼は三冊の著書をもち、人間的にも角のとれた四十代にはいっていた。別に指摘できるような欠点などそなえていない男であった。母は七年前に亡くなり、妹もかたづいていた。

「この頃はよく築地で泊りますのね」

「いそがしいのだ。きみは、明日のおさらいは鎌倉かい?」

「いいえ、東京ですの」

従弟《いとこ》のサッカア競技を見物に行くなどと気楽に言える相手ではなかった。以前、彼から、結婚前の従弟とのあいだを疑われたことがあった。子供の頃から十年以上もいっしょにくらせば愛情ぐらいは芽ばえているはずだ、いとこ同士っていうではないか、と公三は言った。彼はそのとき妻が満足な答をしなかったことから、自分の疑いを確実なものに仕上げてしまっていた。昌子が夫から疑われたとき沈黙したのは、独りでほうりだされた従弟をかわいそうに思うあまり、夫の前で従弟を弁護しかねない自分を考えたからであった。沈黙したいまひとつの理由は、見合結婚にしろ昌子は夫を愛していると思いこんでいたからであった。

夫をおくりだした昌子は、明日競技場で従弟に逢うまでのながさを考え、稲村ヶ崎に従弟を訪ねてみよう、と急に思いたった。結婚した自分を三度まで訪ねてきて、ここに入ることができずそのまま帰ってしまった従弟の心情にひきかえ、自分にはまったく思いやりがなかった、ひどい仕打をしたものだ、と考えてしまった。昌子はかんたんな化粧をすますと着替をし、家をでた。北鎌倉駅から電車にのり鎌倉駅でおりた。そうだ、なにか食べものを持って行ってあげよう、と寿司屋によったが、まだ早い午前のことで店はしまっていた。喫茶店によりサンドイッチをつくってもらった。そして再び鎌倉駅に戻り、稲村ヶ崎までの乗車券を買い、駅の地下道を通って江ノ島電鉄のホームに立った。やはり従弟を訪ねるのはやめるべきだ、と思いとどまったのは、このときであった。これは急に思いついたことではなく、サンドイッチを包んでもらっていたときすでに芽ばえてしまった感情であった。夫から疑いをかけられた数年前のことをおもいだしたのである。彼は疑いをかけながらも、嫉妬《しっと》し、十三もとしの若い妻にひたすら没頭してきたものであった。それになによりも、独りずまいの従弟を訪ねようと思いたったのが、単なる肉親の同情心からだけではないことが、昌子を足ぶみさせた。近親意識と愛情が相剋《そうこく》し、昌子のなかでそれはとしとともに深まっていた。以前より従弟の目つきがよくなかったことも気にかかっていた。明日サッカア競技を見物に行って従弟に逢うのと、今日これから従弟に逢うのとでは性質がちがう、と昌子はわけてみたわけである。それに、昌子はやはり夫を愛していると思っていた。ただのいちども俊ちゃんを訪ねたことはなかったのに、いまになって夫を裏切ろうというのは、どうしたことだろう？　こうして昌子は江ノ電のホームからでてきた。

それから昌子は源氏堂に行った。なんとはなしに時間をもてあましたのである。

「おやまあ、奥さま、こんなにお早くお買物ですか」

お内儀《かみ》が店のあがり框《がまち》にいて、入って行った昌子に声をかけた。お内儀はなにかさばさばした表情で微笑んでいた。昌子はいきなり自分のかくしどころを見られてしまったような気がして、すこし顔をあからめ、受皿をみにきたのだとでまかせを述べた。

お内儀が数種類の受皿をとりだして並べているあいだに、昌子は飾り棚の面《おもて》を見あげた。面は五つあり、泥眼《でいがん》と小面《こおもて》がふえていた。あとの二つがいつから飾られたものかは知らなかったが、ともかく従弟は確実に自分の好きな仕事をしているわけであった。それらの面を前にしてみると、あらためて感慨もわいてきた。俊ちゃんの前であたしは夫を庇《かば》いすぎているのかもしれない。すると、すこしばかり自分という女がさびしくなってきた。

しかし、欲しくもない茶托《ちゃたく》の受皿を五枚買って源氏堂をでたときには、能面と逢ってきたことで、心がはればれした。ともかく明日は競技場で従弟に逢えるのだ、と希望があった。

春の午後はながかった。昌子が午後の日ながさを感じだしたのは、もうかなり前である。ときたま夫の帰らない日があることが、いっそう日ながさを感じさせた。日ながさを身にしみて感じた日に夫が築地で泊ったりすると、その日の夜のながさが身にこたえた。近くの円覚寺《えんがくじ》や東慶寺《とうけいじ》で撞《つ》く入相《いりあい》の鐘の音がきこえてくる頃、もしその日に夫が帰らないことが前もって判っていたりすると、鐘の音をきいていて奇妙な感情になることがあった。なぜあたしは生きているのだろうか、と考えてしまうのである。この感情は、壬生家が没落してしまった事実とつながりがあるような気がした。鐘はきまって円覚寺の方からさきに撞きだした。すると、ちょっと間をおいて東慶寺の鐘がなる。この日も、円覚寺の鐘がきこえだした頃、今日は夫が帰ってこないんだ、と思いかえし、従弟を訪ねなかったことが改めてくやまれた。そんなに重大に考えることはなかったのだという気がしてきた。従弟のところに持って行くはずだったサンドイッチをとりだして食べてみたが、ひどく味気なかった。こうした夕刻はこれまでにもいくどかあった。こんな一刻、あたしは夫を愛しているのだろうか、と考えることがしばしばあった。前もって夫が帰ってこないと判っていた日に、突然夫が帰ってきたりしても、さほどの感じが湧《わ》かないこともあった。自分が思っているよりも夫を愛していないかもしれない、と思うことがあった。自分でも危険だと感じる一刻である。

一日のながさがすぎて待ちくたびれ、夫との臥牀《ふしど》に夢のないねむりを望むこともあった。結婚してからは一日の大半の思考がそこに注がれていたようであった。しかし、肉慾のあらしがすぎてしまうと、自分でも気づかない愛の疑似行為をしてきたのではないか、と自分を振返ることがあった。ここにあるのは反省ではなく、内面の不安定だった。そしてそれは人妻の内面の不安定ではなく、没落した旧家の娘のそれであった。あたしは身のおきどころがない、と考えることが何度かあった。こうした一刻、暗い夜を彩る薪能の篝火《かがりび》をおもい浮かべたことが数度あった。

五

公三は予定を変えたのか夜おそく帰ってきた。昌子は内心まるで恋人との逢引《あいびき》の現場でも見られてしまったように狼狽《ろうばい》した。事実この日はいつものように午後の日ながさを感じながらも、夫を待つ気持はすこしもなかった。夜、早目に床についたときも、明日をおもっていたのである。春の競技場に躍動する若い肉体をおもい、そのなかをさまよっていた。

狼狽がすぎてみると、公三の帰宅が迷惑なことに思えた。そして夫が真夜中の風呂場でからだを洗っているあいだ、昌子は夫の蒲団《ふとん》をのべながら、自分が狼狽したこと、迷惑に思ったことを改めて反芻《はんすう》し、自分にびっくりした。あたしはこの前俊ちゃんから、人妻になりきってしまった女、と言われたが、この動揺はどうしたことだろう?

あくる日曜日、昌子は予定通りサッカア競技をみにでかけた。夕方から来客があるから四時までに帰ってきてくれ、と前夜公三から言われていたので、午前中に支度だけはしてでてきた。ラグビイ場に到着したのは予定の時刻を四十分ほどすぎた頃であった。試合ははじまっており、見物席には学生と一般の人が百人ばかりいた。昌子はそれらの人達からすこし離れた場所のベンチに腰をおろした。

競技場で敏捷《びんしょう》に動きまわっている選手達のなかから俊太郎を見分けるのは容易だった。彼はいま一群と離れた場所でボールを左右の足でドリブルしながら小刻みに走っていた。そこへ、一群とは別のところ、俊太郎のちかくにいた二人が殺到してタックルにかかったとき、俊太郎が右足の内側でボールを蹴った。長い脚《あし》が鋭角にのび、瞬間、正確なキックがきまると、ボールは別の若者の足にとらえられた。春の陽光のもとにくりひろげられた若者達の動きは、まことにきらびやかだった。俊太郎がそう言ったように、昌子もまた、若者達の動きをみているうちに、失ったものをとりもどした気分になった。昌子のなかでゆるがぬ位置をしめていた俊太郎の像は、いますこしも変っていなかった。

静かな競技場で、ときどき若者達の鋭いさけび声があがり、昌子はそのつど睡《ねむ》りからさめたような気持で彼等の姿を目で追った。大学にいたとき俊太郎はレフトインナアを勤めていたはずだったが、いまはどこを勤めているのか。掲示板をみると、OB同士の試合であった。ときどき風がたち、競技場では土ぼこりが舞いあがっていた。

やがて競技が終った。

昌子はしまいまで試合をみていたわけではない。競技場の若者達のはげしい動きをみながら、別のことを考えていた。

気づいたら、白っぽい陽ざしのなかを競技場から従弟がこっちに歩いてきた。彼は土ぼこりにまみれ、二つの目だけが輝いている顔中から汗を流し、獣のようなにおいをふり撒きながら昌子のそばに腰かけた。昌子のなかを、彼とともに暮していた頃の幸福がよみがえってきた。

「俊ちゃんのこんな姿をみるのも久しぶりだわ」

昌子はこのとき自分に夫がいるのを忘れていた。このときの昌子は、仮の世界から脱けだしてきて、本来の姿にたちかえった、というべきかもしれない。

「俺はいますごく幸福なんだ」

俊太郎は腕で顔の汗をぬぐいながら言った。このような純一無雑な目をみるのも昌子には久しぶりのことであった。

「これから、みなさんと、ごいっしょするんでしょう?」

「いや、俺はぬけてくるよ。なにかうまいものを食わせてくれよ。昌ちゃんの手料理をくえなくなってから久しいが、ま、それはあきらめるとして。とにかく、からだを洗ってくるよ」

俊太郎はたちあがった。

「俊ちゃん、悪いけど、今日はこれで帰らねばならないの。夕方から公三に来客があるのよ」

従弟と食事に行けば、夕方までに帰宅できそうもなかった。

「そうかい」

俊太郎は無愛想に言ったが、あきらかに失望していた。

「そのかわり、なるべく近いうちに稲村を訪ねるわ」

「なんの風の吹きまわしだね。もちろん俺はよろこんで迎えてやれると思うがね」

「あそこをでてから、あたし、お祖父ちゃんの葬式のときいらい、いちども訪ねなかったし。……昨日、源氏堂で、俊ちゃんの打った面《おもて》をみたわ」

「それはありがとう。で、いつ訪ねてくるんだね？」

「はっきりした日は約束できないわ」

「はっきりした日は約束できない、か。ま、あまり希望はもたないことにしておこう。気がむけば面を打ち、そしてときどきサッカアに熱中する。これだけでも充分の慰めだからな」

「俊ちゃん、そういう言いかたはやめて！」

「俺が拗《す》ねていると思っているのか？　もしそうきいたとしたら、帰って溜《たま》った耳のあかでも掃除《そうじ》するんだな。またもし皮肉にきこえたとしたら、昌ちゃんの心が不純になった証拠だな。このあいだ、目つきが悪いと言われたが、おおねのところでは俺は少しも変っていないよ。少し不良じみたところはできたかもしれないが。これは認めるよ」

俊太郎は、じゃあ、とあっさり別れのしるしの手をあげると離れて行った。

昌子は、競技場を歩きさる従弟の広い背中をみていたが、彼は控室にその姿を消すまでふりかえらなかった。ふり向いたら昌子は手をあげてやるつもりでいたが、考えてみると、九歳で母のもとをでて、いちどもそこに戻らなかった彼が、いまさらふり向くわけがなかった。想像以上の失望をあたえてしまったかもわからない、と思うと、胸がいたんだ。よびとめて、食事に行こう、と言ってやりたかったが、やはりそれはできなかった。昨日いらいの自分の姿を思いかえしてみて、従弟に向ける自分のまなざしが怖かったからである。従弟と自分とを繋《つな》いでいるもののなかには、不安定なものがひとつも含まれていなかった。それだけに、こんな気持のままながい時間従弟と逢っていれば、自分を偽れそうもなかった。

見まわすと、見物席の最後の人がでて行くところであった。昌子もたちあがった。

昌子は競技場をでて地下鉄の駅に向って歩きながら、漠《ばく》とした美しい夢を追っていた。たしかに俊太郎と逢っているときには紛れることのない手ごたえを感じた。だが、このとき、前夜の夫の愛撫《あいぶ》をおもいかえしたのは、どうしてだったろう。一方では夫の手の感触をからだ全体で感じ、片方では純一無雑な青年の目を望見していた。昌子は独《ひと》りできまりの悪い思いがして、そっと辺りを見まわした。自分がたいそうふしだらな女のような気がしたのである。

地下鉄で渋谷《しぶや》にでて東横百貨店によった。地下の食料品売場におりて行き、ウイスキイを一本と肉の罐詰《かんづめ》のつめあわせを注文し、届先に従弟の住所を記《しる》した。今日ともに食事できなかった謝罪のつもりだった。

それから帰宅したら、ちょうど四時で、公三は三人の来客とビールをのんでいた。来客というのは、同じ大学で英語を教えている仲間で、この四人はあつまるといつも、どういうわけか英語でしゃべった。昌子にはなにか奇異な光景だった。この四人のあつまりをみて、いつも昌子が想うのは、祖父の顔であり従弟の顔であった。壬生の血筋にはこんな連中はひとりもいなかった、とほぼ悔恨にちかい気持で夫を遠くから冷やかに眺《なが》めるのである。四人の大学の先生が俗事をしゃべっていたわけではない。狷介《けんかい》な壬生の血筋が彼等に溶けこめなかっただけの話である。ある意味では、この四人こそは、現代を上手《じょうず》に泳ぎきっている者として最もすぐれた人達であった。事実、昌子の知るかぎり、彼等の移り身の素速さほどみごとなものはなかった。

六

やがて夏になった。

昌子はまだ稲村ヶ崎に従弟を訪ねていなかった。春いらい夫に没頭していたのである。そうすることで賢明な人妻になりきろうと努めた。

源氏堂には、五月の末にいちど、七月にはいってからいちど行き、能面と逢ってきた。いまでは、足かけ五年間能面と逢うことでささやかな安らぎをおぼえてきた行為に、ためらうことなく浸ることができた。従弟が面を打ちサッカアに全部を集中することで幸福を感じていると同じ程度に、昌子は自分の安らぎに幸福を感じた。じっさい、考えてみても、自分ほどぶきっちょな女はいなかった。公三やその同僚、同僚の妻達をみても、かれらはみんな実に上手に生きていた。外国から高名な演奏家がくると演奏会にでかけ、評判の映画があるとそこにもでかけ、やれ催しものだ、旅行だ、スキーだ、と目まぐるしく生活をたのしんでいるのに、一方はわが身につける贅沢《ぜいたく》のためにひっそりと仕舞のおさらいに通い、ときどき能面に逢いにでかけていた。どこかでそれは現世とかけはなれた日常であった。とは言え、公三とのあいだもうまく行っていた。春から初夏にかけ、夜の臥牀《ふしど》のなかで、歓楽に燃え滅びゆく一刻を経験したことがいくどかあった。かつてなかったことで、感覚が深まってきたのは年齢のせいだろうと思った。

公三は、七月なかば学校が休暇にはいると間もなく、十日間の予定で信州の夏季大学の講師に招かれて行った。

夫がでかけてしまうと、暑さがいちどにやってきたような数日が続いた。昌子の部屋も暑かった。暑さのさなかで昌子は夫との歓楽の眩暈《くるめき》を反芻《はんすう》し、わが身をもてあました。いままでは夫と自分の位置がかなりはっきり見えていた。内面の不安定が肉慾にとりかわり、ともかく一応の平安を得ていた。その肉慾の相手が目の前にいないとなると、奇妙なさびしさが心にひろがってきた。十日間も相手を眺められないのはさびしかった。そこにいないという事実が、五年間の慣れをなつかしませたのである。しかし一方では、自分のからだを開眼《かいげん》してくれた相手を愛していない事実を認めないわけにはいかなかった。そこには、つらさが介在していた。

夫がでかけてから十一日目の朝、昌子はいつものように八時に床からでた。家の周囲では樹木の葉に朝の陽がきらめき、おびただしい光が砕け散っていた。蟬《せみ》が一日の日ながさを告げはじめていた。そんな風景を眺めているうちに為体《えたい》の知れない倦怠《けんたい》がおそってきた。このとき昌子は、こんなに熟《う》れてしまったからだを十日間も独《ひと》りにしておくのは、いったい、どうしたことだろう、と考えてしまった。数日前、公三から葉書が届いていたが、彼は予定の十日目の夜には帰ってこなかった。

昌子は夫の書斎にはいってみた。

机の上には、この夏のはじめに出版されたばかりの夫の新しい著書がのせてあり、それは〈イギリスにおけるアメリカニュウクリティシズムの影響〉というおそろしく長い題の本だった。この長い題名が昌子のなかに別の倦怠をよんだ。そこで昌子は、草いきれのする山をおり、東京の夫の仕事部屋を見物に行くことにした。山荘にある夫のものは眺《なが》めつくしてきたので、夫が仕事部屋でどんな生活をしているかを知るたのしみがあった。こんなことを考えつかねばならないほど暇がありすぎた。じっさいなにもすることがなかった。だが、独り身でくらしたこの十日間に、昌子が従弟を訪ねようと思いたったことは三度ほどあった。

昌子はかんたんな朝食をすますと、この夏こしらえたばかりでまだ手を通していない能登《のと》上布《じようふ》の麻の単衣《ひとえ》に綴織《つづれおり》の帯をしめ、日傘《ひがさ》をさして九時すこしすぎに家をでた。

築地明石町にある夫の仕事部屋は、そこを借りるときに昌子も夫といっしょに見に行ったことがあった。聖路加《せいろか》病院と都立京橋高等学校のあいだにある小さな料亭をかねた旅館で、東京駅八重洲口《やえすぐち》から鉄砲洲行のバスにのり、明石町でおりるとすぐのところであった。

昌子がバスをおりて強い陽ざしの道を歩き料亭の門をはいったら、泊り客を送りだしにでたお内儀《かみ》とあった。

「あら、いらっしゃいませ。あのう、奥様、先生はただいま信州でございましょうが?」

このお内儀の出来すぎた質問が昌子を足ぶみさせた。この人はなにかをかくしている、と直感した。お内儀が公三から信州行をきいていたら、先生はもうお帰りですか、と聞くのが尋常ではないか、と昌子は考えたのである。

「信州から速達で、ここにおいてある本を送ってくれとのことで、それをとりにまいりましたの」お内儀の出来すぎた質問にたいする答としたらこれしかなかった。夫がここに泊っていたのを気にもとめなかったのがいけなかったし、過去の夫の不審な点がいちどに思いかえされてきた。

「それはそれはお暑いなかをたいへんでしたでしょう。おあがりくださいませ。ちょっと昨夜はたてこんだもので、勝手ながら、先生のお部屋にほかの客を通しました。それはあとで先生にあやまれば、先生のことですからお許し戴《いただ》けると思いまして。ただいま掃除中でございますから、はい、すぐ片づきますから、ちょっとお待ちくださいませ」

お内儀の応答はやはり出来すぎていると昌子は感じた。

昌子は玄関をはいって下駄をぬぎ、お内儀が帳場に茶の用意を命じているあいだに、二階にあがった。階段をのぼりきったところで、階下から、奥様、ちょっとお待ちくださいませ、とお内儀がよびとめた。そのあわてかたが尋常でなかった。尋常でないことが昌子をつぎの行動にかりたてた。夫が借りている部屋の襖《ふすま》をあけた。掃除中なら入ってもかまわないはずであった。

そこは三畳の控室で、壁に夫の夏背広がかけてあり、その下の衣桁《いこう》かけに女物の絽《ろ》の着物と単帯《ひとえおび》がかけてあった。昌子は珍しいものでもみるようにその絽の着物を眺めた。背後にはお内儀が立っており、手でくちをおさえ、小声で昌子をよびとめた。うろたえたお内儀の目をみた昌子は、奥の間の襖をあけた。そこに、明けはなした窓に青い簾《すだれ》をかけ、夏蒲団《なつぶとん》をかけた男と女が肩をならべてうつ伏せになり、煙草をのんでいた。最初にこちらをふりかえったのは、眉《まゆ》の濃い豊満な感じのする顔立の女だった。女のくちからさけびがもれ、公三がふりかえった。

ここまでは、珍しいものを眺める昌子の感情は変らなかった。それが、みるも哀れな夫の顔をみたとき、昌子は激怒した。つかつかと部屋に入り、蒲団を剝《は》ぎとった。剝ぎとった蒲団を簾をあけて外に投げた。二人とも裸だった。女はおきあがると大きなからだを折りまげるようにして素速く部屋からでて行った。公三はいきなりシーツで下半身をくるむと、待ってくれ！と言った。昌子は乱れ函《ばこ》から二人の下着をとりあげると丸めて抱《かか》え、つぎには控室の夫の背広と女の着物と帯をとり、下着といっしょに丸めて重ね、階段をおりた。

「昌子、待ってくれ。誤解だ！」

背後で夫の声がした。なんてぶざまな男だろうと思った。なさけなかった。

帳場ではさっきの女が浴衣姿《ゆかたすがた》でお内儀とぼそぼそ話していたが、昌子をみると帳場の奥にはいってしまった。

「奥さま、ちょっとお待ちくださいまし。手前共で嘘《うそ》を申しあげたのは重々あやまりますから、ちょっとお待ちくださいませ」

お内儀が昌子の前にきて手をついた。

昌子はかまわず下駄をつっかけ、日傘をもつと外にでた。料亭をでると、向う岸の市場通りを距《へだ》てた掘割に、丸めた衣類を投げこんだ。それから聖路加病院の前にでると車をひろい、鎌倉、と運転手に告げた。夫の哀れな顔のぶざまな恰好は許せなかった。自分の矜《ほこ》りを傷つけられた気がしたのである。鎌倉につくまで車のなかで考えたのは祖父のことであった。

夜になり、公三は料亭のお内儀をつれて帰宅した。お内儀が菓子折をだしてあやまるのを、あなたは商売で泊めたのだから、あたしにあやまることはない、と玄関から菓子折を持たせて帰らせた。夫は買ったらしい出来あいの自分のからだより大きいズボンをはいていた。ワイシャツも新しいのをつけていた。

「きみが妬《や》くほどの女じゃないんだ」

公三は言った。

「なんてことをおっしゃるの！　あたしがいつあの女に妬きました。あたしはあの女の顔もろくにおぼえておりません」

「信州から昨夜帰ってきたが、まっすぐ帰宅すればよかったのを、ちょっと本をとりに行って飲みすぎたのがいけなかった」

「おやめになって。弁解って、とても聞苦しいものですわ」

「ほんとだ。僕も弁解するつもりではなかったが」

公三はしかしそれからも二つ三つの弁解を試みた。昌子はうけこたえをしなかった。女のことや、どうしてそうなったのか、などについては一言半句も聞かなかった。それよりも、嫉妬《しっと》の感情がわいてこないのが不思議だった。足かけ五年間のつみ重ねにはなんの意味もなかったのか、と思った。春いらいの歓楽のくるめく想いでが急速に色褪《あ》せて行った。一枚めくってみればこんなことだったのか、とこんどはほんものの悔恨がおそってきた。

和泉公三は料亭で妻にふみこまれたとき、誤解だ！　とさけんだが、彼はまったく妻を誤解していた。妻が嫉妬しているに相違ないときめこんで帰宅した彼は、はからずも別の鏡によっておのれの姿を見せつけられたのである。なにを話しかけても沈黙している妻に、彼はとうとうちからずくで挑《いど》んだ。このとき妻のくちをついてでたのは、スノッブ、よして！　という思いがけない言葉であった。昌子が、如何《いか》なる事態になってもこれだけは言うまい、と自分に箝《かん》口令《こうれい》をしいていた言葉であった。あつまってくる同僚達のあいだにおいてみても、公三ほどおのれを知っている者はいなかった。

「なるほどね」

公三はにやにや笑いながら自分の蒲団を書斎に移した。どういう笑いなのか昌子には判《わか》らなかった。

「女がありあまっているというのにね。きみはわからない女だよ。不思議な女だ」

公三はもういちど現れてこう言いのこすと、再び書斎に引きかえした。

昌子はこの夜一睡もしなかった。暁方《あけがた》、ひとしきり葦雀《よしきり》のなき声をきいた。このとき祖父を想いうかべたのは当然のことかもしれない。「骨董屋《こっとうや》の小僧ははじめからほんものだけを見せられて育つから、にせものがすぐ見わけがつくようになる。和泉君はほんものだろうが、いやになったら、いつでも別れていいだろう」祖父はこう言った。あのときお祖父《じい》ちゃんは、ほんとは縁談に乗気でなかったのだろうか？

この日から二人のあいだは急速に冷えて行った。季節はこれから夏の盛りであった。

七

和泉公三は公然と外泊するようになった。ときには女に買ってもらったらしい夏ネクタイをしめてきたり、そして下着類はすべて向うでとりかえてきた。向うがどこなのか昌子は知らなかったが、かりに向うとよぶことにしていた。大学助教授の肩書さえなければかなり見られる男だったから、女に不自由しないだろうことくらいは昌子にもわかった。そして彼は、いったん毀《こわ》れてしまった夫婦のあいだをもとにかえそうと、妻の関心をよび戻そうとしていた。ところが昌子は、向うの女が妻である自分をどう見ているのか、などということはまるで考えていなかった。客間の洋間を自分の寝室にし、そこでなかから錠をおろして寝るようになってからというもの、昌子は毎夜のこと薪能の篝火《かがりび》をみた。斑鳩《いかるが》の里を黙然と歩いていた祖父の背中を夢にみた。夫とのあいだがどう変化して行くかは判らなかったが、しきりに祖父のこと俊太郎のこと俊太郎の父のことをおもいうかべた。

ところが、ある早暁のこと、昌子は、ここしばらく絶えていた感覚に目をさました。どうやってなかに入ってきたのか、公三がそばにいた。いったんはさからったが、旬日の渇《かわ》きにやがて乱れて行った。一刻がすぎ、昌子は脇腹《わきばら》に夫の手を感じながら無言でいた。さっきまで秘事《ひめごと》をささやき続けていた公三は、女とは手を切るから、ここら辺で仲直りしよう、と言いだした。

「どだい父母のいないきみをもらうことには、反対した親類もいたが、しかしそれはどうだってよかったのだ」

ときわめて現実的なことを言った。暁方のひんやりした空気を肌で感じながら、昌子がこのとき覚えた孤独は言いようのないものだった。

いったんこうなったからには再び夫を拒むこともできまいと思った。しかし、精神によろこびを伴わない官能のよろこびが、そう永続きするとも思えなかった。夫婦が最後に求めあう寝床に救いがないとすれば、総ては終りかも知れなかった。昌子は脇腹や腰や内股《うちまた》に夫の愛撫《あいぶ》の手を感じながら、再び仮睡にまどろんでいった。今日は起きたら俊ちゃんに逢いに行こう、と思った。このときはじめて、自分の気持を自分自身にはっきり言いきれる勇気がでてきた。夫に女がいるのを知ったのは、きっかけにすぎなかった。

十時すこし前に、公三は、今日は夕方までに帰る、と言いおいて家をでて行った。昌子は夫の行先をきかなくなってから二週間になっていた。結婚したときにこんな不幸な事態は予想もしなかったことであった。公三がどこにでかけたのかは知るべくもなかったが、女と手を切るためにでかけた、と考えるのは妥当かもしれない。

そんな無駄なことをする必要はないのに、と昌子は思いながら夫を送りだした。それから数枚の汚れものを洗って乾《ほ》し、前夜沸かしてまださめていない風呂の湯をつかってからだを洗うと、家をでた。正午であった。

八

稲村ヶ崎の風景を眺めるのは祖父の告別式いらいはじめてである。祖父の墓所は扇《おう》ヶ谷《ぎやつ》の寿《じゅ》福寺《ふくじ》にあり、そこには戦死した昌子の父、アメリカ兵に殺された俊太郎の父もいっしょにねむっていた。毎年、墓参りだけはしてきたが、いつも独りで行く墓参りは心に寂莫感《せきばくかん》をよんだ。再婚して去った母は小田原《おだわら》に棲んでいたが、公三との結婚式にきたときにいちどあったきりであった。母は新しい夫とのあいだに二人の子をうんだ、と人づてにきいたことがあった。その二人の子は、母に去られた頃の昌子の年齢に達しているはずであった。俊太郎の母のことも人づてにきいたことが数度あった。三人の子もちになった、ということであった。俊太郎の母は東京の成城学園《せいじょうがくえん》に棲んでいた。再婚した二人とも、新しい夫の手前をはばかってか、いちども墓参りにはこなかった。あるいは誰にも知られないようにひっそりと墓参りにきたことがあったかも知れないが、昌子も俊太郎も、自分達の母とはあっていなかった。

江ノ電の稲村ヶ崎駅をおりてしばらく南に歩き、山道にかかったときには、陽ざかりにさらされた見覚えのある風景が胸をしめつけてきた。ある家の建仁寺垣《けんにんじがき》は五年前と同じ姿でたっていた。坂道には真上から陽が照りつけていた。かつて、この坂道の登りおりには、たくさんの悲しみがともなっていた。父の出征を見送り、まもなく遺骨となって戻ってきた父を菩提寺《ぼだいじ》に送り、他家に去る母を見送り、それから空襲で焼けだされていっしょに棲むようになった俊太郎一家を迎えたが、間もなく俊太郎の父を見送り、俊太郎の母を見送り、そしてこんどは自分が公三のもとに去り、それからいくばくもなくして祖父を見送った。それらの年月、四季の移りかわりは、すべて悲しみに染まっていたように思う。坂道をのぼりつくして棲みなれた家の前に立った頃には、全身汗ばんでいた。みると、母屋《おもや》は一角をのこしてあとかたもなく取りはらわれ、そこに鉄筋造りの新しい二階屋が建っていた。白いコンクリートの塀《へい》がその家を囲み、二階のベランダでは派手な海水着姿の青年や少女達がかたまってなにかさわいでおり、ジャズがなっていた。

能楽堂は、その家の前を通って奥に行き、西側にあった。魚を焼いているにおいがした。みると、庭の海棠《かいどう》の樹の日蔭《ひかげ》で従弟《いとこ》が団扇《うちわ》で七厘《しちりん》をあおいでいた。

「おや、やはりきたのか」

俊太郎がたちあがって数歩こちらに歩いてきた。

「きたわ。くると言ったらくるわよ」

「いっしょにめしを食おう。いまさっき、そこの岬でかさごとべらを釣りあげてきた。昨日は三十センチほどのあいなめを二本あげたが、お祖父さんがいたらなあ、と思った」

「ほんとね。お祖父ちゃんは毎日魚ばかり焼いていたものね。俊ちゃん、毎日釣りに行っているの？」

「ほとんど毎日だな。野菜と米だけ買えば、なんとか食って行ける、というところだな」

庭には樹と樹のあいだに紐《ひも》がはってあり、そこに洗濯物《せんたくもの》といっしょに若布《わかめ》と鹿尾菜《ひじき》が乾してあった。

「母屋はいつ取りはらわれたの？」

「去年の春だ。ここんところ、一日中あんな調子でさわぎたてているんで、こっちはなにひとつ手につかない始末だ」

「コンクリートの家にコンクリートの塀、なにか殺風景になってしまったわね」

「時代だよ。娘が二人いたのをおぼえているかい?」

「もう大学をでた年頃じゃないかしら」

「上の方は一昨年でた。二人ともきれいになってね。ときどきここにも遊びにくるよ。このあいだは、その上の娘を危く脱がせてしまうところだった」

昌子は顔をあからめた。

「さあ、焼きあがった。めしにしよう」

「俊ちゃん、あなた、ほんとの不良になってしまったのとちがうの?」

「昌ちゃんが心配するほどのことではない」

能舞台の裏側に細長い日本間があり、むかしそこは楽屋であった。いまは俊太郎が寝泊りしている。鏡の間だった板張りの部屋は、いまは俊太郎の仕事部屋になり、そこには彫りかけの面《おもて》がいくつか並べてあり、ほかに造りかけの盆などがおいてあった。

「このお盆は源氏堂の仕事なの?」

「食えないから手がけはじめたが、面白くない仕事だよ。こまかいものでは帯どめとかブローチなどもこしらえているが。学校をでるまでお祖父さんが生きていたら、僕も勤め人になっていたと思う」

「むかしを想いだすのは悲しいことだわ」

「三人で大和路《やまとじ》を歩いたときのことを覚えているかい」

「忘れるはずがないわ」

「おぼえているかい。……むかし、おまえ達の親父達が学生の頃、わしは二人をつれてこの同じ道を歩いたことがあったが、こんどは父親のいない二人の孫をつれて歩いている。わしだけが生きのこった。……お祖父さんはこう言ったな。俺はいまになって、あのときのお祖父さんの悲しみの深さがわかってきたよ」

「あたし達には、いいことがひとつもなかったのね」

「俺は嘆かないことにしているんだ。ところで、昌ちゃんからそんなことをきくと、和泉さんとうまく行っていないのかな、などと考えちまうが、結婚したいまでも、いいことがないのかい？」

「ないわ」

「俺などの推測できない世界だが、そうかね、いいことがなにもないのか」

「おたがいに、血をわけた母が近くにいるというのに、あって慰めあうこともできないのね」

「よせよせ、そんなはなしは。俺は、おふくろを恨まないことにしているんだ。俺は、おふくろをすこしも恨んでいない、と自分に言いきかせ、自分で納得するのは、たのしいことだよ。

そうそう、この春のサッカアの試合があってからしばらくして、俺は、新宿でおふくろにあったよ」

昌子は箸《はし》をおき、従弟をみた。

「偶然というんだろうな、あんな出会いは。中村屋の二階で友人と待ちあわせていたときだ。俺は窓ぎわにかけていたが、ななめ右の席、といっても十メートルは離れていたが、俺は、そこから絶えずこっちをみている視線を感じたんだな。俺はそっちをみた。三人の子供達に囲まれた親子団欒《だんらん》の光景、といえばわかるだろう。俺は自分のテーブルに視線をおとした。すると、いま見た、夫と三人の子供に囲まれた女の人が、おふくろではなかったか、と思えてきた。で、俺はすぐ再びそっちを見た。そのひとはあわてて俺から目をそらし、子供達としゃべりだした。だがそのつぎにそのひとがこっちをみたときに、二人の目がかちっと合ってしまった。こんどは二人が同時に目をそらした。俺はちょっと考えてから、ここをでよう、と決めた。夫と子供のいるそのひとに話しかけることはできなかったし、またそのひとも、夫と子供の前で、かつての息子に話しかけることはできまい、と思ったのだ。俺は三階に席をうつした。席をかえてから考えたのは、あの子は自分を恨んでいるからここからでて行った、とそのひとが思いはしないか、ということだった。それではあのひとがかわいそうだ。そこで俺はテーブルから紙ナプキンを一枚とると、つぎのように書いた。〈まったくの偶然でした。私か席をうつしたのは悪意からではありません。どうか御理解ください〉これを折りたたんで女給仕に渡し、もしそのひとが手洗いかなにかで席をたったら、後を追って行き渡してくれ、と頼んだ。女給仕はいやな顔をせずに引きうけてくれた。後で女給仕がきて、たしかに御家族にわからないように手渡しました、と告げてくれた。女給仕は俺を若いつばめかなにかに思ったんだろうな。そのひとの三人の子というのは、いちばん上が女の子で十五歳位、その下が十二歳位の男の子、いちばん下が八歳位の女の子だった。そのひとにしてみれば、その三人の子も俺も同じ腹をいためた子にちがいないが、別れてから十六年という歳月は、そう簡単ではない。糸口さえ見つからなかっただろうと思う。たがいに遠くに離れてくらしながら偶然であったのとちがい、すぐ近くにいながら十六年間ただのいちどもあっていない、という事実が、俺をそんなようにさせたんだな」

「俊ちゃんは、大人になったのね。あたしなら、とてもそんなに頭が早くまわらないわ」

「ところが俺はその日ここに帰ってきてから泣いたよ。水のような涙があとからあとから流れでるんだな。自分の泣顔をみるのがいやで、俺はお祖父さんの能面を壁からはずしてつけてみた。それから鏡をみた。そこにかかっている節木増《ふしきぞう》だ。それから間もなくのことだ、面を打つのがいやになってきたのは。あれからひとつも打っていない」

「どうしてなの?」

「わからん。偶然とはいえ、なま身のおふくろに出会ったのは、俺にとっては幸福なことではなかったらしい。面打《めんうち》で世を終ることを考えていたが、それができないと判ってからは、なにをしてよいのかわからん。昌ちゃん、いま俺のなかは空《から》っぽなんだ」

「あなたは、サッカアで自分をとりもどしたはずじゃなかったの？」

「あのときはね。……ついでに昌ちゃんに、もうひとつ話をきかせてやろうか」

「どんなこと？　あたしがきいてしまってもいいことなの？」

「それはどうだかわからんな。とにかくきかせてやろう。二十五歳の俺はいま、親父が三十四歳でアメ公に殺されたマーケット、あそこに毎晩ではいりしているが、そこで悪い女にひっかかってしまったのさ。ききたいかい？」

「そんなはなしなら、ききたくないわ」

「じゃ、きかせてやろう。春、目黒の能楽堂からの帰りに、悪い女でもできたんじゃないか、ときかれたことがあったが、女ができたのは去年の秋だ。未亡人で年は三十六歳、十人並の器量で、お尻が大きく、おっぱいも大きい。俺はその女からいろんなことを教わった」

「俊ちゃん、よして！」

「要するにサッカアをやっているときと同じなんだな。なにも考えない。複雑な気持になったときの最後の避難場所だということを発見した」

「俊ちゃん、そのお方を愛しているの？」

「愛しているのはお尻とおっぱいと、それから……」

「もういいわ」

昌子はたちあがった。従弟がなにを言いだすかわからなかった。

「なんだ、おしまいまできけよ。まあ、坐れよ」

「そんな俊ちゃんをみるのは、かなしいわ。あなたはいつも男らしかったはずだわ」

「俺は嘆かないし、かなしまないことにしているんだ。面を打てなくなったことだけが唯一のかなしみだ。目黒でみた卒都婆小町《そとばこまち》、としをとっても昔の色香がのこり、しわひとつない、あの老女の面、俺が新宿であったときにみたのは、これだった。十六年目に偶然であったその人からは、なま身の女のなまぐささだけが発散していた。俺が勝手にこしらえあげていた像が、こっぱみじんに毀《こわ》れ果ててしまった、といえばいいかな。げんに俺のそばにいるおふくろなら、そんなひとでもよいし、年をとっても若さと美しさを保っているおふくろが自慢だろうと思う」

「それこそ俊ちゃんの勝手というものよ。中村屋であったときの俊ちゃんのお母さんの様子を、もうすこし話してちょうだい。なま身の女のなまぐささ、と言っただけではわからないわ」

「そうだな、年より若くみえたことは、いま話した通りだ。若くみえるのはあのひとの責任ではないだろう。だが、赤いスーツを着ていたのはショックだった。たしか四十七、八のはずだ。なにごとにつけても、にぎやかなこと、さかんなこと、大げさなことの好きな人ではないか、と感じた。てんでひどかった。なまぐさかった。その赤いスーツがまったく似合わず野暮《やぼ》なら、俺は救われただろう。どんぴしゃりと似合っていたんだ」

「嘆かないといっていたのに、それでは嘆いていることじゃないの。あなたには、他人にたいしての思いやりがあったわ、むかしから。俊ちゃんらしくないわ、そんなの」

「いや、俺は嘆いてなどいないよ。もう卒都婆小町の面をみるのがいやになった、というだけのはなしさ」

「俊ちゃん、あたし、これで帰るわ」

「女のはなしをきかないのか」

「ききたくないわ」

昌子は再びたちあがった。

「俺はその女を愛しているわけではない」

「それでもききたくないわ。俊ちゃん、あなた、サッカアはもうやめてしまったの?」

「やめた。マーケットの女とやることが、サッカアと同じなもので」

昌子はだまって部屋をでた。

「昌ちゃん、もう、ここにきてはだめだよ」

昌子はちょっと立ちどまったが、ふりかえらずに表にでた。

昌子はそこから見おろせる海もみずに山をおりてきた。その年上の女を愛していないにしろ従弟が自分以外の女にふれたことがつらかった。女のことをくわしく知ったら、自分が苦しむだろうと思った。嫉妬というほどのものではないかもしれない、と考えてみたが、公三と自分の肉のふれあいをおもいかえすと、やはり苦しかった。

北鎌倉の駅をおり、陽がじりじり灼《や》きつける道を家にむかった。十人並の器量でお尻が大きくおっぱいも大きい、と言った従弟の表情がおもいかえされた。明石町の料亭でみた公三と女の姿、マーケットの女の部屋で女と寝ている従弟、その二つのあいだに自分をおいてみた。すると、自分の立場のつらさがはっきり見えてきた。

九

あれほど、自分の気持を自分自身にはっきり言いきれる勇気をもって稲村ヶ崎にでかけたのに、あくる日から昌子は、公三との足かけ五年間の生活そのものに義務を感じようと努めはじめた。これは自分でも意外であった。生活の平安を求める心がより強く動いたからかもしれない。

だが、この決心が続いたのは八月いっぱいであった。

そろそろ新学期がはじまる公三は、連日、図書館通いだと称して東京にでかけ、やはり、ときどき泊ってきた。ある日の朝、彼は玄関で靴をはいたとき、こんなことを言った。

「結局は、なんとかかんとか言いながらも、うまく納まるものだ。それにきみは、僕とは別れられないよ。だいいち、帰るところがないじゃないか。旧家の娘としての矜《ほこ》りだけでは生きて行かれないよ。そんな時代じゃないんだ」

彼は靴ひもを結ぶとたちあがり、妻と向きあった。

「ま、そんなところだな。かりに、これからも女をつくるようなことが僕におきたとする。きみはこの前のようにやはり妬くだろう。しかし、帰るところのないきみとしたら、少々のことには目をつぶり、それまで通りにやって行く方が賢明だろうね。だいいちね、向うは商売女だが、きみは大学の先生の奥さんとして尊敬を受けているんだ」

「そうですわね」

昌子はさしさわりのない返事をし、夫の顔をしげしげと視つめた。このひとは、いまでも、自分の妻から愛されているると思っているのだろうか。明石町で夫のぶざまな姿をみたことは、いまとなってみると、あのとき夫はあれ以外の姿はとれなかったのだ、と思うようになっていたが、妻からスノッブと言われて以後は、自分をかくそうとしない男になっていた。そうなってしまった男を朝夕眺めるのは、たとえ義務と慣れでともにくらしているにせよ、妻にしてみれば楽しいことではなかった。それに彼は、そう頭が悪い方ではないのに、いつも自慢と矜持《きょうじ》を混同していた。ときどき学生が遊びにきたが、彼は手放しで自分の著作を礼讃《らいさん》していた。そんな彼をみるのはつらかった。

こんな朝夕を送り迎えながらも、昌子が従弟を考えなかったわけではない。いや、いちどならず、あの八月の陽ざかりの道を稲村ヶ崎から戻っていらい、いまいちど訪ねよう、と決心しかけたものであった。考えてみても、彼ほど自分を愛してくれた男はいなかった。

九月にはいって間もない水曜日の午前、昌子は夫を送りだすと、染替えにだす着物を風呂敷に包み、由比《ゆい》ヶ浜《はま》の染物屋にでかけた。その帰りに源氏堂によってみた。だが棚には能面がなかった。昌子の視線に気づいたお内儀が、壬生さんには困りました、と言った。

「もう打つのがいやになったと言い、主人がなんど催促に行ってもだめなんですよ。なんですか、いま、ちょうど、お能のブームとかでございましょう。それで、やっとぽつぽつ売れてくれたと思ったら、おかしなかたですよ」

お内儀の説明によると、この春までは面は一面五千円で委託であずかり、売れたら三割を源氏堂がもらう方法をとっていたが、春以後は一面三千円で買いとっていた。だいたい月に七面はさばけだしたし、東京のデパートからも注文がある。それをことわるのはどうしたことかということだった。

「七月のはじめに伺ったときには、たしか、三面ほど並べてあったわね」

「あれが売れてからですよ。あれっきり一面も持っていらっしゃらないんですよ。春からひとつも打っていないらしいんですって。みんな以前に打ってあったとかで。つい先日のことですが、宝生《ほうしょう》の能役者がみえられ、知人がここから買った面をみたが、たいへんいいものであった、あったらみせてもらえないか、とおっしゃるんですよ。それを打たないなんて。それに、すこしおかしいことには、いままで造るのをいやがっていたお盆だとかブローチだとか手鏡の台などをやりだしたんですよ」

あの日言っていたことはやはり本当だったのだ、と昌子はつらい気持になった。十六年ぶりの母との邂逅《かいこう》は、こちらが想像する以上の衝撃だったかもしれない。しかし、その急激な変貌《へんぼう》はすこし唐突《とうとつ》すぎる気もした。なにか一本調子で歩いてきて、途中でぽきっと折れてしまったような感じを受けた。

店内には去年と同じく鎌倉薪能のポスターがはってあり、今年は九月三十日であった。昌子は結婚してからは、このポスターを目にとめることで、自分がいまひとつとしを重ねたのを知るようになっていた。記憶にある暗い夜を彩る薪能のかがり火は、興福寺南大門のそれがやはり鮮烈であった。

昌子は源氏堂をでてからも興福寺南大門の薪能のかがり火をみていた。その十八歳の春、昌子は正確には夜能をみていなかった。このとしは、昌子には二重の春であった。それまでは従弟と一つ蒲団《ふとん》で抱きあって睡《ねむ》ったこともあった。姉の役目を果たしている一方、母親の役も果たしていた。近親を意識しだしたのは旅にでる前であった。二人のあいだに節度があったにしても、甘美な世界にとどまっていたのは事実であった。南大門で薪能の篝火《かがりび》を前にして従弟に永遠をみたのは、二人が同じ境遇のなかにいたせいかもしれない。能という形式の永遠に、従弟の姿を重ねあわせていたからかもしれない。大和路の旅にでる前、一つ蒲団で睡ったとき従弟に乳房《ちぶさ》をさわらせたことがあった。従弟は無意識に母親を求めていた。ひどい懲罰だ、と昌子はいまになって自らをあざむけない自分のなかをみた。

帰宅しても、することはなにもなかった。ひっそり閑《かん》とした家で独り従弟を想うことだけがのこされていた。昌子はたちどまった。しばらく足もとの白茶けた地面をみつめた。血の近さは問題外だという気がした。母親と姉の役目を果たしてきたことも、考えてみると、自信をもってそうしてきたとは言いきれなかった。自分に子供ができるまで結婚しないように従弟に言いわたしたのも、その懲罰が自分にはねかえってきたようなものであった。面打をやめてしまった従弟にのこされたのは、このあたしだけかもわからない。二人とも、二人にのこっているのは、たがいの愛情だけだという気がした。

昌子は自宅を目の前にしてきびすをかえした。

十

従弟は刳貫盆《くりぬきぼん》を造っていた。昌子がはいった気配にもふりむかず、こっちに広い背中をみせて彫刻刀を動かしていた。昌子は日本間にはいった。

「俊ちゃん、またきたわ」

返事はなく、彫刻刀をにぎった腕だけが動いていた。

「どうしてこっちをみないの」

「もうここにきてはだめだ、と言ったはずだよ」

「そうだったわね。……今日、源氏堂によったわ。そしたら、俊ちゃんが面を打たなくなったと、お内儀さんがこぼしていたわ」

「つまらない仕事をしてきたものだ」

「そんなことはないわ。どうしてそんな言いかたをするの？」

「面を打つのは、俺《おれ》にとっては、生きるための条件だった。掟《おきて》だったと言ってもよい。面というのは、喜怒哀楽のどの変化にも応じるよう造られてきたのだろうが、俺にとっては、ひとつの面はひとつの表情しか示さなかった。そのひとつの表情が毀《こわ》れてみると、なにもかもがつまらなくなってきたわけさ。この前昌ちゃんがここにきたときには、打てなくなったのが悲しみだったが」

「俊ちゃんは、現実と自分の掟とやらをいっしょにしているわ。掟だけで充分じゃないの。そんなことを言わないでちょうだい」

「俺はいままで、おふくろの顔をつくっていた。増女《ぞうおんな》と孫次郎と節木増が多かったのも、そのせいだったからだ」

「知っていたわ」

「知っていた？」

従弟は彫刻刀をおくと、はじめてこっちをみた。

「それは、ずいぶん前から知っていたわ」

「おふくろを考えて打ったにしろ、面が全部、昌ちゃんの顔そのものだったことを、知っていたというのか？」

「あたしは、それを、ずいぶん以前から知っていたわ。そうだと知っていても、あたしには、どうすることもできなかったことよ。それは俊ちゃんにしても同じだったはずよ。あたし達は、しらずしらずのうちに血の近さを障碍《しょうがい》に感じはじめていたではないの」

「責めてなどいない。俺は、結婚してしまってからの昌ちゃんの悲しみさえ思いやっていたほどだ。だが、そんなことはどうだっていい。いま考えられるのは、俺はずいぶん単純に、そしてせまい生きかたをしてきた。そう思えてならない。もっと広い生きかたがあったと思う」

「後悔しているの？」

「いや。俺は後悔したことはいちどもない。昌ちゃんが去ってからは、はっきり言って、ほんとにつらかった。白状するが、死のうとしたことが二度あった。そんなとき、俺はいつもあくびをしてみせた。そうすることでなんとか生きながらえようと思った。サッカアに熱中し、中世の遺品を彫っていた俺の姿は、はたからみれば直截《ちょくせつ》だったかも知れない。だが俺はサッカアなど信じちゃいなかった。熱中するときの行為だけに我を忘れていた、と言ったらいいだろうか。中世の遺品を彫っていた俺の姿は、自分でもいじらしいと感じたことがあった。思いのままに彫れる行為だけが信じられたのだ。そこに永遠をみたと言ったのも嘘《うそ》だ。たしかに、現世こそは仮りの世界で、あの中世の遺品にほんとの世界がある、と思ったことはあったが。昌ちゃんは俺に永遠をみていたかもしれない。俺が昌ちゃんに永遠をみたと同じようにね。だが、ほんとは、二人とも、そんなものを見たと思っただけにすぎない。思いあがりにすぎない。没落した家の子が現実のつらさから逃れようとしたときにみたのが、ありもしないそんなものだったわけさ」

彼はたちあがって昌子の前にきた。

「なにしにきたのだ？　俺に永遠をみにきたのか？」

彼の左腕がのび、昌子は肩をつかまれて抱きよせられた。昌子は緊迫した二つの目をみた。顔に熱い息を感じた。

「俊ちゃん、なにをするの！」

「もうくるな、と言ったはずだ」

昌子は目を閉じ、帯がとかれるのを感じた。抗《あらが》う気持はなかった。今日の訪問は理性を超《こ》えていたし、従弟が、もうくるな、と言った意味も知っていた。

昌子は目を閉じたまま、こんなあかるいところで、と小さくさけびながら、一方では、いままであたしは、夫を裏切ったことがいちどもなかった、と自分を弁護してみた。だが、この日こそは、公三といっしょになった日から待っていた日かもしれなかった。二人は真昼の部屋でふるえながら結びあった。

「輝くような乳だ。むかし、俺は、この乳にさわったことがある」

昌子は乳に熱いものを感じた。

陽脚《ひあし》が移り、部屋にも光が充ちあふれた。昌子が海の音をきいたのは暮方であった。

十一

昌子は能楽堂をでてきたとき自己の変容を信じていた。夫と別れる決心をつけて山をおりてきたのである。

だが、自宅に帰りつき、間もなく帰宅した夫を迎え、その善良な顔をみたとき、あたしはたいへんなことをしてしまった、といつもの人妻に逆戻りし、その夜は常にないやさしさで夫につくした。夫がねむってしまってからも、この肌の火照《ほて》りは、昼間のあのほてりと同じものだろうか、と考えてしまった。ひどい残酷な一夜だった。あくる朝、陽のひかりをみるのがつらかった。

この日公三はどこにもでかけず書斎に閉じこもっていた。ひるすぎに、昌子は買物にでかけると言いのこして家をでると、まっすぐ稲村ヶ崎に行った。自分が信じられなかったのである。

そして、そこで前日のようにほむらとなってわが身を灼《や》きつくしてみたが、もはや前日のように自己の変容を信じるまでには至らなかった。従弟と自分のあいだがまったく判らなくなってきたのである。

そして稲村ヶ崎の山をおりてきたとき、前夜にまさる悔恨に責めさいなまれた。

この日から一週間、昌子は夫につくすことで自分をしばりつけてしまった。愛していない夫とは別れ、愛しあっている従弟といっしょになる、というきわめて簡単明瞭《めいりよう》な筋書を前にしながら、自分が信じられなかった。従弟と自分を繋《つな》ぐ実体がつかめなかった。

十二

鎌倉薪能は旬日に迫っていた。あの闇夜を彩る篝火《かがりび》は、薪能の日が迫ってくるにつれ、昌子のなかで鮮明さをましてきた。従弟を知ったいま、篝火はまったく別のものに見えてきた。

九月十八日の朝、昌子は夫を送りだしてから間もなく、従弟からの手紙を受けとった。手紙を持参したのは六十がらみの婆さんだった。従弟がわざわざ手紙を持たせてよこしたのは、手紙が公三の手にはいるのをおそれたからにちがいなかった。

昌ちゃん、もう、ここへはこないでくれ。俺達は、おたがいに、実体のともなわない夢を追ってきたようなものだ。昌ちゃんを知ったことは、俺の幸福のひとつに数えてもいいはずだが、しかし、二人でいると、滅亡しか感じないのは、どうしてだろうか。いままで、いろいろな女を知ってきたが、それはみんなサッカアと同じ運動だったと思う。だが、昌ちゃんとは駄目だ。いっしょにいても滅亡しか感じない。二人とも同じ境遇だったことがおたがいを支えてきたことは事実だが、もうだめだよ。昌ちゃんのおやじは戦争で殺され、俺のおやじはアメリカ兵に殺された。その二人の息子をつれて奈良《なら》を歩いたお祖父さんが、こんどは二人の息子の子供をつれて同じ道を歩いた。そのときお祖父さんは俺達になにを語りたかったのか。そのとき二人の子供は、おたがいのうちに永遠をみた。この永遠は二人いがいの誰にも通用しない永遠だった。だが、ほんとにそんなものがあったのだろうか。

まだ二人の親父が生きていた頃、俺達は祖父の家で見せっこ遊びをしたことがあった。昌ちゃんが嫁にいくときまった日、俺はその見せっこ遊びをなつかしくおもい返したものだった。あれから足かけ五年しかすぎていないのに、ずいぶんながい年月に感じられてならない。このあいだ俺は、成熟しきった昌ちゃんのからだを前にして、もう、あの子供の日には還《かえ》るすべもない、と感じた。昌ちゃんのからだに滅入《めい》りこんで行きながら俺はかなしかった。汚れちまったかなしみ、あの純白な子供の日に還れないかなしみ、そんなかなしみだったと思う。俺はかなしみながら滅亡を感じた。

いまからおもうと、あの奈良でみた薪能のかがり火は、永遠などというものではなく、滅亡の火だった。むかし俺達はよくあのかがり火のことを話しあったものだが、昌ちゃん、あれは滅亡の火だよ。神事能《しんじのう》である薪能のかがり火に滅亡しかみなかったのはどういうことか、俺には判らない。このあいだ、昌ちゃんのからだに滅入りこんで行ったとき、俺は、暗い夜に鬼火のように燃えているあの火をみた。生きていてもしようがない、そんなことも感じた。

どうしてこうも滅びのことしか思いつかないのか、昌ちゃん、知っていたら教えてくれ。だが俺たちはもう逢《あ》ってはだめだよ。俺も、なるべく近いうちに結婚するか、でなければ同棲《どうせい》できる女を見つけるよ。この前はなしたマーケットの女は、いいパトロンを見つけ、おかげで俺は捨てられてしまったが、こんどはもっと若い女をつくるよ。いままで俺は、絶望だけは認めないようにして生きてきたが、ともかく、もういちど、一縷《いちる》の希望を見つけて、生きて行くことにするよ。ではあばよ。

追伸。数日中に源氏堂に孫次郎を届けておくから、受けとってくれ。俺の打つ最後の面だ。金剛流《こんごうりゅう》四代の太夫《たゆう》孫次郎が、亡き美しい妻をしのんで打たせた面、それが今日の孫次郎だとむかしお祖父さんからきいたことがあるが、俺がこの故事に倣《なら》えるのは幸福だ。

従弟も自分も孤独だという思いが渦をまいて噴きあげてきた。篝火に滅亡をみた壬生俊太郎の心情は、昌子にもあてはまった。神事能のかがり火に滅亡をみたのは、能の儀式そのものと関係があったわけではない。儀式の終了とともに消えて行く火に、没落しかけた旧家の末路をみたからかもしれない。能という形式の永遠に美をみたとしても、それは現世のものではなかった。祖父といっしょに大和路を歩きおえた末に出逢った薪能の篝火に、二人は意識せずに二人の晩年をみてきた、と言ってもよい。そのあかい火に、二人は、父に死なれ母に去られた宿命の象徴をみた。以来、二人は、その火を視つめて生きてきた。

公三といっしょになったとき、たしかに夢はあった。夫を愛し、子供をうみ、子供を育て……だが、たった五年でその夢は乱れ散って行った。妻としての義務を除けば、もはや公三とともに暮して行く意味がないように思えた。

でも、俊ちゃんは、どんな一縷の希望をみつけて生きて行くと言っているのだろうか。希望などは、はじめからなかったにひとしいではないか。

大和路を歩いたとき壬生時信は、二人の孫に希望を託していたかも知れないが、一方では滅亡のあとをたどっていたにちがいない。昌子はいまになってそのときの祖父の姿をよりはっきりと見た。まいねん、薪能をみにでかけたのは、舞曲そのものをみるためではなく、暗い夜を彩る滅びの火に惹《ひ》かれていたからだ、ということも判ってきた。そして、従弟を知ったいま、見えるのはあの火だけだ、という気がした。

この日から昌子は、自分が蒼空《あおぞら》ばかり眺めあげて暮してきたように思う。まいにち、虚空の一角にあかい火をみた。

昌子はまいにち虚空の一角に篝火をみながら、その火がやがて祖父の告別式場での祭壇の蠟《ろう》燭《そく》の炎とかさなりあっているのをみた。そのかさなりあった炎の向うには、さらに、父の告別式のときの炎がゆらめき、叔父の告別式のときの炎がゆれていた。このとき、自分に残されたのは従弟だけだということが改めてはっきり見えてきた。なぜあたしは生きているのだろうか、と考えてきたことも、そう考えなければならなかった自分の位置も、明確にみえてきた。

昌子は亡き父を愛し、他家に去った母を愛し、亡き祖父を愛し、亡き叔父を愛し、俊太郎を愛してきた。それらの愛には、背負いきれないほどのたくさんの悲しみがともなっていた。みんなが滅び、みんなが離れてしまったのに、あたしと俊ちゃんだけは生きのこらなければならないものだろうか。こんな悲しみを知り、こんな愛を知ってしまった二人は、それ自体の充実したはげしさによって滅びるべきかもしれない。

昌子はこの日も縁側から暮れなずむ空を見あげ、虚空の一角にかがり火をみた。それは幾重にも重なりあってゆれていた。そしてある日の真昼、秋の陽を浴びて庭にたち、虚空をみあげていたとき、滅亡の美しさを信じてしまった。すると間もなく、かつて覚えなかった安堵《あんど》がやってきた。

あくる日から昌子は睡眠薬をすこしずつ買いもとめた。俊太郎が同意してくれるかどうか、ということだけが残されていた。

十三

九月三十日、鎌倉薪能が催される日の朝、昌子は夫を送りだすと、源氏堂からもってきた孫次郎の面と小田原の母にあてた手紙を風呂敷に包み、北鎌倉の家をでた。

稲村ヶ崎の能楽堂についたら従弟はいなかった。マーケットの女のところだろうと思った。昌子は能楽堂にはいり、舞台と橋懸《はしがかり》を掃き清めた。それから従弟の仕事部屋になっている鏡の間も掃除し、彫りかけの鎌倉彫は一カ所にまとめて積みかさねた。掃除をすませたら十一時だった。

従弟が戻るまでの時間がながく感じられた。前日の昼間書いた母にあてた手紙をとりだし、もういちど読みかえした。

よそのひとになってしまったあなたに、こんなことをおねがいするのは、心苦しいことですが、どうか、娘のたったいちどのねがい事だとおぼしめし、ききとどけてくださいませ。俊ちゃんは、自分の母をすこしもうらんでいない、と自分にいいきかせ、自分でなっとくするのは、たのしいことだ、とあたしに言ってくれたことがあります。あたしも、あなたに、そんな気持をいだいております。

十七ねんまえから、俊ちゃんもあたしも、たがいをささえにして生きてきたのでした。二人とも、いちどもなきごとをいわず、けなげに生きてきたつもりです。あなたが、あたしの結婚式にいらしてくださった日から二ヵ月後に、祖父は亡くなりました。それより前に、稲村のあの家は、能楽堂だけを残してあとはみんな他人の手にわたり、俊ちゃんは、あたしが和泉の家に去ってからいままで、能楽堂で独りで暮してきました。それまで俊ちゃんは、あたしを母とも姉ともおもっていたのでした。

どうして、こういうことになってしまったのか、わかりませんが、俊ちゃんもあたしも、生きているのがつらくなってきました。和泉との生活が不幸だったことはありません。あのひとは、あたしにはりっぱすぎるくらいの夫だったとおもいます。でも、こんなことを、和泉にたのむわけにはまいりません。どうか、この手紙をおよみになられましたら、稲村の能楽堂まで出向いていただけないでしょうか。

鎌倉駅前の銀行に、あたしが結婚のとき祖父からわけていただいたおかねが、そっくりつんでありますから、後始末につかってくださいませ。実印も銀行にあずけてあります。のこったおかねは、まだいちどもあったことのないあたしの弟や妹達のためにつかってくだされればありがたいのですが。

昌子

手紙は巻紙に毛筆でしたためた。毛筆は祖父から習いおぼえたが、結婚いらい毛筆をもつのは久しぶりのことであった。前日、これをしたためながら、気持がなごやかだったことを、昌子は記憶している。

俊太郎は正午すこしすぎに帰ってきた。

「やはりきたのか」

彼は酒くさい息をした。目のふちもいくらかあかかった。

「昼間からお酒をのんでいるの？」

「いや、ゆうべの酒がまだからだに残っているんだ。このあいだ手紙に書いたマーケットの女ね、あの女は、パトロンがこない夜は俺を泊めるんでね」

「そんな話はどうだっていいわ。孫次郎をどうもありがとう。今日、ここに持ってきたわ」

「もらってくれないのか？」

「もちろん戴いておくわ。今日はね、大事な話があって伺ったのだけど、俊ちゃん、きいてくれるかしら」

「昌ちゃんの話なら、なんでもきくだろうな。きかないわけにはいくまい」

「そうだったわね。……俊ちゃん、あたしのはなしをきいてから、そのはなしがいやならいやと、はっきり言ってちょうだいね」

「なんのことだ？」

「このあいだのお手紙に、一縷の希望をみつけて生きて行くよ、と書いてあったけど、俊ちゃん、どんな希望があるの？」

「いまはそんなものはないよ。これからみつけるわけだ」

「これからみつけるのね。……あたしにも希望がないと言ったら、そしてこれからも希望など持てそうもないと言ったら、俊ちゃんは、あたしのために希望をみつけてくれるかしら……」

「昌ちゃん。親身になってともに感じることのできる間柄ってのは、そうざらにあるものではない」

一瞬、俊太郎の目が輝いた。

「そうだったわね。ではね、俊ちゃん、あたしが話すよりも、これを読んでちょうだい」

昌子は、小田原の母にあてた手紙を、封筒ごと従弟の前にだした。

俊太郎は封筒をとりあげ、表と裏をみて膝下《ひざもと》においた。

「読まないの？」

「遺書か？」

昌子はだまって従弟の目をみていた。

やがて俊太郎は封筒から巻紙をぬき、最初の数行をよみ、再び封筒におさめた。

「よまないの？」

「しまいまで読まなくとも、わかるような気がする」

そして彼は、きれいにかたづいた部屋を見まわした。

「昌ちゃん、今日は薪能の日だったな」

「あたしは、俊ちゃんの手紙をよんだ日から、まいにち、あの暗い夜を彩る篝火をみてきたわ」

「和泉さんとはだめなのかい？」

「公三でなくとも、やはり同じことだと思うわ。壬生の血は、こんな時代には合わないのかもしれないわ」

手紙をあいだにおいて二人はしばらくだまりあっていた。二人とも封筒のあて名に視線をおとしていた。

「それもいいだろう」

俊太郎はあっさり言ったが、表情がこわばっていた。

「俊ちゃん……」

「嘆くことはないよ。俺はいままで投げやりな気持になったことは、いちどもないよ。昌ちゃん、そんなことを心配することはないんだ。俺はいま幸福だよ。あんな手紙を書いたが、二人が逢わずにすごすなんて、考えられないことだ。二人が期せずしてこんな考えを抱《いだ》いたのは、なにもまったく新規のものではないのだ。世の中には、こうしたまわり道もある、というものだ。昌ちゃん、もういちど、昌ちゃんを抱かせてくれ」

「いいわ」と昌子は言い顔をあからめた。「みんな俊ちゃんにあげるわ。結局は、はじめから、あなたのほかには誰にもあげなかったものよ」

近くのポストが最後にひらかれるのが三時だから、それ以後に手紙を投函《とうかん》すれば、明日の午前十時にポストがひらかれ、手紙が小田原の昌子の母の手もとに入るのは、明後日の正午頃になる、と俊太郎は語った。

手紙は四時に俊太郎がポストに入れに行った。それから二人は、朽葉がまだらに散りしいている近くの山を歩き、幼い時分から見なれてきた湘南《しようなん》の風景にわかれを告げた。それから帰宅して最後の歓楽を交した。あたりは深閑としていた。外面《とのも》では秋の陽《ひ》が一日のおわりを飾っていた。

それから二つの蒲団を能楽堂の舞台に移し、見所《けんしよ》から眺めて目附柱《めつけばしら》よりに俊太郎、脇柱《わきばしら》よりに昌子、と並べて敷いた。枕は囃子座《はやしざ》に向けた。

かつて祖父がここで舞い、多くの人が舞った頃のおもいでが、二人の心をやさしく包んだ。

二人は部屋に戻ると薬をわけてのんだ。二人とも致死量を知らなかったし、これで死ねるかどうかは判らなかった。量が多すぎるとかえって失敗する、ということも昌子はなにかで読んでいた。

「なにか、ひどく楽しいことをしているようね」

「昌ちゃんも俺も、せいいっぱいに生きてきたからな。俺はいま、見せっこ遊びをおもいだしているところだ」

そう言いながらも、俊太郎の表情には一条の苦痛の色が走っていた。

それから俊太郎の希望で二人はもういちど歓楽を交した。それは数度つづいた。二人とも、かつてこんなに力強くこんなに残酷になったことはなかった。

二人は充ちたりた気持で能楽堂にはいり、舞台にのべたそれぞれの蒲団に横になった。

「囃子方の調べがきこえるかい？」

「きこえるわ。これは俊ちゃんとあたしだけの薪能よ」

昌子は着てきた水色の綸子縮緬《りんずちりめん》のまま帯だけとり、俊太郎は壬生時信が着ていた藍《あい》の結城《ゆうき》紬《つむぎ》に着替えていた。二人とも、ひもで両足首と膝をあわせてしばった。

入陽がさしこみ、後見柱《こうけんばしら》と鏡板が燦爛《さんらん》と輝いた。やがて陽は二人の足もとに移り、まわりを茜色《あかねいろ》に染めあげた。このとき、昌子は俊太郎が打った最後の面孫次郎をつけ、俊太郎は、これもまた祖父の遺品である中将の面をつけた。

二人はこうしてすっかり用意をすると、左手と右手をだして握りあった。

「これで俺達はむかしの日に還《かえ》れたわけだ」

「そうね。みんなが変っていったのに、あたし達だけは変らなかったのね」

能面を通して陽の沈んで行くのがわかった。鎌倉薪能もはじまっている時刻だった。

「昌ちゃん」

「はい」

「奈良のあのときの篝火《かがりび》が見えるかい」

「みえるわ」

「まもなくお祖父さんにあえるよ。俺は親父の顔をよくおぼえていないが、親父にも間もなくあえるわけだ」

「そうね。俊ちゃん、もう、なにも言いのこすことはないわね」

「ないよ。そうだな、いますこし生きてみたかった、と言えば未練にきこえるかな」

「俊ちゃん！　もしそれがほんとなら、いまのうちなら助かるわ」

昌子は、薬をのむときにみせた従弟の苦痛の表情をおもいかえした。

「そういうことではない。なにかし残してきたような気がしたからだ。残っているのは借金だけだからな」

「それはさっき、小田原への手紙の終りに書き加えておいたわ。あたしの銀行預金のなかから返しておいてくださいって」

「それはありがたいな。こうして、誰にもうらまれずに死ねるのは楽しいことだ。俺は、不幸だったことはいちどもないよ」

「うれしいわ……」

それから二人は沈黙した。

陽はくれて行き、舞台のまわりも闇に包まれはじめた。

それからどれほどの時間がたったのか、昌子ははげしい睡りにさそわれ、俊ちゃん、とよんでみた。返事はなかった。握りあっている手を動かそうとしたが、自分の手に感覚がなかった。このとき昌子は笛の音をきいた。大鼓《おおかわ》が鳴り、太鼓の音がきこえてきた。地謡《じうたい》の澄みきった声もきこえた。それらはみな、廻りの囃子座、地謡座からきこえてきた。やがて小鼓の音と気合のこもった裂声にあわせて、乱拍子をふんでいる仕手《して》の舞台が現れた。仕手がなにを舞っているのかは判らなかった。

このときである。昌子は、ひときわ澄んだ大鼓の音とともに、九天の高みから薪能の篝火がこちらに近づいてくるのを見た。篝火は幾重にもなり、その向うには祖父の顔、父の顔、叔父の顔もみえた。昌子は、俊ちゃん！　とよんだが、声にならなかった。しかし、頭のなかの一カ所がまださめきっていた。いやがる俊太郎を無理にさそったかたちになったが、願わくは二人とも生きかえらないように、と思った。もし、どちらか一人だけが死んだら、そのときの生き残った者のつらさが、いまから判るような気がした。

剣《つるぎ》ヶ崎《さき》

一

康正《やすまさ》は、手紙を読み終ると次郎の前に戻し、しばらく外を見ていたが、やがて抹茶《まっちゃ》をいれる支度《したく》をした。次郎は、茶筅《ちゃせん》を持っている父の手もとを見ながら、お祖父《じい》さんにもこの手紙は意外というほか言いようがないのだろう、と思った。次郎は外を見た。午前の山は蟬時雨《せみしぐれ》に包まれ、能楽堂をとりまいている建仁寺垣《けんにんじがき》にも蟬がとまって鳴いていた。亡くなった人、去った人の顔が、ある日のある一刻のその人達の顔が、さまざまな季節の色に染まって次郎の裡《うち》を去来した。

手紙は、次郎の妻の三千子が、二人の子をつれて買物に山を降りてから間もなく届いた航空便であった。差出地は韓国の京城《けいじょう》で、北支《ほくし》事変の勃発《ぼっぱつ》とともに慶尚北道大邱《けいしょうほくどうたいきゅう》連隊から姿を消し、以後、杳《よう》として行方《ゆくえ》の判《わか》らなかった大日本帝国陸軍大尉李慶孝《りけいこう》の名をみたとき、次郎は息をのみ、一瞬、眩暈《めまい》がした。絶えて久しい人からの便りではなく、もう縁が切れていると思っていた人からの便りであった。手紙の内容は、いたって簡単であった。九月中旬、渡米途次に日本に立寄る、おまえと会うのは二十五年ぶりだ、太郎が不慮の死を遂げた話もきいている、日本には二日間しか滞在できないが、太郎の墓に詣《もう》でる時間はあると思う。こんな内容であった。次郎は幼時の記憶を手繰りよせてみた。父の軍服姿は、凜々しい、という一語に尽きていたように思う。二十五年このかた一滴の涙も零《こぼ》したことがなく、乾いた目で世の移ろいを眺《なが》め、一日が一年にも当る永さを感じた日もあった自分の過去をふりかえり、父がその二十五年をどのように生きてきたのか、彼には想像がつかなかった。文面は、ちょっと旅行にでた家長が家族にあてた手紙、そんな調子であった。彼には、李慶孝という一人の軍人の心情が理解できなかった。記憶の襞《ひだ》に埋まっている風景のすべてが暗かった。終戦このかた、次郎は、その暗さから逃れよう、どうすればあそこから逃れられるか、そのことばかり考えてきたように思う。歴史の移ろいを感じたのは昔のことであった。なにものにも心動かされず、なにも感じなかった年もあったように思う。

「一服、進じようか」

康正が茶筅を置くと聞いた。

「いえ、いいです。この暑いのに茶はごめんです」

「おまえの父か……五年ほど前のことだが、おまえの親父の陸士時代の同期生に偶然あったとき、韓国の要人になっている、とは聞いていたが、なんとはなしに、それをおまえに知らせる気にはなれなかった」

「そうだったのですか……お祖父さんは、妻や子供を捨てた男を、憎んでいらっしゃるんでしようか?」

「そうではない。あれは、立派な男だった。わしが考えたのは、いまさら昔のことをほじくり返す必要はない、ということだった。石見《いわみ》家を継ぐおまえに、韓国人になりきってしまったおまえの父が現に生きているのを知らせるのは、どうかと思ったまでだった」

「お祖父さん、私は、父が生きていると知ったいまでも、別に異なった感情を抱《いだ》いているわけではありません。昔のことをほじくり返すつもりもありません。ただ、剣ヶ崎でのあの暗い記憶から逃れたい、それだけが望みです。お祖父さんにしても、同じだと思いますが」

「ほんとに、暗いことばかりだったな。次郎、念のために言っておくが、おまえは、もう、混血の意味などを考えない方がいい。意味を知ったところで、いまさら、どうなると思う。それより、金にならない国文学の研究をしている方が幸福だ。おまえの親父のことだが、立派な男だったが、しかし、わしには、判らない男だった。わしにしてみれば甥《おい》だが、半分だけ韓国人の血が入っている、というだけで、もう、わしなどの知らない世界にいる男だった。もしおまえの父が軍人でなかったら、わしにはもっとよく判ったかもしれない」

「それは、どういう意味ですか?」

「おまえ達が、直人に連れられて日本に引きあげてきたとき、わしは、おまえの親父が、この日が到来するのを見ぬき、日本の士官学校に学んだのではないか、と考えたことがあった。優秀な軍人だっただけに、日本もずいぶん損をした、そんな思いをしたものだ。まあ、なんにしても、昔のことだ。その手紙の文面では、おまえの親父は、こちらのことをある程度は知っているらしい。調べたのだろう。来たら、温かく迎えてやろう。しかし、太郎の死を、どういう風に話すべきかな……」

「お祖父さんが心配するほどのことではないと思います。私は、十二歳の夏に父と別れたきりですから、その後の父を想像できませんが、二人の子を日本の籍に入れ、そして妻子を捨ててまで自分の道を選んだ父にとって、人間の死がそれほどの意味をもっているとは思えません。お祖父さん、私のからだのなかには、すこしだけ韓国人の血が流れている。しかし、日本で育ち、日本の古典を研究している。私は日本人として、半分は日本人の血を享《う》けながら韓国人として生きてきた父を、やはり距離をおいて、韓国人として見る、私のこの考えは、父に会っても変らないと思います」

「わしは心配などはしていないよ」

「三千子は間もなく戻ると思います。私は、いまから、ちょっと出ますが」

「尚子のところに行くのか？」

「いいえ。母さんを訪ねても仕方のないことです。……剣ヶ崎に三人の墓参りをしてこようと思います。もう、そろそろ、あの暗い想い出からふっきれてしまいたい、去年からそんなことを考えていたもので、父が来るのを機会に、花でもあげてこようと思います」
「そうしてくれるか、としのせいだな、わしは昔を想いかえすと、辛さが先にたつよ」
「帰りには、三崎《みさき》によって鮑《あわび》を買ってきますから」
次郎は能楽堂をでると、降りしきる蟬時雨のなかを母屋《おもや》におりた。栗の樹を土に埋めて拵《こしら》え
た階段を九段おりると母屋の庭で、家は四十年の風雨に晒《さら》され、白い漆喰壁《しっくいかべ》も燻《くす》んでいる。国
文学者として地道な研究を続けている彼には、没落しかけた石見家を再興する手立てもなく、
いずれは邸を売りはらって祖父とともに小さな家に移らねばならなかった。祖父の康正は、先
の見えている事実に愚痴ひとつこぼさず、昼間はたいてい能楽堂にこもりきって古書をひもと
き、時折訪ねてくる謡曲の仲間と茶を点《た》てるのを楽しみとしていた。次郎は母屋に戻り、洋服
に着換えると、山をおりた。

剣ヶ崎。神奈川県の東南、三浦半島の突端にある岬角《こうかく》で、対岸の千葉県の洲崎《すのさき》と相対して東
京湾の入口に位置し、岬の頂上には灯台がある。ここは土地の人から、つるぎがさき、とは呼
ばれず、けんさき、と呼ばれている。
久里浜《くりはま》の街で次郎は菊の花を求め、一時間に一本しか出ない剣ヶ崎行のバスに乗った。野比《のび》
の峠を越し北下浦を過ぎる頃には、前方左側の海に長く突きでた剣ヶ崎が見えた。十七年前の

夏、志津子の遺骸《いがい》を捜して漁船で海にでたとき、海から眺めた剣ヶ崎の白い断崖《だんがい》に、十八歳の彼は、自分の死を垣間《かいま》みた気がしたが、いま剣ヶ崎は、八月末の陽ざしに霞《かす》んで渝《かわ》らぬ姿を横たえていた。

周囲の風景は十七年前と殆《ほとん》ど変っていなかった。彼が剣ヶ崎から鎌倉に戻ったのは、十六年前になるが、彼のなかでその全容をとどめている剣ヶ崎は、いつも十七年前の夏の光景であった。

松輪を過ぎる頃には灯台が見えた。彼のなかを緩やかに噴きあげてくるものがあった。兄といっしょにこの道を歩いた冬のある日のことなども想いかえされた。

やがてバスは終点についた。彼はバスから降りると、石蕗《つわぶき》の群生している切り通しの坂道をおりた。右は深く切りこんだ谷間で、谷間に沿って海に突きでた岬に灯台が建っている。彼は、かつて棲んでいた家の前を通り抜け、左側の松林にある墓所に行った。土地を売ったとき、そこだけは残した平坦《へいたん》な一角で、三基の墓は夏草に被《おお》われ、あたりはコスモスと石蕗が群生していた。彼は墓前に菊の花を供え合掌した。自分達の生命と引き換えに、兄と志津子は何を守り何を得たのか。そして、日本の歴史にも韓国の歴史にも残らず、大戦の終了とともに此処《ここ》で自尽した海軍中佐李慶明。この三人のかつての姿が、次郎のなかで、尽きることのない泉の湧きでるように想いかえされた。

しばらくして彼は林を降りた。かつて棲んでいた家は、いまは無人らしく、荒れ果てていた。やがて灯台の入口に立った。潮風で傾いた黒松が両側に並んでいる石畳の道は、昔とかわっていなかった。彼はその道をのぼった。右側の谷間になだれこんでいる斜面は夏草に被われ、岬の灯台は八月の陽光の下で白く輝いていた。彼は灯台の建物が並んでいる一角を通りこし、岬の突端の断崖の上にでた。断崖を距《へだ》ててすぐ目の前に、こちらとほぼ同じ高さの岩山が二つあり、潮のひいた岩礁地帯では、数人の女が海藻《かいそう》を拾っており、岩山の向うの岩礁の突端では男達が釣糸をたれていた。対岸の房総《ぼうそう》半島は霞んで、鋸山《のこぎりやま》がわずかに姿をみせていた。

彼は草叢《くさむら》に腰をおろし、茫漠《ぼうぼく》とひろがっている相模灘《さがみなだ》を眺め、房総を眺めた。こんな辺鄙《へんぴ》な海岸になぜ別荘を建てたのか、彼はいまだに祖父にきいていない。もっとも、家が他人の手に渡ってしまったいまとなっては、そんなことをきいてみる気もおきなかった。

昭和十二年の秋から二十一年の春まで、彼は剣ヶ崎とともに生き、ともに暮してきた。ある意味では自分の伴侶《はんりょ》の一部であった剣ヶ崎を、彼はいままで一度も訪ねてこなかった。訪ねてこなかった事実にはなにか意味があったのか。父に捨てられ、母に去られ、兄に死なれた哀しみが俺《おれ》のなかを領していたからか。しかしそれは表面上の理由だ。剣ヶ崎は、彼の意識の暗部にある混沌《こんとん》とした血の流れを、彼が意識して視《み》つめていたことと繋《つな》がっていた。いま、八月の陽光を浴びて断崖の上に腰をおろしている彼のなかで、その八年間の剣ヶ崎が、さまざまな姿で想いかえされた。彼のなかを、海鳴りがし、潮風が吹きぬけた。白い灯台で象徴される剣ヶ崎は、彼には断崖の剣ヶ崎として記憶に残っている。ある年、春の陽に包まれた剣ヶ崎は、限りない温容を見せてくれた。ある年の冬には、剣ヶ崎は波濤《はとう》に牙《きば》を剝《む》き、悪鬼に変貌《へんぼう》して彼をのみこもうとした。目前に剣ヶ崎を見ながらその姿が見えない季節もあった。そして思いがけない方角から剣ヶ崎はその姿を顕《あらわ》し、彼をとまどいさせた時もあった。兄を奪い、従姉をのみこみ、叔父を自尽させた剣ヶ崎は、いったい俺にとってなんであったのか。彼の想いは、さらに、剣ヶ崎に棲みつくまでの過去に遡《さかのぼ》って行った。

昭和十二年の夏、石見次郎は小学校の五年生で、兄の太郎は中学一年生であった。この年の七月、北支事変がおき、二人の少年は例年のように夏季休暇を送れず、毎日、大邱駅に駆りだされて北上する出征兵士を見送った。彼等の家は明治町にある父方の祖母の邸内にあり、父の李慶孝はそこから大邱連隊に通っていた。

八月はじめのある日の暮方、兄弟の父は連隊から戻ると、食事もとらずに軍服を背広に着換え、外出した。それっきり彼は再び戻らなかった。あくる日、同僚の将校が来て、母の尚子に簡単な質問をして帰った。そしてその翌日の朝、三人の憲兵が現れ、家中を捜しまわった。憲兵は数冊の本と李慶孝の陸士時代の写真を押収してひきあげた。二日目、尚子は連隊に呼びだされ、憲兵隊に連れて行かれた。夕方帰ってきた尚子は疲れはてた顔をしていた。それから兄弟は、母が、ときどき想いだしたようにひっそり泣いているのを見た。しかし父は戻らなかった。

九月がきて新学期がはじまったが、兄弟は外出を禁止され、やがて日本から迎えにきた伯父の石見直人に連れられ、母子《おやこ》は、鎌倉の母方の祖父の家にひきとられた。鎌倉に着くまでの途中、ずうっと私服刑事が母子につきそい、鎌倉にきてからは、毎日一回は巡査が家に現れ、李慶孝からの便《たよ》りはないか、と同じ質問をして帰った。そして祖父の家で一カ月すごした母子は、剣ヶ崎に移された。兄弟が事の決定的意味を知ったのはこのときである。次郎は、大邸の家に憲兵が現れたときの異様な雰囲気《ふんいき》を、ながく記憶にとどめていた。

剣ヶ崎にも私服はきた。尚子は外出を制限され、剣ヶ崎周辺から出るときは前もって近くの派出所に申し出ねばならなかった。太郎は横須賀《よこすか》の中学に、次郎は剣ヶ崎尋常小学校に編入した。尚子は終日灯台を視つめ、相模灘を眺めてくらした。自然、二人の子も灯台を視つめてくらした。やがて剣ヶ崎は、この母子の前でさまざまに変貌《へんぼう》しはじめたのである。

どこから洩《も》れたのか、次郎は、剣ヶ崎尋常小学校に編入して三週間目に、おまえ、間《あい》の子だそうじゃないか、と新しい級友から言われた。さらに数日後には、あいつはチョウセンだ、親《おや》父《じ》はアカだとよ、という噂《うわさ》がひろまった。

「おめえ、ほんとにそうか？」

と漁師の息子が彼にきいた。

「しかし、僕の母は日本人だ。父の母も日本人だ」

次郎はおろおろしながら答えた。

「おめえ、妙な言葉を使うな。俺とか、おやじとか、おふくろとか言えないのか。おめえのおっかあが日本人でもよ、おめえは、ほんとの日本人じゃねえな。そうだんべ」

漁師の息子は野卑な目で彼を眺めまわした。半農半漁の村で、級友のうち、三分の一は、家業が漁師であった。

こうして、剣ヶ崎尋常小学校における次郎の二年間は、暗い記憶に彩られている。学校の前は、道ひとつ距《へだ》ててすぐ海で、深く彎曲《わんきょく》した遠浅の入江になっており、海苔篊《のりひび》がたちならんでいた。楽しい想い出といったら、級友の一人が海苔篊から生海苔をわけてくれ、その香ばしい味を賞味したこと、剣ヶ崎の潮のひいた岩礁《がんしょう》地帯の深い窪みで魚を手摑《てづか》みしたこと、そんなことしかなかった。

やがて次郎は剣ヶ崎尋常小学校を終え、横須賀の中学校に入学した。

神奈川県立横須賀中学の在校生は軍人の子弟が多く、毎年士官学校や兵学校に多数の入学者をだしていた。次郎がそこに入学した年、太郎は三年生になっていた。三年生になれば受験勉強を始めるのが常で、殆どの生徒が陸士や海兵入学を目ざし、からだに欠点のある者、例《たと》えば視力が弱い者でも、経理学校を目ざし、軍人色が濃かった。

そのなかで太郎は、皆とはちがった学校生活を送っていた。彼は京都の第三高等学校の理科を志望しておきながら、放課後、講堂でピアノばかり弾いていた。受験勉強もしなかった。

「兄さんは、初めから浪人をするつもりでいるのかい?」

次郎は、二年に進級した昭和十五年の春、始業式の帰りに兄にきいた。

「いや、俺は四修で来年の春は京都に行くよ。心配してくれているのか」

太郎はすこし気負った調子で答えた。

「兄さんのことだから自信はあるだろうが、それにしても……」

「なぜ文科を志望しないのか、とききたいのだろう」

「そうだよ」

「方便だよ。俺は兵隊にとられたくないだけの話さ。馬鹿げた話だ、鉄砲弾《てつぼうだま》をくらって野たれ死にするなど。このあいだ叔父さんがきたとき、俺はきいたが、戦争はここ数年のうちには終りそうもない、という話だった。三高の理科に三年、京大に三年、さらに大学院に残れば、そのうちに戦争は終るというものさ」

次郎は、二週間ほど前に別れの挨拶にきた父の弟の李慶明を想いかえした。海軍大尉で横須賀の鎮守府に勤めていたが、舞鶴《まいずる》に配属がえになり、当分はおまえ達にも会えない、と言っていた。彼も兄の消息は知らなかった。日本や朝鮮にいないことはたしかです、と彼は尚子に答えていた。兄の軍隊脱走は、彼等《ら》の父の李慶胤《りけいいん》の立場を不利にし、東京に居を構えている李慶胤の弟達の立場を不利にしたが、明治四十三年に公布された朝鮮貴族令により、李朝末期の貴族達は身の安全を保障されていた。私も常に監視されているんです、とその日李慶明は語った。

「叔父貴は、日本の海軍に飼殺しにされているんだよ。おまえ、この意味が判るか?」

「判るよ」

「朝鮮の王族と貴族は日本の女をあてがわれ、混血児の製造にはげんでいる。まったくみものだ」

帰宅するには、学校から京浜《けいひん》急行大津《おおつ》駅まで歩き、電車で浦賀にでて、そこから三崎行のバスに乗り、松輪でおりる。片道二時間半の距離である。夏は雨の日以外は自転車を利用して登校したが、冬は乗物を利用した。

この日、兄弟は、松輪でバスからおりたとき、横須賀の私立中学に通っている漁師の息子の青木とであった。青木は乗っていた自転車をとめると、いま帰りかい、と次郎に話しかけてきた。

「ああ。いまからどこへ行くんだい？」

次郎がきいた。

「南下浦の役場にちょっと用があってな」

青木は、じゃあ、と言うと、別れて行った。

「なんだ、あいつは？」

太郎がきいた。

「よく生海苔をわけてくれた青木だよ」

「漁師か。おぼえていないな」

「兄さんは、漁師を軽蔑《けいべつ》しているのかい？」

「いや、俺は人間を軽蔑しているのさ。とくに軍人をね」

「叔父さんも軍人じゃないか。それに、僕達の親父も軍人だ」

「奴等《やつら》兄弟がなにをやっているのか、俺にはさっぱり判らん」

「兄さん、そんな言いかたって、ないだろう」

「なぜだね？　兄は朝鮮人になりきって軍隊から脱走し、弟は日本人になりきって天皇に忠誠をよそおっている。あの朝鮮人のじじいが、いったい、なんのつもりで二人の息子を陸士と海兵に入れたのか、さっぱり判らん。考えてもみろ。叔父貴や俺達の親父が、それぞれ日本人になり、朝鮮人になりきれると思うか？　できやしないよ。間の子ってのは、どっちにもなり得ないよ。言わば、そこら辺をうろついている雑種の犬と同じだ」

「兄さんは、ずうっと、そんなことばかり考えてきたのか」

「いや、俺が朝夕考えてきたのは、如何《いか》にしてピアノをうまく弾きこなすか、ということだけさ」

　このとき次郎は、なにか兄の内面を垣間《かいま》みた気がした。

「兄さんのクラスに、朝鮮人が一人いるだろう」

「金溶圭《きんようけい》か。奴は俺を仲間だと思いこんでいるらしいが、俺はいつも奴の前では日本人としてふるまっている。反対に、日本人の前では、俺は朝鮮人としてふるまっている。どっちにもなり得ない宙ぶらりんな人間を、それぞれ仲間だと思いこんでいる奴等の頭の悪さに、俺もすこし腹を立てているところだ。ところで、おまえはどうなんだ？　おまえのクラスには、れっきとした正真正銘の混血が一人いるじゃないか」

「あっても、妙によそよそしいよ」

「両方でそう感じているのか？」

「そんなところだな」

「そりゃおかしいじゃないか。血液のパーセンテージからいっても、おまえは奴より日本人ってわけだろう。まあ、どっちにしたって、たいした違いではない。すこし急ごう。おなかが空いてきた。もしかしたら、おふくろの手料理が食えるのは、あとすこしの日かもしれない」

「兄さん、なに、それは？」

「このあいだ、鎌倉のじじいがきて、おふくろに再婚をすすめていたのを、俺はきいてしまった。相手は、鎌倉の伯父貴の友達で、最近、奥さんを亡くしたとか言っていたな。小田原《おだわら》だそうだ。めしを食ったら釣りに行こう。ここしばらくは石首魚《いしもち》が食ってくるよ」

太郎はそれから足早になった。次郎は自然とおくれがちになり、兄の話が嘘《うそ》であるように、と願った。

二

断崖《だんがい》の上に八月末の陽ざしは強く、永くは坐っていられなかった。俺のなかで剣ヶ崎が急激に変貌《へんぼう》しはじめたのは、あれから一年後であった、と彼は草叢《くさむら》からたちあがりながら、兄が四年修了で三高に合格し、京都に去った春の一日を想いかえした。

バスの折返し地点にバスはなかった。彼は松輪まで歩き、そこからバスで三崎に行き、鮑《あわび》を買って帰ろうと思った。彼は汗をぬぐいながら歩いた。

太郎は予定通り四修で第三高等学校に合格し、四月のはじめ、剣ヶ崎を離れた。兄弟の母の尚子が再婚して他家に去ったのはこの年の五月である。それより前、一月のはじめに、鎌倉から、従姉の志津子が祖父母にともなわれて剣ヶ崎に越してきた。胸を病み、転地療養の必要を生じたからであった。鎌倉から週に一回かかりつけの医者が現れた。十六歳の志津子は、一つ年下の次郎の目からみて、すでに一人前の女であった。華奢《きやしや》なからだで、いつも大きな目をみはり、美しい高い声で話した。そして、終日、部屋に香を焚《た》きこめてくらした。志津子が越してきて太郎が京都に去るまでの短い期間、二人のあいだになにがおきていたのか、次郎は知らない。

「あなたがいなかったら、あたし死んでしまう！」

とある日の昼さがり、志津子が口走っているのを次郎はきいた。三月末の暖かい日で、岩礁地帯のはずれで釣糸を垂《た》れている兄をさがしに降りたとき、大きい岩の裾《すそ》を曲ったところで、この声をきいたのである。兄弟でありながら自分と異なり、白皙《はくせき》な美しい顔立の兄を、次郎はこのときほど羨望《せんぼう》したことはない。戦争やそこから生じる社会のさまざまな不安は、二人の外側を通りすぎていたらしい。

太郎が京都に去る日の前日、祖父の康正は、次郎をつれて三崎西浜の漁師を訪ね、真鯛《まだい》を六匹求めてきて、その日の夕食の卓を飾った。次郎が祖父から母の再婚話をきかされたのは、その西浜からの帰り道である。康正は、尚子が再婚しなければならない事情を語った。次郎は祖父の話をききながら、漠然《ばくぜん》と、行先に不安を感じた。太郎にはかなり前に話してあるらしかった。そして夕食が済んでから、康正は自室に尚子と兄弟をよびいれ、尚子が再婚しなければならない理由をあらためて兄弟に語った。祖母の澄江も同席し、尚子は目頭《めがしら》をおさえた。

「太郎ちゃんと次郎ちゃんには悪いと思いますが、母さん、仕方がないんですよ」

尚子は膝《ひざ》に視線をおとして言った。李慶孝は生死さえ不明だし、石見家と李慶孝のあいだに何か連絡はないか、と探りにきていた特高《とっこう》も、いまでは足遠になっているが、しかし遠くから見張られている事実に変りはない、尚子の再婚はある意味では特高の目を完全に遠のかせるだろうし、それで尚子が救われ、二人の子の将来に不安がなくなるとすれば、再婚すべきではないか、と康正は語った。

「母さん、泣くのはおよしなさい。お祖父さんが母さんに再婚をすすめているのを、僕達は、去年の今頃、盗みぎきしてしまったんです。僕達はそれぞれ大きくなったことですし、再婚を決意するまでのこの一年間の母さんの哀《かな》しみさえ思いやっていたくらいです」

太郎が答えた。聞きようによっては、これは母への非難とも言えた。祖母の澄江は、どうもおまえは頭がよすぎるよ、と太郎をみて言った。次郎は、兄がなにを考え、なにを視《み》ているのかを知らなかったが、母のやさしさともこれでお別れだ、と思った。尚子の再婚先はやはり小田原で、石見家と同じく日本橋で羅紗《らしゃ》問屋を経営している新庄という旧家だった。

「向うにも大きい子がいるし、おまえ達は、母さんに会いにそこに何時《いつ》でも自由に行けるんだよ」

康正は言った。

「僕達は、いつまでも、おふくろが美しくあって欲しいと思います。例えば、僕が休暇で京都から帰ってきて、小田原などに散歩に行き、街で偶然美しいおふくろにであったとします。これは考えただけでも楽しいですね」

太郎は冗談とも本当ともつかないことを言った。

あくる日、京都に発《た》つ太郎を、尚子と志津子が松輪のバス停留所まで見送り、次郎は大船《おおふな》まで見送った。この日は雨で、対岸の房総は霞《かす》み、剣ヶ崎は波濤《はとう》に洗われていた。

「次郎、おまえはいま、なにか、信じているものがあるか？」

大船駅のホームで下りの列車を待つあいだ、太郎がきいた。

「別にそんなものはないな」

「俺にとって信じられるのは美だけだという気がする」

太郎の目は遠いところを視ていた。兄弟が腰かけている待合室の前方の山には大船観音の半身が見え、雨のなかを山桜の淡い色が山の斜面を彩《いろど》っていた。

「兄さん。僕達は、この一年間、おふくろがいつ去るのか、とばかり考えてきた。おかげで昨夜も、ひどい辛さから逃れられたと思う」

「おまえの判断は正しいよ。どうだ、俺がいなくなっても、おまえは独《ひと》りで切りぬけて行けるか？」

「大丈夫だ。もう三年生だし、できたら僕も四修で三高に行くよ。兄さんのように強く生きて行けるかどうかは判らんが、泣言は言わないつもりだ。兄さんはピアノばかり弾いていたが、僕はこのあいだ、剣道部に入ったよ。挫《くじ》けそうになったら、竹刀《しない》をふるって自分を叩《たた》きなおそうと思っている」

「よし、俺は安心して京都に発つよ」

兄を見送った次郎は、鎌倉の伯父の家により、祖父から頼まれた謡曲本を伯母から受けとり、剣ヶ崎に戻った。武山《たけやま》まわりのバスに乗り、三崎で乗りかえ、松輪でおり、白い灯台を望見したとき、はじめて涙がでた。これまで兄が自分にとってどれだけ支えになっていたかを知った。そして、俺は兄を支えにできるが、兄は誰を支えにしているのか、と考えたとき、最後には自分自身を支えにしなければならないだろう、と思った。

尚子が剣ヶ崎を去るまでの一ヵ月間、次郎は、母を見ないようにして暮した。尚子が去ると決った五月はじめの休日、次郎は学校に剣道の練習にでかけ、暗くなってから帰宅した。自分がいない間に母に去ってもらいたかった。

三崎には戦前から貝類専門の問屋があり、いつも生簀《いけす》からあげたばかりの鮑《あわび》、蛤《はまぐり》、栄螺《さざえ》が店先に積まれている。次郎は、鮑の大きいのを二個、蛤を二十個求めた。それをビニールの袋にいれてもらい、葉山まわり逗子《ずし》行のバスに乗った頃には、四時をまわっていた。

彼はバスが走りだしてから間もなく、いま訪ねてきた剣ヶ崎を想いかえし、何事につけても自分で切りひらき、自分を律していった十五歳の周辺を想いかえした。

太郎は京都から月に二度の割合で手紙をよこした。封筒のなかには必ず志津子への手紙が同封されていた。手紙の往復をくりかえしているうちに、次郎は、兄からたくさんのことを学んだ。太郎の手紙の内容には、満十七歳の青年にしては見事すぎるほどの人生への裁断があり、次郎はいつもある感動をもって兄の手紙を読みかえした。次郎はときどき自分達兄弟のおかれている位置を考え、これほど不確かな人間が他にいるだろうか、と思った。信じられるのは美だけだという気がする、と言った兄の心情が次郎にもほぼ判《わか》りかけてきた。

太郎が夏季休暇で剣ヶ崎に帰ってきたのは七月なかばであった。その日の朝九時すぎに電報が届き、五ジ　オオフナツクフロメシサカナアワビ　タノム、の電文を読んだとき、次郎には、兄の健康な顔が思いうかんだ。彼は祖父から金をもらい、三崎に鮑を買いにでかけた。

兄と志津子のあいだでどんな手紙のやりとりがなされていたのか、次郎は知らない。彼はいつも自分あての手紙のなかに入っているもう一通の封筒を志津子に渡すだけが役目であった。あなたがいなかったら、あたし死んでしまう！　次郎には、潮風と波のざわめきの中にきららかな音を打ちこむような志津子の美しい高い声が残っているだけであった。それは美しく淳朴《じゅんぼく》で、狂気のような叫びでもあった。

この夏をどのように過したか、次郎はさだかな記憶にはとどめていない。彼はいつも兄と志津子の外側で暮してきた。海と空を眺めて受験勉強に一日の大半を費し、八月なかばの一週間、学校で剣道部の合宿をし、師範から、初段以上の実力をそなえてきた、と認められた。

この年の十二月八日、太平洋戦争がおきた。周囲の人々が新しい戦争の勃発《ぼっぱつ》に昂奮《こうふん》しているなかで、次郎は受験勉強と剣道に励んだ。

兄は冬休みには帰らなかった。年があけた昭和十七年の一月早々、次郎は、横須賀警察署でおこなわれた剣道昇段試合に出場して二段の人を三人打ちやぶり、初段をとびこえて二段を免許された。

太郎は春休みにも帰ってこなかった。四月には、志津子が復学して鎌倉に戻って行ったが、やがて六月に伯父《おじ》の直人が出征すると間もなく、志津子は伯母の春子とともに再び剣ヶ崎に越してきた。物資の不足した街に棲むよりも、野菜と魚の豊富な田舎《いなか》の方がいい、というのが伯母の理由であった。釣糸さえ垂《た》れれば、家族が食べるくらいの魚は獲《と》れたし、また、潮のひいたあとには若布《わかめ》や鹿尾菜《ひじき》が獲れる場所であった。志津子は大津の女学校に通っていたから、剣ヶ崎の方が通学にも便利になるわけであった。

春子と志津子がきて間もなく、志津子の兄の憲吉が東京から越してきた。徴兵検査には丙種で落ち、東京の私大をでて、ある右翼出版社に勤めていたが、そこを辞め、神奈川県に出来る黎明会《れいめいかい》の支部の幹部になる、というような話であった。日本橋の店を継がねばならない直人の一人息子が、いつの間にか見当違いの道を歩いていた。したがって直人が出征してからは、康正がときどき日本橋にでかけた。子飼いの番頭がいたから、店の切り盛りには事欠かなかった。

剣ヶ崎で暮してきた次郎は、この六つ年上の従兄をよく知らなかった。彼は、横浜の黎明会に寝泊りし、三日に一度の割りで剣ヶ崎に帰ってきたが、やがて黒シャツに国防色の制服を着用しだした。彼がなにをやっているのか、次郎には見当がつかなかった。ある日の朝、黎明会の制服で家をでて行く孫の後姿を見ていた祖父が、馬鹿な奴だ！　とつぶやいているのを、次郎はきいたことがある。

太郎はこの年の夏休みには戻ってきたが、十日後には京都に帰った。京都に発つ日、兄弟は小田原の街を歩いた。小田原を歩いてみないか、と言いだしたのは太郎であった。母の再婚先の家を訪ねるのはなんとなく憚《はばか》られたので、街で偶然であいはしまいか、という考えが次郎にはあった。兄も同じ考えにちがいない、と思った。

しかし兄弟は、城下街を二時間あまり当てもなく歩いただけであった。

「新庄という家を訪ねても、向うに迷惑はかからないと思うが……」

次郎は、掘割に映っている白い漆喰塀《しっくいべい》の家並を見おろして言った。兄弟は、塀に櫺子窓《れんじまど》のついた新庄家の前を通り過ぎてきたばかりであった。

「いや、よそう。つまらんことだ。おふくろが、この街のあの家に棲んでいる、と知るだけでいいよ。俺達はいいが、おふくろにしてみたら、俺達が訪ねて行き、そして俺達が去った後に残るものが、辛いだろうと思う。これは、おふくろにたいする俺の思いやりだ。ところで、話はちがうが、おまえは、俺達を捨てた親父を恨んだことはないか？　正直に言ってくれ」

「考えたことがないな」

「考えたことがない、か。妻子に消息ひとつもたらさないあの男は、よほど強靭《きょうじん》な意志の持主にちがいない、とこの頃俺は考えるようになった。俺はもしかしたら、そんな親父を尊敬しているのかもしれない」

それから二人は小田原駅に向って歩いた。

「京都に早く帰るのは、あの黒シャツのせいか？」

「それもある。……打ちあけよう。京都に帰ったら、すぐ朝鮮に渡る予定だ。大邱の祖母《ばあ》さんのもとに、なにか父の消息は入っていないか、それを知りたいのだ。舞鶴の叔父は、行っても無駄だと言ったが。この春休みに叔父のところに行ったのだ。そこで、いろいろな話をきいたよ。簡単に話すと、いま剣ヶ崎にいる祖父さんの親父、つまり俺達には母方の曾祖父にあたる人が、大邱に織物商の支店をだしたのが明治の初めだそうだ。彼は、結婚に失敗して出戻った自分の娘をその支店においた。つまり剣ヶ崎の祖父さんの姉で、俺達の親父の母にあたる人だ。やがてその女は、李朝《りちよう》末期の貴族の二号におさまった。そこにどんな取引があったのか、叔父も知らなかったが、石見の曾祖父は一種の政商だったそうだ。二人の息子を陸士と海兵に入れたのは、いま朝鮮にいる祖父《じい》さんだそうだ。要約すると、俺達の親父の失踪《しつそう》は、祖父の計画が思い通りになったのではないか、と俺は思う。やがて朝鮮のために役立つ人間を造ろう、としたのがあの貴族の考えではなかったか、と俺は思う。これは俺の推測だが」

「叔父さんはなんと言った?」

「そこまでは話しあわなかった」

「それで、親父とおふくろの出逢《であ》いは?」

「士官学校に通っていた時分、よく鎌倉に現れ、そこで二人のあいだにやさしい感情が芽生えた、と推測しても間違いではない。士官学校時代に鎌倉で写した写真が何枚もあるから、これは九分通り問題ないよ。従兄妹《いとこ》同士なんだな。変なはなしだが、俺は、志津ちゃんのことを考えると、従兄妹同士というのが不思議でならない」

「このさい、兄さんにきいておきたいが、平等に両国の血を享《う》けた親父が、ほんとうに朝鮮人として愛国心をもっているかどうか、兄さんは、これをどう思う?」

「判らないよ。しかし、たぶん、そんなものはないと思う。摑《つか》みどころのない世界、これが混血の世界だ。混血児の内面の動きは、平行運動に似ている。平面上の二つの直線が、または直線と平面とが、あるいは二つの平面が、いくら延長しても交わらない、混血の内部はそんな世界だ。つまり、ここに、新しい真理がひとつ誕生したわけだ、平行運動の新しい真理がね。しかし、おまえ、なぜ急にそんなことを持ちだしたんだね?」

「信じられるのは美だけだ、と言っていたのを想いだしたのさ」

「ああ、そうか。人によっては美は恐しい代物《しろもの》だろうが、俺には唯ひとつの支えだよ。俺は日本人を憎み朝鮮人を憎み、日本人を愛し朝鮮人を愛してきた。俺のなかでは、圧迫者と被圧迫者の血が平行して流れ、いつまでたっても終りのない葛藤《かっとう》を続けている。そして疲れ果て、しまいには虚《むな》しさと絶望がやってくる。そして、混血自体が一種の罪悪だという気がしてくる。そんなとき、一行の詩が、一枚の画が、俺を支えてくれた。ピアノの鍵《キイ》を叩く。音がする。音は瞬時に消え去る。しかしその音は、ちょうど釘を打ちこむようなかたちで俺の内面に入りこんできた。そんな世界がいちばん素直に信じられたわけだ。もちろんいまも変らない。将来も変らないと思う。ところで……おまえはどうなんだ?」

「兄さんと同じだと思う。僕は、兄さんとちがい、戦争にひっぱられたら、だまって行くよ。しかし、文学をやろうと思う。僕はね、いつかは、人間を愛せるときがくるような気がしているんだ。このあいだ、〈トニオ・クレーゲル〉を読んだ日に、そんな気がした。あの小説は、芸術と人生の相剋《そうこく》を描いたのだろうが、僕はやはり、トニオの混血を見逃せなかったよ」

「あれは俺も読んだ」

兄弟は小田原駅前にでると、食堂を見つけて入り、持ってきた弁当をつかった。

「あの黒シャツに気をつけろよ」

と太郎が食事の途中で言った。

「別にこちらに害を加えてくることはないだろう」

「あの男は間違ってうまれてきたのではないかな。気をつけるに越したことはない。もしかしたら、石見家には、狂気の血統があるかもしれないんだ」

「なにか、確かな証拠でもあるの?」

「あの黒シャツが証拠だ。尋常ではないよ。数代前に気違いがいた、と叔父は言っていたが、くわしいことは知っていなかったよ」

太郎は小田原から京都行の列車に乗った。

やがて秋になり、太郎から手紙が届いた。あの話は結局なにひとつ摑めなかったよ、と書いてあり、次郎は、兄が父の消息をつかめなかったのを知った。

次郎は九月の新学期から、志津子と同じバスで通学するようになった。太郎からは以前のように手紙が届かず、届くと必ず金の無心であった。志津子とのあいだがどうなっているのか次郎は知らなかったが、志津子が太郎を信じきっている様子は疑いようがなかった。志津子は一年休学したので四年生をもういちどやり、あくる昭和十八年の春には、東京女子大を受けて入った。そして次郎は、三高の文科を受けて合格した。試験は東京で受けたので、京都の兄とは会えなかったが、やがて春休みに帰ってきた兄と連れだって京都に発った。

前年の夏にくらべると兄は明らかに変っていた。頽廃《たいはい》のにおいが漂い、視線は以前よりさらに皮肉になり、剣ヶ崎滞在中も黒シャツの従兄とは口をきかなかった。太郎が志津子をつれて一日東京にでたのを知っているほか、次郎は、二人のあいだがどうなっているのか知らなかった。

京都では次郎は兄の下宿先に落ちついた。下宿は鹿ヶ谷《ししたに》にあり、学校の寮ではもう満足にめしが食えないから、との兄のすすめであった。太郎はこうも言った。

「いつまで勉強できるか。文科は、いずれ勤労動員で大阪あたりの工場に駆りだされるだろう」

しかし次郎は、入学一ヵ月足らずで退学を命じられた。教練の実包射撃の日、三八式歩兵銃で配属将校の左股《ひだりもも》を撃ち、全治二週間の怪我《けが》をさせたのである。彼とその楠田《くすだ》という陸軍少佐とは出逢いからしてすでに芳《かんば》しくなかった。戸籍簿によると、太郎と次郎は石見尚子の庶子で、父の李慶孝が認知したことになっていた。李慶孝が妻子を自分の籍に入れなかった理由は判らない。さらに石見尚子は新庄家に嫁ぎ戸籍から離脱し、戸主は石見太郎になっていた。楠田少佐が、どんなきっかけで、入学時に提出した次郎の戸籍謄本をのぞいたのかは判らない。ある日次郎はその楠田少佐に呼ばれた。珍しい血統だな、と少佐は彼を見て言った。少佐は、二代続いての混血を指《さ》して言ったのであった。戸籍には認知者の父母の名が記載されていたのである。

「本官はこの四月に当校に赴任したばかりだが、ここに記されている貴様の兄は、いまどこにいる?」

「ここの三年生です」

するとしばらく戸籍簿を次郎と見くらべていたが、いまは朝鮮人もどんどん出世できる時代だ、貴様には日本人の血が入っているから好都合だろう、しっかりやれ、と言った。少佐がどんな意味でこんなことを言ったのかは判らない。次郎が感じたのは、要するにいやな奴だ！　ということであった。彼はそれまで、こうした日本人に始終であってきた。父について聞かれなかったのがせめてもの幸いであった。

実包射撃の練習があったのは、それから一週間後の午前である。次郎は中学時代から銃をあつかうのが不得手であった。射撃場で腹ばいになり標的に銃を向けたとき、貴様その姿勢はなんだ！　と少佐が呶鳴《どな》った。これまでの経験から、それがいやな瞬間であるのを彼は知っていた。よく中学時代に配属将校からへっぴり腰と呶鳴られた。彼は、へっぴり腰にならないよう姿勢を改めた。

「貴様、銃をどこに向けているんだ！」

とこのとき少佐が再び呶鳴った。姿勢を改めたとき銃が動き、銃口が少佐に向いていたのである。

「おい、こら、貴様、朝鮮人、しっかり銃を構えんか。ここに向けるんだ！」

少佐は大股《おおまた》で標的に歩みよると、軍刀で標的を叩いた。

射撃順番を待っている級友、自分と同じく射撃姿勢をとって左側に並んでいる級友の視線がいっせいに自分に注がれるのを感じた。このとき、剣ヶ崎尋常小学校で漁師の息子から絡まれた少年時代を想い返したのは当然かもしれない。考える余裕はなかった。引金をひいたのは一瞬のことである。異様な叫び声とともに少佐が倒れた。彼は兇暴《きょうぼう》な気持になり、銃を抱《かか》えておきあがると少佐の前に歩いて行った。遊底を開き、いま撃った弾の薬莢《やっきょう》をはじきだすと、遊底を締め、銃口を少佐の胸に向けた。

「殺してやる！　まだ四発あるんだ！」

彼は荒《すさ》んだ気持で第一引金をひいた。もう一度指を引けば確実にこいつの胸に弾がぶちこまれる、と思ったとき、彼は奇妙なかなしさを感じた。少佐は手で左股を押さえ、なにか言おうとしていた。彼は、犬のような目で彼を見あげてなにか言おうとしている少佐を前にして、虚しさと絶望と為体《えたい》のはっきりしない焦躁《しょうそう》を感じた。兄の顔が、小田原の新庄家の漆喰塀が、掘割に映っていた櫺子窓が想いうかんだ。彼は銃を投げ捨てると、射撃場を後にし、学校に向って歩いた。歩いているうちに、じわじわと後悔の念が胸を衝《つ》きあげてきた。中学に入ってから以後は、自分で自分の血を視つめたほか、周囲から面とむかって血統について言われたことはなかったが、異端者を見るような視線には何度か出あってきた。いままで押さえていたのに何故こんなことを仕出かしたのか。彼は、はっきり悔いていた。

刑事事件にならなかったのは数人の教授達の計らいからであった。級友の大半が少佐の非を認めたことも幸いした。事件が学内で処理されるなら、加害者は退学させるべきである、というのが少佐の意見であった。退学を勧告された日、彼は主任教授から、自宅で寝ている少佐を見舞う気持があるか、ときかれたが、次郎はないと答えた。すでに少佐を憎む気持は消えていたが、いやな奴だ、といった気持はあった。

「僕の親友が早稲田《わせだ》で西洋史の講座を持っている。来年、別の高等学校を受けるのもよいが、手紙を書くからとりあえず行ってみたまえ。手続きは転学の名目で出来ると思う。少佐もいずれ配属がえになるだろう」

主任教授は言った。

次郎は手紙を受けとり、教授に礼を述べ、鹿ヶ谷の下宿に帰った。下宿では兄が寝そべって本を読んでいた。

「おまえは、どうやら、俺とちがい、思っていたより激しい気性らしい。これまでにないことだから、俺は少々面くらっているんだ」

太郎はいつもの皮肉な笑顔で言った。

「僕は、将来こんなことで自分が不幸になるような気がする」

「嘆いているのか。妥協できないものは仕方ないではないか。剣ヶ崎で釣りでもしながら考えてみるんだな。早稲田に行くのもいいではないか。文学をやるなら、かえってその方がいいかも知れないよ」

次郎は苦い想い出を残して京都を去った。彼は早稲田大学の第二高等学院に転学できたが、この年は、暗い年であった。十二月はじめには学徒出陣があり、その月の終りには徴兵適齢が一年引き下げられたりした。

そして、越えて十九年の二月には、朝鮮に徴兵制が実施され、舞鶴にいた叔父の李慶明が、横須賀海兵団に入団する朝鮮人を教育するために転任してきて、剣ヶ崎に挨拶《あいさつ》にきた。彼は少佐に昇進していた。この年でまだ結婚もせず、軍港を往復している叔父が、次郎には判らなかった。太郎は京都大学の理学部に入り、三月の末に帰ってきたが、数日してすぐまた京都に去った。彼は夏の休暇には帰省しなかった。八月末には学徒動員令が実施され、秋の新学期とともに次郎は川崎の工場に送られた。十一月に入ると、B29が東京を爆撃してきた。前年よりさらに暗い年であった。要塞《ようさい》地帯になっている三浦半島一帯に高射砲の陣地があり、剣ヶ崎にも、前年の夏から高射砲と重砲の陣地ができ、灯台は夜が訪れても海を照らさなくなっていた。志津子は次郎と同じ川崎の工場に動員されたが、やがて肋膜炎《ろくまくえん》を再発し、剣ヶ崎で寝たきりの生活に入った。

「この頃、京都からは便りがないのね」

と志津子が言ったのは、年末の或る日である。志津子は痩《や》せ衰え、目ばかりが大きくなっていた。しかし冬休みにも太郎は帰省せず、やがて昭和二十年を迎えた。

三月に入って間もなく、伯父の直人の戦死の報が届いた。四月のはじめ、康正と澄江と春子が、横浜に遺骨を受けとりに行き、法要をすませた。直人は陸軍一等兵で出征し、伍長《ごちょう》になり死んで還《かえ》ってきた。太郎は法要の日に帰省した。太郎は五日間剣ヶ崎に滞在して再び京都に発ったが、このときも兄と志津子の間に何が起きていたのか、工場に通っていた次郎は知らなかった。

黒シャツの憲吉は、その後、国民義勇戦闘隊を結成し、三浦半島一帯に竹槍《たけやり》の使いかたを教えてまわっていた。彼等は、米軍が上陸したら、竹槍で決戦にのぞむつもりでいた。硫黄島《いおうじま》から米軍の小型機が来襲し、そのたびに三浦半島一帯の砲台から射撃が続いたが、米軍機はなかなか落ちなかった。

康正は、もう売る品物のない日本橋の店を閉じ、剣ヶ崎で謡曲の本ばかり読んで日を送りだした。直人の戦死以来、家では言葉がすくなくなり、暗い毎日が続いた。新聞は、野草でも食べられる、という見出しで、犬蓼《いぬたで》、露草の食用を奨励していた。その新聞を見ていた康正は、もうながいことはないな、とつぶやいた。

志津子はしきりに太郎の安否を気づかったが、太郎が再び帰省したのは、八月七日の朝であった。

三

蟬時雨《せみしぐれ》に包まれた家のまわりも、朝夕はさすがに涼しく、九月の白い風が吹きぬけて行った。

剣ヶ崎を訪《たず》ねてきてからは、次郎は毎日むかしのことばかり考えてきたように思う。世のなかが平和になっても、彼の記憶の襞《ひだ》に刻まれている暗い過去は風化しなかった。十七年すぎた今もなお、鮮烈すぎる光景であった。過去いくどか、その暗さから逃れたいと願い、ついには何も感じなくなるような一刻があった。祖父の康正も、一度として剣ヶ崎に墓参りをしようと言いだしたことはなかった。近くの浦賀《うらが》に鉄工場を持っている戦時成金《なりきん》が、昭和二十一年の春、剣ヶ崎の別荘を買いたい、と申しいれてきたとき、康正はすぐ承諾したのである。

父と会うことで、この暗い過去の記憶と別れるきっかけは摑《つか》めないだろうか、と考えてみたが、十一歳のときに別れた姿しか想像できなかった。二十五年間を想い返してみても、納得のできる解釈など摑めそうもなかった。終戦と共に大きく変貌《へんぼう》した石見家とその周囲についても、事実あったままに理解するしか方法はなかった。彼は、剣ヶ崎で暮した年月を想いかえし、また父と母との出逢いを想像してみた。父と母は従兄妹同士であり、太郎と志津子も従兄妹同士であった。考えようでは些細《ささい》な事実かも知れなかったが、かつて太郎が小田原の街を歩きながら不思議だと言ったのを想いかえし、次郎は不思議な宿命を感じた。私立大学で中世文学を講じだした六年前から、殊《こと》にそんなことを感じだしていた。

次郎は、九月十一日の新聞の朝刊で、韓国の要人が渡米途次に日本に寄って二日間滞在する、という記事が載っているのを読んだ。記事のなかに李慶孝の名があり、次郎の想像通り、父はやはり軍人であった。一行は十三日の午後羽田に到着することになっていた。

次郎は新聞をもって祖父の居間に行った。

「迎えに行くべきかな」

記事に目を通してから康正は老眼鏡をはずしながら言った。

「迎えには行かない方がいいような気がしますが……」

「それはまた何故だ？」

「私にもはっきりは判りませんが、なにかそんな感じがします。二十五年という歳月が、私には怖いのです。やはり、ここで、父の来るのを待った方がいいのではないか、そんな風に思いますが」

康正はしばらく考えていたが、ではそうしろ、と言った。

李慶孝が石見家を訪ねてきたのは、十四日の午前十時であった。前夜、女の声で電話がかかり、明日十時にそちらに伺う、と伝えてきたのであった。金曜日で、次郎は講義があったが、学校を休み、朝から父の到着を待った。

十時を少し過ぎた頃、表で車の停る音がした。次郎は車の停るのを聞き届けてから家をでた。彼はゆっくり門に向って歩いた。

石段の麓《ふもと》に黒塗りの大型の乗用車が停っており、背広をきた二人の男が石段を登ってきた。先に登ってきた男は堂々とした体で、陽灼《ひや》けした顔に、額だけが白かった。一目で、不断は軍帽を被《かぶ》っていることが次郎にも判った。こうした瞬時の理解は、二十五年という空白があったにしろ、やはり父子だからだろう。次郎は石段を登ってくる人を見てそう感じた。

「次郎か」

李慶孝は門の前に立つと、次郎をみて言った。

「そうです」

それから次郎は足もとを視つめ、黙って父を門内に招じ、先に立って玄関に歩いた。玄関では康正と三千子が出迎えた。双方とも黙って頭をさげた。ついてきた若い男は、腕に抱えていた包みを玄関に入れると、李慶孝をみて韓国語でなにか言い、敬礼をしてきびすを返した。大邸にいた少年時代には聞きわけられた韓国語も、次郎にはもう理解の届かない言葉になっていた。

康正は黙って先に廊下を歩き、あとを李慶孝が続き、次郎がそのあとを歩いた。

二十五年ぶりの対面は、互の感情が内部に沈潜し、ごく静かな場面となった。康正とは三十数年ぶりの対面であった。

「しばらくでした。この家は、古びてしまったほかは、昭和のはじめとすこしも変りませんね」

座敷に通って対坐し、李慶孝が最初に口にした言葉であった。

「あんたは、ことし、いくつになるね」

康正がきいた。

「五十八歳になります」

「まだ若いな。わしは、もう、七十九だ」

「とても、そんなおとしには見えません」

「いろいろなことがあったよ。……こうしてまた会えるとは、思ってもいなかったよ」

「御苦労をかけました」

「わしと次郎だけが生き残ったが、歴史を、この目で見てきたような気がするよ」

「おっしゃりたいことは、いろいろあると思います」

それからしばらく沈黙が続いた。

「わしは、あんたを責めたことは、一度もないよ。いまさら、あんたの世界を知ったところで、むかしに還《かえ》れるわけでもない。あんたは、わしの娘の婿になる前に、わしの甥だった。そんな血の近さが、わしを寛容にしたのかもしれない。それに、結果的にみて、あんたの歩いてきた道は正しかったよ。もう、あんたの身分は、むかしのように、叔父さん、おまえと気易《きやす》く呼びあえる身分ではない。これが歴史だと思うよ。わしは、そんな歴史を、理解してきたつもりだ」

「有難いと思います」

次郎は、祖父と父の語り合いをききながら、二代にわたる混血の事実はどんな歴史のなかに入るのか、この日本で、混血が理解される、いつの日かそんな事態が訪れてくるだろうか、と思った。もう父とは言えない、一国の要人として鉄の意志を秘めた男の前で、次郎は、小田原の街で、兄が、混血自体が一種の罪悪だ、と言ったときの表情を、切実な感じで想いかえした。

大邸の両親は朝鮮戦争のときに亡くなった、と李慶孝は語った。太郎の死も話にでたが、尚子については最後まで話題にのぼらなかった。彼は、明日はアメリカに発つが、帰国は十二月になり、できればその時もう一度日本に寄りたい、と語った。渡米するのは、訓練のため預けてある若い将校達を引きとるためであった。彼は、土産《みやげ》だと言って、若い男が運びいれた包みを出した。人参《にんじん》であった。

車のなかで待っている若い男を呼びあげ、昼食をすますと、次郎は、父を案内して剣ヶ崎に向った。若い男が車を運転し、次郎は父と並んで後の席にかけた。

「時間はどれくらいかかるか?」

李慶孝がきいた。

「車ですから、一時間もかからないと思います。剣ヶ崎には、暗い想い出しか残っていないので、あそこを出てからは、今まで、一度も行かなかったのです。八月にお便りを戴《いただ》いたとき、はじめて墓参りをしてきました」

「話をきこうか。私は、無責任な父親として、おまえに語るべきものは何もないが」

「亡くなった兄さんも、私も、父さんを恨んだことは、いちどもなかったのです。十七年の夏、兄さんは、父さんの消息をさぐりだせないかと、大邱に渡りました」

「私は、大戦が終ったとき、大邱に戻ってその話はきいた」

「母さんが再婚したのは、その前の年でした」

「そのはなしもきいた。可哀想なことをしたと思う。太郎のことを話してくれ」

李慶孝は目を閉じ、次郎が語りだすのを待った。車のなかは冷房がきいており、エンジンの音もしなかった。次郎は葉山まわりの道をとった。

昭和二十年八月七日の朝十時頃、次郎は潮のひいた岩礁地帯の先で釣糸を垂れていた。川崎の工場が空襲で焼けたあと、横浜の工場に動員されていたが、そこも五月二十九日にB29の大爆撃を受けて全滅し、次の動員先の工場が決まるまで学校に通うことになっていた。しかし、毎日のように硫黄島から米小型機が間断なく来襲し、剣ヶ崎から早稲田まで通うには、往復の時間だけで一日がつぶれるので、学校はあきらめていた。学生とは名ばかりで、野草を食べて決戦にのぞめ、という時世に、大半の学生達が投げやりな気持になっていた。動員先の工場でも仕事はなかった。製品にする原料がなかったのである。横須賀の海軍工廠《こうしょう》に動員されている仲間は、やはり仕事がなく、毎日防空壕掘《ぼうくうごうほ》りをやらされていると言っていた。

剣ヶ崎でも、近くに野菜畑がありながら、もうそれさえ自由に入らなくなっていた。次郎の家でも、三日にいちどは石蕗《つわぶき》の葉柄を食膳にのせねばならなかった。春先の石蕗とちがい、真夏の石蕗は茎が硬《かた》かった。葱《ねぎ》のかわりに薹《とう》が立ち花が咲いた野蒜《のびる》を食膳にのせた。しかし、そんな野草がたべられるだけでも東京よりはよかった。魚だけはよく釣れた。一面の岩礁地帯のはずれは急激に落ちこんでおり黒潮が渦をまいていた。そこでは季節に応じて黒鯛《くろだい》、石首魚《いしもち》、鯵《あじ》、あいなめ、ぼら、めばる等がつれた。夫の直人を亡くした春子は、暦を見ては、仏滅に魚など釣るものではない、と小言を並べたが、背に腹はかえられず、康正は、いいから釣ってこい、と言った。

次郎は、毎日、釣糸を垂れて房総を眺め、兄はどうしているだろうかと思った。従兄の憲吉は、あいかわらず黎明会《れいめいかい》の制服を着こみ、竹槍《たけやり》を持ち歩いていた。彼は細い体に似合わず精力的だった。どこから仕入れてくるのか、よく酒をもってきて、連れてきた仲間と飲みあかしていた。国防色の制服の胸には、赤い糸で、右に黎明会、左に日の丸が縫いこんであった。竹槍は、使いなれて油が滲《し》みこんでいた。日本の戦況が不利になってくるにつれ、彼の日常はどことなく凄絶《せいぜつ》な動きを示しはじめ、家族ともあまり口をきかなかった。他の多くの学生達と同じく投げやりな気持になっている次郎には、従兄の言動が、不気味というより異様に映った。馬鹿めが！　と康正はそんな孫をみて苦りきっていた。

八月七日の朝、次郎は、岩礁地帯のはずれで糸を垂れ、美しい紅色の笠子《かさご》を二本釣りあげた。同じ笠子科の魚でも、この辺の漁師は紅色のを笠子とよび、黒褐色《こつかつしよく》のをめばると呼んでいた。棲む場所によって色が異なる魚で、紅色のが釣れるのは珍しかった。兄さんが帰ってくるんだろうと次郎は思った。釣りあげた笠子は二十センチはあり、兄が帰省する日に紅色のが釣れたことが過去に幾度かあり、それは次郎にとって嬉しいしらせであった。ともかく同じ大きさの魚を後三本はあげねばならなかった。主食の欠乏したいまでは、魚は重要な食糧であった。

今日は兄さんが帰ってくるかもしれない、と思いながら、一方では志津子のことも気にかかっていた。志津子が、吐き気がすると言って食事をとらなくなったのは、七月のはじめであった。次郎はそんなある日の夜、春子が志津子を問い詰めているのをちらと見た。志津子は一言も答えず、あらぬ方を視つめていた。それから数日後に、次郎は、春子から、太郎と志津子の仲をきかれた。なにも知らない、と答えるしかなかった。そしてさらに数日して、近くの百姓家に野菜をわけてもらいに行ったとき、そこの婆さんから、お宅のお嬢さんは妊娠していなさるのけえ？　と聞かれた。次郎は、そうだったのか、と思った。

浦賀水道から相模灘《さがみなだ》にかけて、漁船が点々としていた。漁船はあまり遠くには出ないよう指示されていた。以前は、横須賀の軍港に往来のはげしかった戦艦、巡洋艦、駆逐艦も、最近では俄《にわか》に跡絶《とだ》え、ときおり、大破した船が小さな船に曳航《えいこう》され、軍港目ざして入るのを見かけた。四月、京都に戻る兄から、戦争は間もなく終るだろう、と言われていたが、毎日海をみているうちに、そうかも知れないと思えてきた。

「おうい、次郎う」

と呼ぶ声にふりかえると、白い断崖の突端に兄が立って手をふっていた。

「よおう、兄さん！　紅色の笠子が釣れたよ」

「いまそちらに行くよ」

太郎の姿は消え、やがて谷間から岩礁地帯に出てきた。

「こんどは、何日ぐらいいるの？」

次郎は、近よってきた兄をみてきいた。

「しばらくいるよ。次郎、戦争はもう終るよ。もしかしたら、ここ数日のうちに終るかも知れない」

「ほんとか？」

「おまえ、知らんだろうが、昨日の朝の八時頃、たいへんなことがあったのだ。原子爆弾といえばいいかな、原子核の破壊を人工的におこなう爆弾が、広島に投下されたらしい。一発で一都市が全滅するような威力をそなえている。俺は昨日の朝十時頃、理論物理の研究室でそれをきき、すぐ帰ってきた、というわけさ。うまいぐあいに汽車の乗りつぎができて早くついたが、戦争はもう終るよ」

「そうかい」

次郎は、戦争が終れば父に会えるだろうか、とふっと考えた。戦争が終るという決定的な事態が、まだ実感として迫ってこなかった。

「志津ちゃんにあったかい？」

「あったよ」

「なにか話していなかったかい？」

「きいたよ。……戦争が終ったら、志津子を京都につれて行くつもりだ」

「伯母さんはなにか言っていなかった?」

「まだ会っていない。西谷戸《にしやと》の方に米の買出しに行ったらしい。いずれ話してくるだろう、今夜か明日でも」

「米なら、昨日買ってきたばかりなのに」

「そんな話はどうでもいい。それより、黒シャツはあいかわらずかい?」

「以前より狂信的になってきたな」

「それで奴は、いったい、毎日、どこにでかけているんだね?」

「この六月に、国民義勇兵役法というのが出来ただろう。小学校や中学校の校庭で、毎日、駆りだされた男達が藁人形《わらにんぎよう》に竹槍を刺す訓練をしている。それを教えてまわっている。僕も、下浦の小学校で教えているのを一度みたが」

「あの男も妙な才能があるんだな」

「兄さん、感心しているのかい」

「奴のくだらぬ吠え声に感心しているのさ。一国家が末期症状を呈してきたときには、愛国心を植えつけるにはもってこいの男だ」

「一種の気違いだよ」

「俺達が、こうして戦争を傍観できたのも、俺達が純粋の日本人でないせいだよ。その点俺は、俺の血に感謝している、というわけだ」

「僕は、兄さんのようには傍観できないよ。現にここの伯父が戦死しているし、鎮守府には叔父がきている。それに、戦争がなかったら、うちの親父だって逃亡しなかっただろうと思う。叔父さんはこのあいだ車できたとき、海兵団から肉をいっぱい持ってきてくれたが、戦争が終ったら、どうするつもりなんだろうな」

「おまえは、この戦争で、どちらが勝てばよいと思った？」

「それは考えたことがないが、日本が負けてもよい、と思ったことはないな」

「俺は、勝とうが負けようが、俺の関係したことではない、と思い続けてきた。どこで何がおきようと、宙ぶらりんの奴の頭のなかでは、そんなことしか考えつかん」

「親父と叔父はどうなんだろう？」

「奴等は俺達よりもっとひどいよ。なにしろ半々だから、右手が左手を憎み、左手が右手を憎む、そんな葛藤《かっとう》を続けているはずだ。めいめい支えを求めて一方は脱走し、一方は日本海軍にいるにすぎない。混血というのは、不世出《ふせいしゅつ》の新しい民族だと思えば、気は楽になるな」

背後の岩礁地帯では、真昼の陽が照りかえし、熱気がこもってきた。

八日の朝刊ではじめて、広島に投下されたのは新型爆弾である、との記事が載っていた。被害は相当あった模様だが、今後、広島のように少数機が来襲してきた場合には充分注意し、新型爆弾が投下されたとしても、白衣を着ておれば被害は防げるし、防空壕《ぼうくうごう》に避難すれば安全である。そんな記事であった。

「珍無類だ。なんて馬鹿な奴等だろう」

朝食のとき、新聞をみていた太郎が大きな声で笑いたてた。

「誰を馬鹿だといっているんだ!」

憲吉がききとがめた。

「政治家と大本営の連中だよ」

「なぜだ?」

「白衣を着ていれば防げるとか発表してあるが、一昨日広島に落されたのは、そんななまやさしい爆弾ではない。一発で一都市が全滅する代物《しろもの》だ。さしずめ東京は三発か四発あれば全滅だ」

「おまえ、それを望んでいるのか!」

「従兄《にい》さん、話をすりちがえないでくれ」

「あとでおまえと次郎に話がある。めしをくったら海岸におりて待っていろ」

「話なら、いま、ここでやれ」

康正が言った。

「ここでは出来ません。こいつ等兄弟に関する話ですから、三人きりで話します」

「おまえは、なんという言葉づかいをするんだ。太郎と次郎にどんな話があるか知らんが、ここでやれ。三人だけで話すなど、わしが許さん！」

康正はあきらかに怒っていた。

「いいじゃありませんか、お祖父さん。きっと、竹槍決戦の真髄だとか、刺し違え戦術の奥義についての話でしょう」

太郎が白けた座をとりなすように言ったが、皮肉を言っているのか冗談を言っているのか、次郎には判断がつかなかった。祖母も伯母も志津子も、どうしたわけか下を向いて黙っていた。

食事を済ませてから兄弟は剣ヶ崎の斜面を海岸に降りて行った。太郎は口笛を吹いていた。

「志津ちゃんのことで、お祖父さんや伯母さんと話しあったの？」

次郎が訊《たず》ねた。

「昨夜はなしあったよ。二人とも、できてしまった以上は仕方ない、と諦《あきら》めていた。ただ、黒シャツが反対しているらしい」

「その話なら、なにも、弟の僕まで呼ばなくともよさそうじゃないか」

「ほかにもあるんだろう。奴は先に行って待っているよ」

「まさか、竹槍で僕達を刺すようなことはしないだろうが、兄さん、いつもの口調で相手を刺《し》戟《げき》しない方がいいな。僕はさっきから、兄さんが、石見家には数代前に気違いがいた、と言っていたのを想いだしているんだ」

「俺は心配ないよ。おまえの方こそ、三高でのことを想いかえしていろ。奴がなにを言っても挑《ちよう》発《はつ》されるなよ。石見家に狂気の血統があるなら、俺とおまえにも、その血は流れているはずだ」

兄弟が谷間を降り、陽ざしの強くなった岩礁地帯にでると、そこに黒シャツに制服を着けた憲吉が立っていた。

「要件だけ言おう」

憲吉は兄弟を見て言った。

気のせいか、次郎は、憲吉の目が異様に光っている、と感じた。

「おまえ達が朝鮮から持ってきた金は、だいぶ前になくなっている。親父が戦死し、商売もしていないいま、家にも、もう金はないよ。おまえ達もそれぞれ一人前になったことだし、このさい、ここを出て行ってもらいたい。親父のいない今は、俺がこの家の戸主だ。戸主として、そういつまでも、おまえ達を養うわけにはいかん」

「従兄さん、俺は、十七年の夏、朝鮮のお祖母さんから、かなりの金をもらってきた。それを、ここのお祖父さんに預けてある。世話にはなったが、金銭的には迷惑はかけていないつもりだ」

太郎が答えた。

「それは初耳だが、それなら、なおさら、ここから出てもらおうか。なにも、金のある人間達が俺達と同居する理由はない」

「判った。近いうちにここから出よう。話はそれだけか」

「もうひとつある。おまえは、志津子とはいっしょになれないよ」

「ほう、なぜだね」

「いとこ同士だ。おまえ達の父母も、いとこ同士だった。遺伝から考えても、いっしょになるのは賛成できない」

「それは判るが、もうおそいよ」

「志津子の腹にある子はおろさせる」

「志津ちゃんが産むといったら?」

「俺が許さない」

「いとこ同士だから、という理由だけでか。憲吉さん、俺と志津子のあいだはとめられないよ」

「はっきり言おう。俺は、自分の妹を、朝鮮人にやるわけにはいかん。もちろんおまえは日本人の血も享《う》けているが、すこしでも異民族の血が入っていると判っている者に、妹をやるわけにはいかん。不幸は、俺の叔母、大伯母だけでたくさんだ。つまり、おまえ達のおふくろと朝鮮人といっしょになったおまえ達のお祖母さんだ。悪い種はいまのうちに刈りとる必要がある」

「悪い種か。なるほど。従兄さん、俺と志津子のあいだは、とめられないよ」

「とめられない？」

「そうだ。俺と志津子のあいだをとめることは出来ないよ」

「本気でそう言っているのなら、俺にも考えがある」

「従兄さんにどんな考えがあろうと、二人のあいだを止めることは出来ないよ。近いうちにここからは出よう。世話になった。しかし、志津子は連れて行くよ」

「絶対俺が許さない！　おまえ達がいっしょになるのは破滅のしるしだ。もしそうなったら、どれほど惨めな最期を遂げるか。俺のこの言葉をよく覚えておけ」

「はっきり言ったらいい。破滅しようが、惨めな最期が待ちかまえていようが、従兄《にい》さんは、俺と志津子のあいだを止められないよ」

「おまえが志津子を連れてでるというなら、そのとき、俺は、おまえを殺す！」

「よかろう。いつの日か死ぬ身だ。女を愛したがために命を失うのなら、それもいいだろう。しかし、従兄さんは、俺と志津子のあいだを裂けないよ」

「ようくきけ！　おまえの親父は、日本の軍隊を裏切って敵に走った裏切者だ。それだけでも日本にとっては大損害だ。その裏切者の子供を養ってやっただけでも有難いと思え。この上、石見家に恥を塗る行為を仕出かす、そんな事がおまえ達に許されると思っているのか。おまえ達が飛びこんできてから、亡くなった俺の親父が、おまえ達のためにどれだけ迷惑を蒙《こうむ》ったか、おまえ達は考えたことがあるのか。志津子を連れて行くなら、おまえを殺す、と俺はいま言った。俺は実行するよ。今日から十日間の猶予をおく。それまでに荷物をとりまとめ、兄弟とも出て行け！」

憲吉は言いきると、兄弟から離れて行った。次郎は、去って行く従兄の制服の背中を視つめ、不気味な殺気を感じた。兄と話していたときの従兄の目はあきらかに尋常でなかった。以前にも何度かそんな目に出あっていた、と思ったが、どこでだったか想いだせなかった。やがて国防色の制服が右に折れて見えなくなったとき、次郎のなかをよぎり去ったのは、混血という宿命であった。

「身内の者から烙印《らくいん》を押されるとは、思いもよらなかったな。おろかな奴だ」

太郎は岩に腰をおろして言った。

「兄さん、どうするつもりだ?」

次郎は太郎のそばに腰をおろし、海を視つめてきいた。対岸の房総は霞《かす》み、目前では波頭《なみがしら》が白く砕けて散っていた。

「ここ数日が戦争の山だ。それまで釣りでもするんだな。戦争が終ったら、志津子を連れて京都に行こう。おまえも、秋の新学期まで京都で暮せばよい」

「奴は、殺すと言った。嘘ではないと思う」

「たぶんね。しかし、あいつは、誰も殺せないよ。殺せるのは人間だけだ。俺のなかまで殺すことは出来ないよ」

「兄さん……なにを言っているの!」

「心配するな。俺達が学校をでるまでの金は残っているはずだ。戦争が終ったら、貨幣価値の変動があるかもしれないが、大体、心配ないだろう。それより、釣竿《つりざお》を持ってこい。昼飯の魚を釣ろう。海鰈《たなご》をあげたいから、糸を余分に持ってきてくれ。俺は、いそめを掘っておくから」

次郎は、兄の常にかわらない言動を頼もしく思いながらも、ある危懼《きく》を感じた。海鰈を釣りあげるには、海底すれすれに針を投げいれねばならなかった。すると甘藻《あまも》によく釣針を引っかけ、糸をだめにすることがあった。こんなときに、そこまで考え、糸を余分に持ってこいと言う兄の余裕に、彼は一種の安堵《あんど》をおぼえ、兄のそばを離れた。

そして、谷間を右にまがるところで後から兄に呼びとめられた。

「もし、家の者からなにかきかれたら、なんでもなかった、と答えておけ。女達をかなしませる必要はない。愚かものでも、自分の孫であり、息子であり、兄であるわけだ」

「お祖父さんがそんな返事で納得するかな」

「納得しようがしまいが構わない。煙草を忘れないでくれ」

次郎は岩蔭《いわかげ》を曲りながら、母が再婚して去るときまった日、祖母の澄江が、どうもおまえは頭がよすぎるよ、と兄を見て言ったのを想いだしていた。あの皮肉な視線の裏に、他人にたいしての思いやりがある、などとは、肉親のほかは誰も知らないことだろう。そして岩礁地帯を出はずれたとき、斜面を、麦藁《むぎわら》帽子を被った志津子が釣竿を持って降りてきた。

「太郎ちゃんはどうしたの？」

美しい高い声がおりてきた。

「下にいるよ」

やがて志津子は斜面を降りきり、次郎のそばにきた。

「兄はなにを言ったの？」

「いや、べつに」

次郎はきびすを返すと先に歩いた。

「いくら兄でも、今朝のあの振舞は許せないわ」

しかし次郎は返事をしなかった。

太郎は海を眺めていた。一瞬、次郎は足をとめ、兄のほんとうの姿を視た、と思った。皮肉な視線の裏には他人にたいしての思いやりがあり、さらにその裏にはこんな姿勢がある。そんなことを感じた。

「太郎ちゃん、お祖父さんが話があるって」

志津子が叫んだ。

「なんのはなしだ?」

太郎がこっちをふり向いた。

「そんなこと知らないわ。うちの兄は、あなたに、なにを言ったの?」

「米兵が上陸してきたときの刺しちがえの戦法を話してくれた」

すると志津子は黙りこみ、ゆっくりと太郎のそばに歩いて行き、岩に並んで腰かけた。

「お祖父さんは、あなたに、大事な話があると言っていたわ。あたし、次郎ちゃんと釣っているから、行って話をきいていらっしゃいな」

志津子が低い声で言った。二人とも海の同じ個所を視つめていた。このとき次郎は、四年前の三月、三高に合格した兄が京都に去る直前、ここで志津子と並んで坐っていた昼さがりの一刻を想いかえした。あなたがいなかったら、あたし死んでしまう！　と叫んだ志津子の声が残っていた。潮風と波のざわめき、きららかな音を打ちこむような女の声、あのときと同じ姿勢だった。

「大事なはなしか。まあ、行ってみよう」

太郎は腰をあげ、ゆっくり岩の上を歩いて行った。

「太郎ちゃん！」

志津子が呼びとめた。ふりかえった太郎は目でうなずいてみせ、再びゆっくりと歩いて谷間に入って行った。

「うちの兄から数日前に話はきいているわ」

しばらくして志津子が言った。

「僕はいそめを掘るよ」

次郎は志津子のそばをはなれ、小石をひっくり返していそめを探しはじめた。家の者は数日前に黒シャツから話はきいているわけだ、と思った。それで朝食のときの康正の態度も納得がいった。康正は憲吉をとめたにちがいない。

「あなた達兄弟は、どうして泣言を言わないのかしら」

次郎は志津子の声をききながら、だまっていそめを掘り続けた。

「子供の頃を想いだすわ。あなたのお父さんが鎌倉から陸大に通っていた頃、太郎ちゃんが五歳であなたは三つ、あたしは四つだった。太郎ちゃんは、あなたのお父さんが陸士時代に鎌倉でうまれ、間もなく朝鮮に渡ってあなたがうまれた、とお祖母さんからきいたことがあるわ。あなたのお父さんが家族を再び鎌倉によびよせたのは昭和四年のことだそうよ。そして一年後にはまた朝鮮に渡ってしまい、ずいぶん目まぐるしく、引っ越しばかりしていたような生活だったと記憶しているのよ。子供心にも、あたし、あなた達との別れをかなしんだものだわ」

「なぜまた、そんな昔のことを想いだしたんだい？」

次郎はいそめを掘る手をやすめずにききかえした。

「判らないわ。あなた達兄弟には、かなしいことばかりが多すぎたわ」

「僕は、子供の頃の鎌倉は殆《ほとん》ど覚えていないが、よく、電車を見に行ったことだけはおぼえている」

「円覚寺《えんがくじ》の山門前で、よく電車の通るのを眺めたわ。四人で眺めたのよ。それが、兄だけはどうしてあんなに変ってしまったのか、あたしには判らないわ」

「時世だよ。嘆くことはないさ。兄貴も僕も、まあ言ってみれば、あまり深く考えない質《たち》でね、志津ちゃんが心配するほどのことではないよ」

次郎はやがて釣りの用意を済ますと、糸をおろした。

目の前を、年老いた漁師が櫓《ろ》をこいでいる舟が通りすぎた。舟は三崎の方からきて南下浦の方に去った。戦争があるとは思えない静寂な一刻であった。夏空を見あげ、蒼《あお》い海を眺めているうちに、次郎のなかを夏のかなしみがよぎって行った。昔もこれに似た一刻があった。兄が京都に去り、間もなく母が小田原に去った年であった。松輪から剣ヶ崎への陽炎《かげろう》のたちこめている畑中の道を歩きながら、春のかなしみが胸を貫いて行った日があった。従兄を恨む筋合はなかった。父が多額の金を母に残しておいてくれたにしろ、また父方の祖母が兄に金をくれたにしろ、俺達兄弟が石見家に世話になった事実は感謝すべきだろう。この海ともずいぶん馴染《なじ》んできた、と思った。剣ヶ崎に越してきて以来、兄は皮肉な視線で周囲を眺め、自分は絶えず激情に揺れ動きながら自分を持ちこたえ、二人とも自分に克《か》つことばかり考えてきた歳月。どこにも逃げられず、明日はどんな兇暴《きようぼう》なことを仕出かそうか、と考えた夜もあった。

志津子は房総半島を眺めていた。無造作に束ねた髪が麦藁帽のうしろにはみでて、ほつれ毛が潮風になぶられていた。

「兄貴は、志津ちゃんをつれて京都に行くと言っていたよ」

「次郎ちゃんはどうするの?」

「東京に下宿でもするようになるだろう」

「お祖父ちゃんが黙っていないと思うわ。血をわけた者を追いだすなんて」

「兄貴は、ここ数日のうちに戦争は終ると言っていた。そうしたら、また、別の道もひらけてくるというものさ」

松輪の方で空襲警報が鳴り、間もなく艦載機が上空をよぎった。近くの砲台から高射砲が撃ちあげられ、対岸の房総半島からも撃ちあげているらしかったが、飛行機は墜《お》ちずに砲弾の炸《さく》裂音《れつおん》だけがきこえ、高い空に硝煙《しょうえん》が漂っていた。

あくる九日の夜のラジオ放送で、長崎に新型爆弾が投下され、ソ連が参戦したのを知った太郎は、間違いなく戦争は終りだ、と次郎にささやいた。お祖父さんとなにを話しあったのか、ときいたら、ここから出るには及ばん、と言っていたが、俺は返事をしなかったよ、と笑っていた。

そして十五日の終戦の放送があるまでの五日間、太郎と次郎は昼間は殆ど釣りをして過した。十二日は一日中よく釣れた。入食《いれぐい》で鰺《あじ》がバケツ二杯釣れた。魚の寄りと潮加減がよほど好い日で、滅多にないことだった。

この間次郎は、数度、太郎が志津子をつれて家の裏の林のなかに消えるのを見ていた。次郎は釣糸を垂れ房総を眺めながら、あなたがいなかったら、あたし死んでしまう！　と口走った志津子を想いかえし、木洩陽《こもれび》が彩《いろど》る林の奥で寂然《せきぜん》と乱れ果てて行く二人を想像したが、奇妙な哀《かな》しさだけを感じた。十日以来、二人の姿には、なにか燃え滅びて行くような気配がした。日毎《ごと》に狂信的になって行く憲吉の前で、兄は、志津子を連れ去るのを諦《あきら》めたのかも知れない。次郎はそんな風にも考えてみた。かりに兄が先に出て、後から志津子が京都に着いたにしろ、憲吉は必ず二人を追って行くだろう。逗子《ずし》の街で、反戦的な言辞を述べた一人の男が、黎明会の数人に殺されるという事件があった。十一日のことで、次郎は伝えきいたとき、兄を殺すと言ったときの憲吉の殺気を帯びた目を想いかえした。そのときは判らなかったが、かつて出あったことのない陰惨な目であった。兄がことを避けてくれればよいが、と次郎は願った。

四

「ここが剣ヶ崎か」

車からおりた李慶孝は、谷間を距《へだ》てた向うがわに建っている白い灯台を見て言った。

十八マイル先の海上を照らすこの灯台に再び火が点《とも》ったのは終戦の年の秋であった。いま白い灯台は晩夏の陽《ひ》ざしに輝き、相模灘では灰色の大きな船が航行している。

「景勝の地だが、なにか荒廃しているね」

「ええ、戦争中はもっと荒廃していました」

それから父子は連れだって墓所に向った。

墓の周囲は、八月に訪れたときよりさらにコスモスが群生し、白、桃色、赤、臙脂色《えんじいろ》の無数の花が陽光の下で咲き乱れていた。

「右が兄さんで、真中が志津子、左が叔父さんです。想いかえしてみても、悪夢のような三日間でした」

二人はコスモスを踏みわけ、墓の前に立った。

「兄さん、父さんがきてくれたよ」

自然に言葉が口をついて出た。二人は合掌して瞑目《めいもく》した。それから墓の前に腰をおろした。

「十四日の夜、私は兄さんと話しあっているうちに、京都に行けば当分こちらにはこられないだろうから、一度母さんにあって行こう、とどちらからともなく言いだしたのです。私も京都の兄さんの下宿先でしばらく暮し、それから東京に出るなりなんなりしよう、と決めていたわけです。戦争が終る、という話は十四日の朝から決定的な話として伝わっていたのです。ともかく明日の午後小田原に行こう、と二人はきめました。そしてあくる十五日の朝、早くから海にでて魚を釣りました。釣りをする人には短気な者が多いと言われていますが、私はここで釣りをしながら耐えるということを学んだと思います。私達は十時に剣ヶ崎をでました。私達は久里浜《くりはま》から電車に乗りましたが、兄さんは浮かぬ顔をしていました。電車が鎌倉につく頃、兄さんは、やはりよそう、と言いだし、鎌倉で降りてしまいました。私は慌《あわ》てて兄さんについてホームに降りました。間もなく正午で、天皇の放送があるというので、街は静まりかえっていました。私達は若宮大路《わかみやおおじ》をゆっくり歩いて八幡様の方に行きました。鎌倉文庫といって、小説家達が蔵書を出しあって開いた貸本屋があり、その前まで行ったときでした。おまえは会いたいか、と兄さんが突然私に聞きました。二人とも昨夜から話しあってきたのだから、兄さんの言う通りにするよ、と私は答えたのです。それから私達は鎌倉文庫に入り、なんとなく棚《たな》から本をひきだして頁《ページ》をひらき、しばらくしてそこを出ました。家に帰って荷造りをしよう、と兄さんが言いだしたのです。私達は、いつ京都に発つかは決めていなかったのですが、行くとなると、どうやって京都までの乗車券を入手するかが問題でした。一般人はなかなか乗車券が入手できなかったのです。叔父貴に電話してみよう、と兄さんが言いました。それから電車にのり、横須賀でおりると、鎮守府に電話しました。叔父さんは、駅で待っていろ、と言い、しばらくして車でやってきて、乗車券と急行券を三枚求めてくれました。急行の指定は十六日の夜行でした。俺は当分は海兵団から出られないが、二人とも元気でくらせ。叔父さんはそう言いのこすと、鎮守府に帰って行きました。それから私達は剣ヶ崎に戻りました」

「太郎が殺されたのは、その日か?」

「いいえ。……あくる十六日の午後でした」

コスモスの花に囲まれて次郎は波の音をきき、相模灘が九月の陽光に霞《かす》み、剣ヶ崎の岩礁地帯で波が白く砕けているのをみた。

「そのとき、兄さんが、なにを考え、なにを視ていたのか、いまの私には判《わか》る気がします。日本の敗戦とともに、自分達が将来仕合せになれるかどうか、それとも、いっそうの不幸を背負うことになるかどうか、戦いが終った後の解放感は、そのときの私達にはなかったように思います。朝鮮の独立を喜んだのは朝鮮人で、私達には関係のないことでした。剣ヶ崎に棲《す》みついてからの毎日は、己《おのれ》に克《か》つ、という一事にあったように思います。人一倍頭がよく、なにごとも虚無的な視線でみていた兄さんは、心の裡《うち》では絶えず自分の血を視つめていたのです。戦争が終っても俺達の位置は変らないよ、と兄さんは松輪でバスから降りたときに言いました。ガソリンがなく、薪《まき》や炭を焚《た》いて走る木炭車でした。私達は剣ヶ崎に向って歩きながら、自分達が京都に発つのを、お祖父さんにどう話せばよいのか、そればかり考えていました。渝《かわ》らぬ目で私達を見てくれたのは、お祖父さんと志津子だけでした。戦死した伯父も、伯母も、お祖母さんも、決して私達には温かくなかったのです。殊《こと》に母が去ってからはそうでした。からだのなかに、百分の一だけ異民族の血が流れている、それだけでその人間は社会ではのけものにされるのに充分でした。殊に朝鮮人の場合はひどかったのです。倫理以前の呪いのようなものでした。混血というおお根の問題のほかに、私達が経済的に困らなかったのも、私達を中途半端《はんぱ》にした理由のひとつかと思います。日本人にも溶けこめず、朝鮮人にも溶けこめず、絶えず宙ぶらりんの形で日々を生きて行かなければならなかったのです。信じられるのは美だけだ、と兄さんが私に語ってくれたのは、十六年の春、三高に合格して京都に発つときでした。そのとき兄さんが、どんな美を信じていたのかは、もう探りようもありませんが、自分の血を視つめているうちに、父さんを理解し、軍隊から脱走した事実に興味を持ち、父さんを尊敬していました。そして、父さんと母さんのあいだに愛情と呼べるものがあったのだろうか、と疑問を抱いたこともありました。兄さんは一方では、絶えずギリシャ的な澄明なものに憬《あこが》れながら、もしかしたら一方では、なにも信じていなかったかもしれません。志津子を愛していたかどうかも、いまとなっては、はっきりしないところがあります。愛する、という行為だけを信じ、そこに自分を埋没させていただけではないか、そんな風にも感じられます。兄さんは、京都で、能ばかり観て歩いていたようです。お祖父さんが鎌倉の家に能楽堂を建てたのは、昭和八年のことだそうですが、兄さんがどんなきっかけで能とめぐりあい、お祖父さんと語りあうようになったのかは知りません。中学時代はピアノばかり弾《ひ》いていましたから、能と出逢ったのは三高にあがってからだと思います。私には音楽の話はよくしましたが、能の話はしませんでした。

憲吉、志津子、兄さん、私と四人の孫のうち、お祖父さんにいちばん愛されていたのは、兄さんだったと思います。お祖父さんの能は好事家《こうずか》の域をでていないところがありますが、兄さんは、能から、ギリシャ悲劇に比肩できるものを発見していたようでした。渝らぬもの、移ろわぬものを絶えず求めていたのです。能に、直面《ひためん》というのがあります。面《おもて》をつけずに舞う能です。能役者は、四十歳をこすと、よほどの美男でないかぎり、直面では舞わないとされています。たとえ芸がうまくとも、若い頃の美しさを見せることができないからです。兄さんは、二十歳ですでに面をつけていたのです。いいえ、自分の生活に面をつけだしたのは、もっと早くからだったと思います。すべては、面の裏にかくされていたのです。そう解釈しないと、戦争の外側で生きながら二十歳ですでに自分の死を視つめ、それ自体の充実した激しさで自ら滅び去った兄さんの径路が判らないのです。そんな兄さんを、お祖父さんは、いつも、慈《いつく》しみの目で眺《なが》めていました」

「頭のいい子であった、ということは私もおぼえている」

李慶孝が言った。白い灯台が九月の陽光に輝き、相模灘では波頭が白く砕けていた。

「兄さんと私が、志津子に話してひっそりと荷造りをすませたのは、その日、十五日の夜でした。横須賀で叔父さんから乗車券を買ってもらった帰りに、久里浜の運送屋により、明日荷物をとりにくるように、と頼んであったのです。志津子には、着換えだけ持って行くように、と兄さんは言っていました。その夜は、兄さんがモーツァルトの音楽の話などをし、間もなくやすみました。そして、あくる朝、私達は、お祖父さんの前にでて、志津子を連れて京都に越す旨を告げました。お祖父さんは返事をせず、窓の外にひろがっている相模灘を眺めていました」

次郎は、そのときの、八月の早朝の陽を浴びて建っていた灰色の灯台と岩礁地帯で砕けている波の音を、庭先にむらがり咲いていたコスモスの花を、想いかえした。

康正は、外界の一点を視つめたまま、動こうとしなかった。部屋には、磯《いそ》のにおいをのせた早朝の爽《さわ》やかな風が送られていた。

「いままで、私達を育ててくださったお祖父さんに、こんな日がきたのを告げるのは、私達にしても辛いことです。憲吉さんは、石見家の当主として、私達に当然なことを要求しただけです。時期が早いかおそいかの問題だけです。戦死した伯父さん、日本軍から脱走した私達の父、そのために石見家にふりかかった迷惑、そんなことも、憲吉さんには刺戟《しげき》になっただろうと思います。先のことは判りませんが、京大をでたら、私も日本の社会の一員になるはずです。どうか、それまでお待ちください」

太郎が言った。

かなりのこと沈黙が続いた。兄弟は、外界の一点を視つめて動こうとしない祖父の背中を視つめていた。

「次郎はなにも言わないのか」

沈黙を破るように康正が言った。

「僕も、兄さんと、同じことしか言えません。なるべく早い将来に、ここで、また、魚を釣るようになりたいと思っています」

次郎が答えた。

「そのとき、お祖父さんは、泣いていたのでした。なにを語ったところで、沈黙に勝《まさ》る雄弁はない、そんな、たがいの感情を理解し合った一刻でした。そのとき、お祖父さんの胸の裡《うち》では、朝鮮にいる自分の姉のこと、その姉と朝鮮人のあいだにうまれた甥のこと、その甥に嫁《とつ》ぎ去った自分の娘のこと、そのあいだにうまれた二人の男の子のこと、やがて軍隊から脱走したその子達の父親のこと、そして子供を残して他家に去らねばならなかった娘のこと、戦死した息子《むすこ》のこと、京都に連れ去られる孫娘のこと、そんな過去や現在が、去来していたはずです。孫達に泣顔をみせるのがいやで、お祖父さんは、しまいまで、外を視つめていました。しばらくしてお祖父さんは、やはりこちらに背中をみせたまま言いました。金は用意しておいたよ、わしは、昨夜、おまえ達が、荷造りをしているのを見たのだ、わしが止めても、どうにもならない状態だと思った、学校をでたら、なるべく近いところに越してきてくれ、これだけが望みだ。それ私達はそのとき、ひとつ、また一つと失って行くお祖父さんの哀しみを感じとりました。それからお祖父さんの部屋をでて、運送屋がくるのを待ちました。私達は、憲吉が出かけていない昼すぎに剣ヶ崎を発つことになっていました。それに、夜行といっても、早くから東京駅で並ばないと汽車の座席をとれなかったからです。憲吉はどうしたのか、朝から姿をみせなかったのです。制服も、黒シャツも、竹槍《たけやり》も、不断穿《は》いている靴も見当らないので、黎明会《れいめいかい》の横須賀支部にでかけたのだろう、と伯母さんが言っていました。後で知ったのですが、このとき、憲吉は、自室の押入のなかにいたのです。運送屋が荷物をとりにきたのは十一時頃でした。それからみんなで昼食の卓を囲み、お祖父さん、お祖母さん、伯母さんが、三人の出発を祝ってくれました。そして、志津子を連れて家をでたのが、十二時ちょっと過ぎでした。前日の終戦の放送いらい、艦載機の来襲もなく、飛んできても様子だけみて帰る、そんな静寂な一刻だったのです。海の音ばかりがしていました。お祖父さんと伯母さんが松輪まで見送ってくれることになり、私達は玄関を出たのです。そのとき、それまで姿をみせなかった憲吉が、庭先に立っていたのです」

真上から射す太陽の下で、黒シャツに制服、戦闘帽を被《かぶ》った憲吉が、右手に竹槍を握り、顔から汗をふきだし立っていた。

「おまえは、志津子を連れて行けないよ」

憲吉が言った。

「不気味な声でした。戦争が終り、敵機も飛んでこず、海の音だけが規則的にきこえてくる不思議なほどの真昼の沈黙《しじま》のなかで、憲吉の声だけが大きな響きのようにきこえてきたのです。お祖父さんが前に進み出て、憲吉、なにをするつもりだ！　と呶鳴《どな》りました。私達がそれまで感じたことのない怒気をふくんだ声でした。すると憲吉が、お祖父さんは日本人の味方か、朝鮮人の味方か、と呶鳴り返したのです。兄さんがお祖父さんを引き戻して前に進みでたのはこのときでした」

「従兄さん、俺と志津子が発つのを、とめることはできないよ」

「俺は、おまえを殺す、と言っておいたはずだ！」

「そうだ。たしかにきいた。そして、そのときの俺の答も、従兄さんはきいているはずだ」

「穢《きたな》い朝鮮人め！　日本人が負けたのは、貴様ら朝鮮人のせいだ。貴様の親父が、あの穢い朝鮮人が、日本を裏切ったせいだ。貴様ら朝鮮人が協力しなかったせいだ。飼犬に手を嚙《か》まれるとはこのことだ。犬め！　奴隷《どれい》め！　それでも飽きたりずに、まだ日本の女を汚すつもりか」

「従兄さん、そこを退《ど》いてくれ。誰も、俺と志津子をとめることはできないよ」

太郎は、右手で志津子の左手を握り、左手にはボストンバッグを提《さ》げ、憲吉に向って歩きだした。

「犬め、志津子の手を放せ！　俺の妹の手を放せ！」

「距離は七メートルはあったと思います。兄さんは、志津子の手を握り、憲吉に向って真直《まっす》ぐゆっくり歩いて行きました。憲吉のからだが動いたのはこのときでした。異様な叫び声をあげて憲吉は竹槍を構え、兄さんに向って突き進み体あたりしました。みんながとめようと走りだしたときには、兄さんは竹槍で腹を突き刺されていました。避《よ》けなかったのです。憲吉は引きぬいた竹槍を、前方にくずおれる兄さんにもういちど突きたてました。竹槍は左肩よりの咽喉《のど》を刺し、兄さんはそのまま、憲吉が竹槍を引きぬくと同時に前にくずおれました。私と志津子が兄さんを抱きおこしたとき、兄さんは、微笑をうかべていました。ちくしょうッ憐れみを乞《こ》え、朝鮮人、憐れみを乞え！　と叫び狂っている憲吉の手から、お祖父さんが竹槍を奪いとり、憲吉に向けました。憲吉はわめきながら庭を飛びでて行きました」

「馬鹿めが！　とうとう竹槍を使いおった。気の毒な奴、許してやるよ。死ぬのが少し早すぎたようだが、こうなってしまっては、俺の、二十年の、短い生涯も、ずいぶんと、永いものになった。俺は、倍の四十年は、生きてきた気がする。次郎、おぼえておけ。あいの子が信じられるのは、美だけだ。混血は、ひとつの罪だよ。誰も、彼をそこから救いだせない、罪だよ。母さんに、よろしく」

太郎は微笑をうかべたまま息を引きとった。咽喉から噴《ふ》きだした血が庭土を染め、真上から太陽が降りそそぎ、真夏の潮風が吹きぬけて行った。

「血をわけた者を殺すなんて！」

志津子は血まみれになって、太郎ちゃん！　と絶句すると、太郎を膝に抱いたまま気絶した。

「兄さんは、頸動脈《けいどうみやく》を竹槍で切られていたのです。私は、兄さんの咽喉元から噴きだす血を気の遠くなる思いで視つめ、これが混血の血だ、この血のために兄さんは殺された、と怒りがこみあげてきました。憲吉や日本の社会に対しての怒りではなく、混血である自分自身に対しての怒りだったと思います。医者と警官がきたのは、それから一時間もたってからでした。その時分、憲吉は、前日から三崎の朝鮮人部落で不穏な動きがあるといわれていた朝鮮人達を殺しに行っていたのでした。事実は、彼等《ら》は独立を祝っていたのでした。憲吉はそこでつかまりましたが、途中で警官をふりきって逃げ、昭和二十四年の春まで、行方《ゆくえ》が知れなかったのです。

憲吉が兄さんを刺殺したのは、憲吉のなかにある日本人の血がそうさせたのです。兄さんが死を承知で志津子の手を握って憲吉の前に進みでたのは、兄さんのなかにある朝鮮人の血がそうさせたのです。そして一方で兄さんは、憲吉が、血をわけた従兄が、俺を刺さないかも判らない、刺さないこともあり得る、と考えて憲吉の前に進みでたと思います。このとき兄さんは、自分の体内に流れている日本人の血に、憲吉を見ていたのです。兄さんは、信じられるのは美だけだ、と言いながらも、心の奥では、やはり、人間を信じていたのだと思います。志津子が、そこの断崖《だんがい》から身を投げたのは、その日の夜半でした。その午後の半日、志津子は、譫言《うわごと》を言い続けていたのです。あの人に逢ったのも束の間、血をわけた者を殺すなんて、あたしも行くわ、神様、あの人を奪われたあたしに、この先、たのしい暮しなどあろうはずもありません、兄があのひとを奪っても、あたしがあのひとの後を追うのは、これだけは、誰にも奪われる心配はありません。そんなことを口走っていたのです。私は、そんな志津子が心配で、夜中に志津子の部屋をのぞきに行ったのです。部屋に志津子はおらず、蒲団《ふとん》が乱れていました。とっさに私は断崖を想いうかべ、家族を起しました。台所の戸の鍵がはずされていたのです。私は懐中電燈をもって断崖に走りました。断崖の突端で、赤い鼻緒の駒下駄《こまげた》を見つけたとき、蒲団にぬくみがなかったのを想いかえし、もう駄目だと思いました。満潮の時刻でしたから、引潮につれ遺骸《いがい》は沖に流される心配がありました。灯台に駆けつけて三崎警察署に電話をかけてもらうと、私は、小学校時代の友人の青木という漁師の家に走り、舟をだしてもらうことにしました。暁方《あけがた》に間もない時刻だったので、出漁する舟がかなりおり、それがみんな志津子の遺骸を捜しにきてくれました。しかし、志津子が見つかったのは夕方でした。城《じよう》ヶ島《しま》の沖合でした。からだはところどころ魚に喰《く》いちぎられ水ぶくれになっていました。お祖母さんと伯母さんは、それっきり寝こんでしまいました。私が、自分の死をふと垣間《かいま》みたのは、漁船にのって沖合から剣ヶ崎の白い断崖を眺めあげたときでした。わずか一日のうちに兄さんを失い従姉を失ったのが、信じられなかったのです。父さんや母さんのことも思いました。なにか海に吸いこまれて行きそうな一刻でした。兄さんは、自分の死を目前にみながら志津子の手を握って歩いて行ったのです。殺されると判っていながら歩いて行った兄さんのそのときの心の裡では、なんの葛藤《かつとう》もなかったのか。そんな兄さんが、そのときの私には判りませんでした。兄さんが信じていた美とは、自分自身を滅亡させることではなかったのか、そんな風にも考えてみました。戦争に駆り出されて野たれ死にするのはいやだと言って理科に進んだ兄さんが、戦いが終ったあくる日に、もう砲弾で死ぬ恐れもなくなった日に、自ら滅びの道を選んだのです。私は、剣ヶ崎の白い断崖を見あげ、しきりに、死んではだめだ、と自分に鞭《むち》うち、耐えていたのです。城ヶ島から志津子の遺骸をひきあげて戻ってきたら、お祖父さんが、野比病院で解剖された兄さんの遺骸を引きとってきたところでした。鎮守府の叔父さんがきたのは、その日の夜で、お通夜をしているときでした。叔父さんは、私から事情をきくと、おまえだけはしっかりしてくれ、と私の肩を叩いたのです。叔父さんが、裏の林のなかで拳銃《けんじゆう》自殺をしたのは、あくる日の暁方でした。私は疲れからうとうとしていたとき、銃声をきいたのです。私は、叔父さんが拳銃を持っていたのを知っていたので、通夜の居間に叔父さんの姿をさがしに行きました。居あわせた人は、裏の林で銃声がしたと言い、今頃なんだろう、といぶかりました。そのとき私が、なぜ、自殺だ！ と直感したのか、一日のうちに身内を二人も失い、私自身も死を垣間み、死の周辺をさまよっていたからそう感じた、そうだったと思います。叔父さんは、太い欅《けやき》の幹に背をもたせかけてあぐらをかき、額を射ぬいて死んでいました。一通の遺書と多額の金が残されていました。これが遺書です。

死ぬ場所をここに選んだのは、ほんとに申訳ない事だと思いますが、どうかお許し下さい。日本で立寄れるのは此処だけでした。太郎のかたわらに埋めて下されば有難いのですが。この金は、私のこれまでの給料の一部です。南海に散って行った多くの朝鮮の学徒兵の遺族にお渡し願えませんでしょうか。ここに学徒兵の名と朝鮮の住所を記しておきます。次郎、しっかり生きて下さい。こんな私を卑怯《ひきよう》と思うでしょうが、日本の敗戦とともに、私にはこれしか方法がなかったのです。

父さんが朝鮮人になりきるために軍隊を脱走した、私達はそう解釈していました、その父さんと対照的に、叔父さんは日本人になりきろうとし、日本の敗戦がそれを拒み、朝鮮にも還れず、ついに自ら死をえらんだ、そうとしか解釈のしようのない自殺でした。日本軍から脱走した兄をもっているがために辛い思いもしたろうと思います。海軍でも、陽のあたらない場所をひっそりと歩いていたようでした。鎮守府からは同僚の佐官三人と数人の部下がきて、鄭重《ていちょう》に線香をあげてくれました。三人の遺骸を埋葬し終ってみると、荒涼とした思いだけが心の裡《うち》をしめてきました。それからの毎日、女二人は寝こんでしまい、お祖父さんは自分の部屋から出てこようとしませんでした。耐えるだけで私の一日が過ぎて行ったのです。生前の兄さんの、母さんにたいする思いやりを考え、私はお祖父さんにお願いして、兄さんの遺骸は母さんには見せませんでした。埋葬を終ってから母さんに知らせたのです。どこもかしこも血の匂《にお》いばかりがした悪夢のような三日間でした。……こうして、暗い想い出だけが残り、あくる年ここをでてからは、その暗い想い出のために、八月の墓参りの他は一度も訪ねてこなかったのです」

そこから見おろせる灯台の前では、いまバスから降りたばかりだろう、若い男女が声をあげて群がっていた。

「あんな平和な光景はなかったのです。すべてが灰色に閉ざされ、見えるものは海と空、飛行機、兵士、そして破損して横須賀の海軍工廠《こうしょう》に曳《ひ》かれて行く艦《ふね》だけでした」

「それで、憲吉はどうしたのだ？」

李慶孝はさっき次郎から手渡された弟の遺書を封筒にしまいながらきいた。

「昭和二十四年の春、幽霊のように鎌倉に還ってきたのです。四月はじめの日曜日の午後で、その日、能楽堂で謡の会がありました。お祖母さんは鎌倉に戻った年に心臓病で亡くなり、伯母さんもその翌年の冬、肺炎で亡くなり、お祖父さんは毎日能楽堂で古い書物を読んでいました。輸入羅紗《らしゃ》専門店でしたから、日本橋の店を開こうにも品物はなく、それに、すっかり気を落してしまい、お祖父さんは家から出ようともしませんでした。幸い店は焼けずに残ったのですが、お祖父さんは売ってしまったのです。私に商人になる意志がないとみたのでしょう。そして、謡の仲間を集めて半日を送るのを、唯一のなぐさめとしていました。その午後のことを私ははっきりおぼえております。私がおそく着いた一人の老婆を能楽堂に案内してから山を降りてくると、母屋《おもや》の庭に、瘦せさらばえた男が一人立っていたのです。満開の桜の樹の下で、男は花ぐもりの空を見上げていました。従兄さんじゃないか！　と私は思わず呼びました。憲吉はこっちを見て、次郎か、と言いました。それからすこし間をおき、太郎はいるか、ときいてきました。その焦点の定まらぬ二つの目をみたとき、私は、不吉な予感がしました。従兄さん、太郎兄さんはもういないよ、と私が答えると、そうだったな、とぽつりとつぶやき、涙を流しました。彼は、あくる日すぐ鎌倉脳病院に入院させられ、半歳後に骨と皮ばかりになって亡くなりました。まったく食物を受けつけない体になっていたのです。憲吉が剣ヶ崎をでてから戻ってくるまでの歳月は、彼の死とともに永久に判らなくなりました。憲吉の家出の直後、伯母さんは、子供の頃はあんな子ではなかった、とよく泣いていたものでした。彼はその春の日、放浪に疲れ果て、自分の過去も忘れ果て、自分が殺した従弟に会いに還ってきたのだと思います。もしかしたら、鎌倉に還ってくる前に、この剣ヶ崎に来たかも知れません。気の毒な生涯でした」

語り終えて次郎は、十七年間胸につかえていたものを下した気になった。

「さっき、お祖父さんが言ったように、理解することだけが残されている。理解する、まったくそれしか方法のない歳月だ。話をきかせてくれて有難う。おまえ達がよく釣りに行ったという場所に行ってみよう。それから、この遺書だが、できたら私にくれないか」

「差しあげます。父さんに持っていってもらえれば、叔父さんも喜ぶでしょう」

やがて二人はコスモスをかきわけて山を降りた。陽はかなり傾き、黒松がながい翳《かげ》をおとしていた。

剣ヶ崎の斜面をおりて谷間をぬけると、潮がひいた直後とみえ、岩礁地帯はまだ濡れていた。よく兄と並んで竿《さお》をたれた岩の上では、数人の男達がリール竿をたれていた。黒潮の向うには房総半島が霞み、相模灘のはるか向うには大島の山頂が見えた。十七年前と同じように、岩礁では波頭が砕けて散り、潮風が吹きぬけて行った。次郎はそんな渝《かわ》らぬ風景を眺めているうちに、心の裡に灼《や》きついている暗い風景が、すこしずつほぐれていくのを感じた。

五

「時間がないから鎌倉には寄れないが、お祖父さんによろしく言ってくれ。アメリカからの帰りにまた寄るから」

剣ヶ崎をひきあげて車が走りだすと李慶孝が言った。

「父さんにあったら聞こうと思っていたことですが、父さんは、混血として、いままで、いちども迷いはなかったのですか？」

次郎は、車窓の外に移り行く三浦半島の低い山並をみて父にきいた。

「むずかしい質問だ。……迷いはあった。おまえ達より数倍の迷いがあったと思う。おまえ達は日本人の血をより多く享《う》け、幼時から日本人として育てられてきたが、私はそうではない。宙ぶらりんといえば、私と弟ほど宙ぶらりんな男はいなかった。純粋の朝鮮人ですら、陸士を受けて軍人になろうとした者がかなりいたから、混血の私達兄弟が、父の命令で軍人を志望したのは、当然のなり行きだった。しかし、日本人として生きるには限界がある、と知ったのは、士官学校在学中だった。ところで、おまえは、北一輝《かずてる》という名前をきいたことがあるか?」

「ええ、かなり知っているつもりです」

「そうか。それなら、西田税《ぜい》という名も知っているね」

「知っています」

「簡単に話そう。私は陸士時代に、中国人の級友を通じてその西田にあった。陸士三十四期生で、広島の師団に籍をおいていたが、病気をして軍隊から退いた。その西田が、私を北一輝のもとにつれて行ってくれた。大正十五年の秋だった。私はそれまで、西田にすすめられ、北の〈国体論〉〈日本改造法案大綱〉を読んでいたが、とりわけ後者のなかの一節、〈朝鮮其《そ》ノ他現在及将来ノ領土ノ改造方針〉にかなり惹《ひ》かれていた。私が日本人として生きるには限界があったが、朝鮮人として生きるなら限界がなかった。いわば未知数の世界が私の前にひろがっていたわけだ。もう太郎がうまれていたが、私は子供の将来を考え、尚子の籍にいれた。朝鮮人として生きようと決めたのには、いまひとつ理由がある。人間としての良心の問題、さっきおまえの話のなかにあった圧迫者と被圧迫者の血が平行して流れているなかで、私は被圧迫者の味方になろうと思った。感傷ではなく理性からであった。西田に連れて行ってもらった場所は、千駄ヶ谷《せんだがや》の山本という邸で、北はそこに棲んでいた。一種の教祖のような人物で、多くの青年将校が彼のところに出入りしていた。俳優にしてもよいような美男子だった。それから私は北には二度あった。最後は、翌年、つまり昭和二年の夏、北が、牛込納戸町《うしごめなんどちょう》に移転したときだった。そのとき私はもう北一派には興味がなかった。自由主義と社会主義と無政府主義とを一列に並べて論じる、そんな連中のあつまりだった。ファシストの原則なき理論といえばいいかな、彼等は理論のともなわない行動をしていた。北という男は、ごろつきのような一面もあり、狡猾《こうかつ》な面もあった。しかし、彼の朝鮮に関する一文は、なお私のなかで生きていた。純粋の朝鮮人ならついて行けないその一文に、私ならついて行けると思った。私の混血がそうさせた。そんな意味では、当時の朝鮮人にとって私は好ましからぬ人物だった。北と別れて間もなく、私は家族をつれて配属先の大邱《たいきゅう》に帰ったが、間もなく陸軍大学に入学を命じられ、再び単身で日本にきて、鎌倉から、当時、青山北町《あおやまきたまち》にあった陸大に通った。しばらくして家族をよびよせたが、陸大卒業と同時に再び大邱連隊に帰った。それから北支《ほくし》事変勃発《ぼっぱつ》までのあいだが、おまえら母子《おやこ》には、いちばん幸福な時代であったわけだ。その間に私は変って行った。混血という迷いがあったにしろ、被圧迫者の側につく、という理性が私を支えていた。しかし私はコミュニストにはなれなかった。コミュニストになっていたら、私はもっと早く軍隊を脱走していたと思う。戦争の勃発が私を決心させた。先の見通しがあったわけではないが、満洲事変、上海事変いらいの事を考えてみると、ともかくこの戦争はながびき、ながびけば日本は負けるだろう、そうすれば朝鮮は独立できるだろう、と朝鮮人の将校達と話しあった。そして私は軍隊から脱走した。三ヵ月後、私はアメリカにいた。戦争中のことは、想像にまかせよう。おまえが想像する範囲はでない。一九四一年、つまり昭和十六年、日本がパール・ハーバアを攻撃してきたとき、私は、朝鮮が独立できると思った。私は韓国人として行動してきたし、これからも変りはない。迷いは青年時代にどこかに捨ててきた。私の話はこれだけだ。ところで、おまえはいま、日本人になりきれているのか？」

「九分通りなりきれました。残りの一分は、私を受けいれてくれない日本人のために残してあるのです」

「どういうことだ？」

「学問、芸術の世界に国境がないというのは外国のことです。日本人の血を半分は享けている父さんにも判《わか》らない、島国根性というものがあり、それが私を受けいれてくれないわけです。私は、人からきかれれば、何分の一かは朝鮮の血が入っていると答えます。そうすると、相手の態度が目に見えない速度で変って行き、よそよそしくなっていくのです。理窟《りくつ》では割りきれない日本人の血、不思議な民族の血がそうさせるわけです。天皇にたいする理窟を超えた信仰、これは恐らく外国人には判らないと思います。しかし、彼等が受けいれてくれる、くれないは別問題です。私は日本人として生きるほか道がないのです。お祖父さんは、私のこんな考えを、おまえは必要以上にこだわっている、とよく言いますが。そして、これもまた別問題ですが、私の二人の子供は、もう、完全に日本人です。自分達のなかに、何分の一かは韓国人の血が入っているのを知らずに、あいつ朝鮮人だぜ、などと話しあっています。そうしたことを教えるのは日本の古い世代に属する人達ですが、日本という不思議な風土にうまれあわせた者として、仕方のないことだと思います」

「理解するしか方法がないのだ。日本の海軍軍人として自決した弟のことも、理解するしか方法はない。私の現在の立場を話しておこう。これは、まずあり得ないことだが、かりに、今後、韓国と日本のあいだで戦争がおきたとする。そのとき私は、韓国軍人として、母の国日本を滅亡させることに自分のすべてを投入するだろう。おまえの子供達は、反対に、韓国人を殺しにくるだろう。これが歴史だ。私には、悪循環こそは永遠である、などといった逆説めいた言葉はとうてい口に出来ない。おまえと私とのあいだに溝《みぞ》があるとしたらこれだけだ。私は、もしかしたら、おまえとは理解しあえないかも判らない、と危懼《きく》を抱《いだ》いていたが、ある程度は理解しあえたようだ。おまえはどうだ？」

「ええ。父さんも私も、たがいの道を行くよりほか方法がないと思います。想像のなかでの父さんには距離を感じませんでしたが、現実の父さんには、かなり距離を感じます。しかし、これは、仕方のないことだと思います。お会い出来ただけでもよかったと思います」

「では、また会おう」

次郎は、横須賀駅前で車からおりた。李慶孝は、横浜を経て東京に戻って行った。

六

李慶孝が、アメリカからの帰途、日本に立ちよったのは、予定を少しおくれ、年を越した一月中旬であった。

次郎はその日の夜九時すぎに李慶孝から電話を受けた。明日の夜羽田を発つが、昼間は公用があり、夕方からは、九月に寄ったときに決まったことだが、陸士時代の同期生が歓迎兼送別会を開いてくれるというから、鎌倉にはよれない、という話であった。次郎は、送別会場をきいた。日比谷《ひびや》のある中華料理店で、四時から六時までの間だとのことであった。次郎はこれを祖父に伝え、あくる日、次郎がその会場に行くことになった。

九月に父と会ったとき、二人のあいだでは、母尚子の話はでなかった。歳月がたったとはいえ、あんなかたちで別れた夫婦が、子供の次郎のなかで、なにかふっきれないかたちで残っていた。そして彼は十月に入ってから間もなく、小田原に母を訪ね、父がきたことを告げた。

「わたしも、それは、新聞で知りました。それであなたは、お父さんとお会いし、なにを話しあいましたの？」

「父は、韓国での御自分の生活はいっさい語りませんでした。母さんの話もでませんでした。しかし、私はやはり……」

次郎は、両親にたいする自分のふっきれない気持を告げ、アメリカからの帰りに寄ったとき、やはりいちど会うべきではないか、とすすめた。

「わたしにはよく判りませんが、あなたが、そうした方がいいと思うなら、そうしましょう」

尚子は五十五か六歳になっているはずだった。再婚先の新庄家でも男と女を産んでいた。二人ともすでに大学生で、上の男の子は、次郎が教えている大学に通っていた。四人も子を産んだ女にしては美しすぎた。十六歳のときから別れて暮してきた次郎には、ときたまあう母をまぶしく感じることもあった。

父から電話を受けた日、ともかく父と母を会わせる機会は明日以外にない、と思った次郎は、すぐ小田原に電話した。そして、翌日の午後三時に大船駅のホームで待ちあわせることにした。

ところが、あくる日の朝十時に、母から電話がかかってきて、あなた一人で行ってくださいと言ってきた。

「どうしてですか？」

「いまさら、あなたのお父さんにお会いしても、仕方のないことだと思います。あなたが、ふっきれないと言った気持は判りますが、あなたのお父さんには向うでの生活があると思いますし、わたしはわたしで、こんなに変ってしまったのです。おたがいに、風化してしまったものを見せあっても、仕方がないと思います」

「そうですか……では、そうしましょう」

そうかもしれない、父が一言もかつての妻のはなしを持ちださなかったのも、同じ気持からかもしれない。次郎はそう考え、母の気持を了承した。

「それで、羽田をお発ちになるのは何時ですの？」

「八時です」

「よろしく伝えてください。お会いしても、昔のことだけが想いかえされ、わたし、きっと泣いてしまうようになると思います。やはり、お会いしないことにします」

「判りました」

父母が自ら身を処したように、子は子なりに自分で処理しなければならない問題だろう。次郎はそう考えながらも、すこし寂しい感情になった。

日比谷の料理店には、李慶孝の同期生が十四人集まっていた。戦死した者もおり、遠方で来られない者もおり、これだけ集まっただけでも大変なことだ、とこの日は韓国陸軍の制服を着け た李慶孝が、次郎をみて言った。なかに、防衛庁の高官の制服を着けた男も一人いた。

次郎はしまいまで彼等の話をきいていたわけではない。これで父と会う機会はないだろう、俺はこの人を韓国の軍人として見るほか方法はないだろう。しきりにそんな事を考え続けた。父と自分との間には、あきらかに断層があった。九月以来考え続けてきた事であったが、その断層は埋めようがなかった。この埋めようのない断層は、別れて暮した歳月の永さのせいではなく、父が韓国人になりきっているためであった。かつて叔父の李慶明から受けた柔かさが、父にはなかった。一国の軍隊を統率している将軍の冷徹さだけがあった。

会が終り、次郎は車で羽田空港に向った。空港に着くと、先に着いていた李慶孝は次郎を一同から離れた場所につれて行き、これでお別れだ、と言った。

「私は、帰国したらすぐヨーロッパに行くことになっている。日本を訪れることは、もうあるまい。おまえやお祖父さんと再会した事にどんな意味があったのか、私にはまだ判らないが、めいめいの道を行くしかないと思う。もう、おまえと会うこともあるまい。私には、文学芸術は判らないが、おまえは、太郎よりも意志が強いんではないか、そんなことを感じた。なにか言うことはないか？」

「お会いできただけでも、よかったと思っています。それから……私達のあいだでは、母さんのはなしが、一度も出ませんでしたが……」

「尚子なら、さっき、ここに着いたときに会った。いま向うにいるから、いっしょに帰ればよい。私がおまえにとって他人になったと同じく、尚子も、おまえには他人になってしまったかも知れない。しかし、近いところに棲んでいることだ。なにか通いあうものがあるだろう。大事にしてやれ。最後に一言すれば、私は軍人としてエゴイストだったと思う。おまえ達に対してだ。何故もっと早く連絡をとらなかったのか、とおまえは私に聞かなかった。私も、なにも答えないことにしよう。私は韓国人で、おまえは日本人だ。血が繋《つな》がっているとはいえ、この立場は守らねばならない。おまえが言っていた風土、日本人がどんな島国根性を持っているにせよ、私が韓国人になったと同じように、おまえは日本人にならねばならない。お祖父さんによろしく伝えてくれ。では、元気で暮せ」

李慶孝はそれから韓国高官達のいる室に大股《おおまた》に歩き去った。次郎は、歩き去る父の広い背中を視つめ、あの人が自分の世界に他人を一歩も立ち入らせないのは、性格からではなく、韓国軍人だからだろうか、と考えてみたが、簡単には判りそうもなかった。このとき次郎の心の裡《うち》を領したのは、果てしのない寂莫感《せきばくかん》であった。

李慶孝が飛行機に乗るのを見届けてから、次郎は母と連れだって空港をでた。蒲田《かまた》にむかう車のなかで、次郎は、父はなにか言いましたか？　と尚子にきいた。

「いいえ。……元気で暮せ、とおっしゃったきりでした」

「それで、母さんは？」

「わたしから申しあげること、なにもありませんもの。やはり、お会いした方がいいと思い、出て来たのですが……」

「後悔していらっしゃるんですか？」

「そうではありません。あの人は、軍人として、御自分が見捨てた妻に許しを乞《こ》いにくるなど出来なかったのです。やはり、わたしの方から、会いに行くべきだと考えました。そして、あの人から、元気で暮せ、と言われたとき、わたしは、あの人を許したと思っています」

「そうですか。……ずいぶん永い年月だったのですね」

「つい昨日のことのような気がします。あなたのお父さんは、昔から、女のなかを引っかきまわしておき、御自分は表情ひとつ変えずに立ち去る人でした。もう、こんな話はよしましょう。お子さんは元気？」

「ええ、二人とも丈夫です」

次郎は答えながら、彼の知らない母の一面を見たと思った。もしかしたら、このひとは、いまも父を愛しているのだろうか。そんな風にも受けとれる尚子の態度だった。

七

父を見送ってから三週間程して、次郎は、今度は祖父の康正とともに再び剣ヶ崎を訪《たず》ねた。康正が、わしも余命いくばくもない事だし、剣ヶ崎に瞑《ねむ》っている三人を鎌倉の石見家の菩提寺《ぼだいじ》に移してはどうか、と提案したのである。康正にしてみれば、年とともに去った者への愛惜の念が強く動いていたのだろう。ともかく墓を見に行こう、と康正が言いだしたのである。次郎は次郎で、父に再会したのを機会に、剣ヶ崎での暗い想い出を清算してしまおう、そんな気持があった。羽田空港で、父から、私は韓国人で、おまえは日本人だ、血が繋《つな》がっているとはいえ、この立場は守らねばならない、と言われたことは、次郎にとって或る意味では救いであった。次郎は、彼なりに、李慶孝の像を理解できたと思った。父が、混血のささやかな苦しみなどは青年時代にどこかに捨ててきた、と言ったのを、次郎は事実だと思わないわけにはいかなくなった。日を経るにしたがい、韓国に忠誠を誓った一軍人の動じない像がはっきり見えてきたのである。純粋な国文学徒として出発した彼を、戦後の日本の社会が指弾したことはなかった。同僚は皆よい人間だったし、或る意味では彼は恵まれていた。兄が血縁の者の手によって刺殺されたこと、従姉がその後を追って自殺したこと、叔父が自尽したこと、これはすべて混血がうんだ悲劇であり、これが今まで彼を苦しめてきた。あの悪夢のような三日間が過ぎてからも、彼はしばらくは身辺に血の匂いだけがしたのを記憶している。

剣ヶ崎では強い風が吹いていた。弱い冬の午後の陽ざしの下で、白い灯台が抜けるような鮮かさで建っていた。一定の時間をおいて規則的に夜の海を照らすこの単純な灯台の動き、次郎はそこに、見失われていた常なるものを見出《みいだ》したと思った。

康正は、コスモスの枯枝が風に吹きさらされている中に建っている三基の墓石を眺めていた。祖父の姿は枯木のようであった。次郎は、やがて季節が移り、白や赤や臙脂色《えんじいろ》のコスモスの花がむらがり咲く日を想像した。

「太郎は、憲吉のそばに移されるのを、いやだと思うだろうか」

康正が言った。

「そんなことはないと思います。兄さんは、いつも、どこか虚無的な匂いを漂わせていましたが、死ぬ直前には、憲吉従兄さんを許していたはずです」

次郎は、気が狂って初めて一つだけ常なるものを取りもどし、自分が殺した太郎を求めて鎌倉に還ってきた憲吉の幽鬼のような姿を想いかえした。あの満開の桜の樹の下で花ぐもりの空を見あげ、太郎はいるか、と言って泣いた憲吉は、やはり太郎の肉親であり次郎の肉親であった。憲吉が太郎を刺殺したのは、憲吉のなかにある日本人の血であったが、狂気のなかで鎌倉に太郎を求めてきたのも、憲吉のなかにある日本人の血であった。

「大日本帝国海軍中佐李慶明之墓、やはり戒名などつけないこの方がよかったな」

「お祖父さんの主張でしたね」

「そうだったな。鉄の意志をもった兄に比べ、日本の軍人として自決したこの男は、やはり日本人だったよ。韓国人は彼を責め、日本人は彼を忘れるだろうが、肉親だけは彼を理解できるな」

兄が言ったように、混血が罪悪だとしたら、李慶明は独りでそれに耐え、日本の敗戦とともに自決を選んだのが唯一の道だったのだろう。次郎はそう思った。

「親父と会って、なにか得るところがあったかな？」

「血が繋がっているにせよ、日本人と韓国人の立場は守らねばならない、父はそう言っていました」

「おまえは、それをどう受けとったのだ？」

「きびしい世界だと思いました。もちろん、それがいちばん正しい生きかただ、とも思いました」

「ところで、墓をいつ移すかね？　やはり、八月の命日にすべきかな」

「ええ、それでいいと思います」

彼は、硬く澄んだ冬の空を見上げ、たいそう永い道を歩いて来たものだ、と思った。そして、終戦直後のあの暗かった夏の翳が、少しずつ薄れてゆくのを感じた。父に比べれば、自分達兄弟の迷いや苦しみは、ささやかだったかも知れないが、とにかくひとつの宿命を乗りこえられた、と思った。

薔薇《ばら》屋敷

一

安芸《あき》周二が、横浜の薔薇《ばら》屋敷で、黒人女のメアリとはじめて会ったのは、八月の末であった。淀《よど》んだ空気が充ちている暮方の部屋で、周二は、だるい頭でその黒人女を見ていた。黒人女は、部屋の入口で、薔薇夫人と英語でなにか話しあい、廊下を奥の方に歩き去った。

「新入りですか？」

周二は薔薇夫人を見てきいた。

「そうね。新入りというところね」

薔薇夫人はいつもの無表情な顔と抑揚のない声で答えた。

「あの女をよこしてくれますか？」

「いいわよ。名はメアリというの。二階にあがっていらっしゃい。後で行くように言っておきますから」

周二のほか、男はまだ誰もきていないらしかった。

周二は二階の部屋にあがると、ベッドに横になり、傴僂男《せむしおとこ》が用意してくれた阿片《あへん》を吸引した。

吸引が終ると、傴僂男は煙管《きせる》と火を持って部屋を出て行った。しばらくして、周二が夢見心地《ゆめみごこち》の状態をつかまえたとき、メアリが入ってきた。はちきれそうな胸が、赤いギンガム地の夏服に包まれていた。

「いつからここに来ているんだね?」

周二がきいた。

「おぼえてないわ」

メアリは日本語で答えた。

「日本語ができるのか」

「すこしね。三十ドルでいいけど、あんたの都合はどうなの?」

「ああ、いいよ」

するとメアリはすぐ服を脱ぎはじめた。

薔薇屋敷に出入りしている外人女は、たいがいは軀《からだ》の線が崩れ、乳房や下腹の肉がだぶついていたが、メアリの軀はひきしまっていた。

「としはいくつだ?」

「二十四歳よ」

メアリはこっちに背中を見せてブラジャーをとりながら答えた。いい軀をしていた。とりわけ、後ろに突きでた尻は、見ていて小気味がよかった。それからメアリはベッドに入ってきた。

メアリの軀は、柔軟な鞣革《なめしがわ》を思わせた。強い体臭を消すためか、軀に香水をふってあったが、体臭と香水が入りまじって言いようのない匂がした。一口に言ってそれは動物的な脂《あぶら》の匂だった。

ベッドにはいつもゴム製品が備えつけてあったが、メアリはその使用を嫌い、ハンドバッグから錫《すず》のチューブを取りだし、これを使ってくれ、と言った。チューブからは、薄荷《はっか》の匂がする透明なクリームが出てきた。

メアリとすごしたのはこの夜だけで、それから二カ月間、周二は週に二度の割で薔薇屋敷にでかけたが、メアリにはあえなかった。気まぐれな娘だから、来る日が一定していないのよ、と薔薇夫人は言った。メアリの素姓は判らなかったが、近くのアメリカ軍基地にいる、と推定するのがもっとも妥当だった。

薔薇屋敷の話をきいてきたのは、友人の加山達哉《たつや》であった。紹介者がなければ入れない、というので、加山が手蔓《てづる》を求めて紹介状を貰《もら》ってきた。紹介状を書いてくれたのは、自宅は鎌倉にあり、横浜の馬車道に銃砲店を構えている男で、名刺には、後輩の加山達哉、安芸周二を紹介します。よろしく。薔薇夫人様。と認《したた》めてあった。五月はじめのことであった。

五月のある暮方、二人は、それでは行こうか、桃でも食いに、とたがいをうながし、紹介状をふところにして横浜にでかけた。

「こうやって酒をのみ女と遊びくらしてきながら、どうも俺は、果てしなく続いている単調な道を歩いてきた、としか思えないよ」

桜木町駅《さくらぎちょう》で降りたときに周二が言った。

「エリオットの詩のような台詞《せりふ》だな。ま、それでいいじゃないか。おまえは、人生になにかを求めているのかい?」

「判らんな」

「俺は、桃が食えりゃ、文句はないよ。いろいろちがった味の桃が食える、俺はそれで満足するよ。戦争を考えるのはいやだ。戦争末期、おまえも俺も高等学校に入ったばかりだったな。戦争が終ってやれやれと思ったら、こんどは朝鮮戦争がおきた。それがおさまったと思ったら、世界のどこかでまた戦争だ。ヴェトナムでは百年戦争が続いていると言う。昭和三十五年のいま、俺に見えるのは、桃だけだ」

「もう、たがいに、三十もなかばになろうというのに、いつまでも桃だけ食っているわけにも行くまい」

「いや、俺は一生食うよ」

そうかも知れない、俺も、加山の言うように、一生桃ばかり食って暮すようになるかも知れない、と周二は、それまで出あってきたいろいろな桃を想いかえした。新鮮な桃、腐りかけた桃、爛熟《らんじゆく》した桃、と数えあげたらきりがなかった。加山とは中学校からずうっと一緒に歩いてきた仲で、大学でも同じ英文科に籍をおき、中退したのもいっしょだった。アパートを六軒持っている加山は、そこからあがる金で生活していた。一戸のアパートが八所帯で、合計四十八所帯からあがる家賃が、月に七十二万円あった。俺のような怠《なま》けものには打ってつけの商売だ、と彼は言っていた。

薔薇屋敷は、中区山手町の地蔵坂の近くにあった。大きな坂から枝葉のように小道が傾斜して四方に広がっている石畳の道には、古い横浜の匂が充ちている、そんな場所の一角であった。

二

季節は十一月、樹木の多いその住宅街に、朽葉の匂がいっぱい広がっている夕暮、周二は、久しぶりに加山とつれだって薔薇屋敷にでかけた。

周二の記憶にある夕暮は、いつも湿っぽく、朽葉の匂がした。そのくせ、それを眺《なが》める彼の心はいつも乾いていた。それは季節にかかりあいがなく、いつも同じだった。彼がそれを加山に話すと、あたりまえだ、と加山は答えた。

「あたりまえとは、どういうことだ？」

「つまり、俺達は、いつも、陽の目を見ずに暮しているから、その匂しか嗅《か》ぎわけられなくなっている。しかし、ちょっとおかしいぞ。安芸、おまえは、自分が病み果てている、と思っているのか？」

「そうは考えない」

「そうだろう。俺達はきわめて健全だよ。今夜、あの黒んぼ女に当るといいが」

「いたら、どっちがとる？」

「じゃんけんで決めよう」

二人は坂道を登りながら、じゃんけんをした。加山が勝った。

四角い石を敷きつめた地蔵坂の途中には、横浜ハリスト正教会が建っている。その前を登りぬけて左に折れ、二十メートルほど行くと、右に切り通しの下り坂があるT字路に出る。角に、七本の丈《たけ》高い槐《えんじゆ》に囲まれた古びた二階家があり、半分ほど葉の落ちた樹間の奥に、青銅の屋根が鈍く光っている。家の北側には、高さ十メートルはあろうと思われる馬刀葉椎《まてばしい》が三本そびえている。これが、安芸と加山が五月いらい通い続けている薔薇屋敷である。道路から一メートルほど引っこんだ所が出入口で、門はない。いったいにこの辺には門のない家が多い。開港時代の開放的な名残りなのだろうか、と周二は折々考えた。家の南面の石垣の下は道路で、石垣のはずれに、庭を刳《く》りぬいて建てた車庫があり、なかには黒塗りの旧式の乗用車が一台入っている。

二人が家の前まできたとき、車庫から車が出てきて、出入口に横づけになった。運転席には紺サージの詰襟服《つめえりふく》を着た五十がらみの坊主頭の男がかけている。薔薇屋敷に出入りしている者は彼を番人と呼んでいた。不愛想で無口な男だった。こっちが話しかけない限り、自分からは挨拶《あいさつ》しなかった。傲慢《ごうまん》ととる人もいたが、あたえられた仕事以外のことに自分を割りこませるのは嫌いな男らしかった。しかし用を頼むと、彼はそれを果してくれた。彼は、昼間は庭の手入れをしているか、車を掃除していた。彼は、車庫のなかの小さな地下室に住んでいた。

加山が運転台わきの窓を叩くと、彼は車のなかから窓をおろした。

「どこかへ出かけるのかい？」

すると番人はだまってうなずいた。

「すぐ戻るのかい？」

「奥さんの御用がすみ次第もどります」

「済まんが、帰りに、煙草を買ってきてくれないか」

加山が財布から金をだしているあいだ、周二は薔薇屋敷を眺めていた。西陽《にしび》が家の二階のガラス窓を五彩に染めていた。このとき玄関が開き、ベルトできっちり腰をしめた黒い外套《がいとう》に、短い鍔《つば》の帽子をななめに被った冷たい表情の女がでてきた。なぜそこが薔薇屋敷と呼ばれ、また女主人が薔薇夫人とよばれているのか、周二は知らない。たぶん、この家に出入りしている男のうちの誰かが名づけたのだろう。いま玄関から出てきた薔薇夫人は、黒皮のハンドバッグを左腕に通して提《さ》げ、右手に黒い手袋をにぎっていた。

「おでかけですか」

加山が話しかけた。

「二時間ほどで戻りますわ」

彼女は会釈すると、車の戸を明けて乗った。番人は前方を向いたままエンジンをかけ、やがて車は坂道をゆっくり降りて行った。

誰も薔薇夫人の年齢を知らなかった。四十にはなっているだろう、と言う人もいたが、それも臆測《おくそく》にすぎなかった。つまり、薔薇屋敷に娼婦《しょうふ》を求めてくる人達のなかで、夫人の古くからの知人が一人もいなかったのである。古い方で五年前から出入りしている男がいたが、彼の語るところによると、五年前もいまと同じだったそうである。番人の詰襟服も、客と娼婦のあいだを取りもっている傴僂男の居ずまいも五年前と同じだし、下働きの婆やも変らず、出入りしている人達が年を五つとったほかは、なにひとつ変化はなかったのである。また、みんなは、薔薇夫人の夫なる人を知らなかった。玄関に、足立《あだち》浩二と標札がさがっていたが、その人を見かけた者がいなかった。別居しているのかもしれない、と薔薇屋敷を紹介してくれた銃砲店主が言ったが、これも推測にすぎなかった。

車が坂道をおりてしまってから、周二と加山はしばらくそこに立っていた。

「あれは男を迷わせる顔だね」

加山が言った。

「そうかね」

「美人ではないが、あの冷たさが逆に男の心をつよく乱す結果になるのさ」

「おまえ、口説いたのか？」

「俺は口説きはしない。誰も成功しなかったときいたから、はじめから片想いでいる。久保さんは、四年間、あの顔の冷たさに惹《ひ》かれてこの坂道をのぼり続けてきているが、俺にこう言ったよ。一度でよいから、あの顔がほぐれ、世間の女なみに、おかしさで笑いころげるところを見たい、そうしたら、この呪詛《じゅそ》のような片想いも解けるだろうって」

「なんだ、それは？」

久保というのは、二人を薔薇屋敷に紹介した銃砲店主だった。

「知らんのか。あの夫人は笑わないんだよ。で、俺は、久保さんに言ってやった。あの薔薇夫人の裡《うち》では、なにかのきっかけで情緒が死に絶えた、と思われるから、あきらめて一生片想いのまま墓場に行けって」

「ひまなことを考えたものだな」

「こうは考えられないかい。あの女は、当世流の言葉を借りれば、なにか挫折を経験した。それ以来、あの女のなかではすべての過去が死に絶えてしまった。だから、ああした冷たい顔になれる」

「おまえは、よほど閑《ひま》を持てあましているとみえる」

それから二人は薔薇屋敷の庭を歩いて行き、加山が玄関のブザーを押した。間もなく中から鍵《かぎ》をはずす気配がし、戸が開いた。傴僂男が立っていた。

「いらっしゃいませ」

傴僂男は女のような声で二人を迎えた。べったり絡《から》みつくような声である。年がいくつなのか判らないが、十五、六歳の少年のような顔をしている。

「女達きているかい？」

加山がきいた。

「エミリイとメアリさんが来ております」

「エミリイが来ているのかい。あいつのおっぱいを見るのは久しぶりだな。では、メアリは安芸に譲るとしよう。俺はこのあいだ会ったばかりだ」

エミリイは、化物のような巨大な乳をもっていた。まるでゴム風船の上に乗ったようだ、と加山は言ったことがある。

メアリは八月の末にあったときと変っていなかったが、阿片の吸引をおぼえていた。いつからやっているんだ、と周二がきいたら、おぼえていないわ、とメアリはだるそうに答えた。

スチームが通って暖かい部屋に、二人が吸引した阿片の匂が充ちていた。傴僂男が煙管と火を下げて行った後、瞳孔《どうこう》が収縮したメアリは、周二を見あげていた。永続きするのは阿片のせいであった。

周二は、ながいこと、黒人女のすべすべした軀に埋まっていた。女はいろいろな仕種《しぐさ》に応じてくれた。男を慰めているのではなく、自分が愉《たの》しんでいた。愉しんでいる様子は、仮借のない肉体の飢えを感じさせた。これは黒い絹の褥《しとね》だ、と周二は黒い肌に吸いこまれて行きながら思った。この分では、俺は、この女の軀に溺れてしまうかも判らない。八月にもそんな感じがしたのを彼はおぼえていた。メアリは最後に睡《ねむ》ってしまったが、睡りながらも反応を示した。そこだけが生きもののように、ときどきぴくっと動いて締った。周二は、そこに溺れて行く自分の内面を視《み》つめ、淡い悔いに似たものを感じた。

三時間ほどして階下に降りたら、加山が銃砲店主の久保とポーカーをやっていた。もう一人、和服を着た三十五歳ぐらいに見える女が加わっていたが、周二はこの女に数度会っているにもかかわらず、どんな素姓の女かは知らなかった。薔薇夫人と顔が似ていたので、あるいは姉妹かもわからなかった。

「やるか?」

加山がきいた。

「いや、俺は今夜はよそう」

周二はソファにかけ、煙草をつけた。このときエミリイが入ってきた。

「タツヤサン、タクサン、カッテネ」

エミリイは加山のそばに行って坐りながら話しかけた。

「わしに負けろというのか」

銃砲店主がカードを切りながら言った。

「オウ、ソンナコトナイ。アナタ、タクサン、カッテモライタイデスネ」

エミリイはこんどは銃砲店主のそばに席を移した。

ポーカーは間もなく終った。銃砲店主はエミリイをつれて二階へあがって行った。

「メアリはどうした?」

と加山がきいた。

「二階で睡っているよ」

「おまえは帰るのかい?」

「ああ、帰るよ」

「俺は朝帰りと決めこむか。メアリを可愛がってやろう」

加山は席をたち部屋をでて行った。周二も部屋をでた。玄関で靴をはいていたら、ポーカーをやっていた和服の女がでてきた。

「どちらまでお帰りですの?」

と女がきいた。

「鎌倉ですが」

「では、桜木町駅にでられるのね。途中までごいっしょしてよろしいかしら」

「どうぞ」

周二は、女とつれだって薔薇屋敷をでた。

女は、伊勢佐木町《いせざきちょう》で酒場を経営している、と話した。

「お店には、出たり出なかったりなの。おついでの折にお寄りください」

そして女は、店の名と場所を教えてくれた。あなたは薔薇夫人の妹か、と周二は聞こうとしてやめた。女の素姓を穿鑿《せんさく》するな、というのが薔薇屋敷に出入りしている男達のあいだでの不文律だった。遊びが目的の人妻もいたし、金が目的の嫁入り前の娘もいたから、そんな女達の身元は、さぐらないに越したことはなかった。げんに、周二が数日前ここでいっしょに過した若い女は、鎌倉の街でよく見かける娘であった。周二が部屋に入ったら、娘はびっくりしてベッドからおきた。ここだけのことだから心配は要《い》らん、と周二が言うと、女は安心したのか横になった。男に慣れた軀であった。

周二は車をひろった。彼は、この和服を着た女とは過したことがなかった。薔薇屋敷で男をとっているのかどうかも知らなかった。

三

周二は、女を伊勢佐木町の角で車からおろし、横浜駅に向った。横須賀線の終電車に間にあうかどうか、という時間であった。なにも時間を気にかけることはないのに、と彼は自分に腹をたてながらも、一方では兄嫁の縫子の沈んだ顔を想いうかべた。

兄の信広が肺壊疽《はいえそ》で亡くなったのは一年前の冬であった。満一歳になる娘の美佐《みさ》を残された縫子は、同じ鎌倉にある実家の魚見家に戻ろうと思えば戻れたのに、周二しかいない安芸家にとどまっていた。兄嫁とはいっても、としは周二より二つ下の三十歳であった。兄が亡くなって三カ月ほど過ぎた頃、縫子の母が訪ねてきて、娘をこのままこの家においてくれまいか、と周二にたのんだ。このとしでは、いずれは再婚させなければならないが、それなら気心の知れた周二に貰って欲しい、と言ってきたのである。考えておきましょう、とそのとき周二は答えた。四年前、兄と縫子を争い、結局、縫子は兄といっしょになったが、その縫子を貰ってくれと言われ、周二は妙な気持がした。縫子が信広と結婚したのは、彼が折目正しい大学助教授で、弟の周二が放埒《ほうらつ》な毎日を送っているという、環境のちがいに起因していた。

周二は、貿易商を営んできた父の歿《ぼつ》後、遺産でくらしてきた。信託銀行に金を預けておき、十五年は遊んで暮せる、と計画をたてたのは、昭和二十八年であった。持金を遊びで減らしながら働こうとしないのは、いったい、どうしたわけだ、と親類縁者が忠告にきたが、彼は笑って答えなかった。世を拗《す》ねているわけでなく、怠《なま》け者というわけでもなかった。強《し》いて言えば、戦争が彼の裡《うち》に翳《かげ》を落していたのかも知れなかった。俺達は無気力で何もできない世代だ、と加山が言ったことがあったが、一面を衝《つ》いている言葉であった。以来、周二は、なにもしない生活に狎《な》れ親しみ、いまでは彼の裡で生活は死んだも同然であった。金に困らなかったので、生活そのもの、ひいては彼の未来にも、もうなんの余地も残されていなかった。くる日も来る日も、彼は完全な自由のなかで無為に耐えた。酒と美食と女、なんの余地も残されていない生活のなかで、彼はこれだけは求めた。彼は不味《まず》い食物と心の醜い女を極度に嫌った。母屋《おもや》とは立木で隔たった離れの二間が彼に残されていたので、彼はそこで気ままに暮してきた。縫子を争ったとは言え、兄とは仲がよかった。五つ離れている年齢のちがいもあったし、かりに彼が縫子といっしょになったとしても、彼の放埒さがやむわけでもなかったから、兄との結婚を喜んだくらいであった。いったん家をでると、彼の遊びは徹底していた。腹を空《す》かした人間がものを貪《むさぼ》り食うように遊んだ。しまいには、女から足代を借りて帰宅するような朝もたびたびあった。持金がなくならない限り帰宅しない性格は、早くから身についていた。

その彼が、兄の歿後は、外出しても、その日のうちにきちんと帰宅するようになった。

「怖いから、周二さん、母屋に移ってください」

と縫子が言ったのは、夫の骨を墓所に納めた日であった。女中がいるとはいえ、広い家の中を女だけで夜を迎えるのは、やはり怖かったのだろう。それから周二は母屋の二階に居を移した。しかし彼は、縫子とのあいだに有る距離を崩《くず》さなかった。四年前の縫子には少女の俤《おもかげ》が残っていたが、子を産み、夫に死なれた縫子は、成熟しきった女であった。縫子が母屋で女になって行くのを、周二は離れからときどき垣間見《かいまみ》て四年間を過したように思う。いまの縫子は、こっちがはっとするような艶《あで》な美しさを見せるときがあった。魚見家の姉妹はみな美しいと言われていたが、三女の縫子はなかでも見目《みめ》が整っていた。縫子の母が娘を貰ってくれないか、と言う以上は、縫子もそのことは承知のはずであった。しかし縫子は、そんな気配はそぶりにも見せなかった。兄弟に想われ、争われてきただけに、態度に出しにくいのだろう、と周二が考えるのは妥当であった。

終電の一等車は満員だった。

周二は鎌倉に帰りつくと、行きつけの酒場によって時間をかけてブランデーを三杯のんだ。

それから車をよんでもらい帰宅した。

玄関に出迎えたのは、いつものように縫子だった。昼すぎに彼が家をでたときのままの着物姿だった。

「まだおきていたのですか」

「はい、眠れないもので……」

縫子は目を伏せて控えめに答えた。

周二は、そんな縫子の居ずまいを眺め、茶の間に入りながら、間もなく兄貴の一周忌が近づいてくるが、それまでになんとか返事をしなければならないだろう、と思った。

「お食事は?」

炬燵《こたつ》に入ってから縫子がきいた。

「いいです。それより、お茶をください」

「お酒を召しあがっていらっしゃるのね」

「ええ、すこしですが」

「もうすこし召しあがる？」

「いや、よしましょう」

なにごとによらず、こまかく気をつかってくれる縫子は、男にしてみれば申分のない女であった。夫の歿後、書斎をそのままにしてあるほかは、夫のにおいのするものは部屋から取り除《の》け、空白にしてあった。それは徐々に行われ、周二が気づいたときは、空白にしてある場所がそれほど目だたないようになっていた。縫子から想われているのははっきりしていた。そこには自分が入ればよかったが、周二にはそれが簡単には運ばなかった。なにか苦痛を感じたのである。そんな心づかいを見せる縫子が痛々しくもあった。

「今日、あなたが出かけられてから間もなく、母がきました」

縫子は、周二の前に茶をおくと、目を伏せて言った。

「あちらでは、皆さん、お変りないでしょう」

「はい。みんな元気だと言っておりました」

それからしばらく沈黙が続いた。周二は、縫子の次の言葉を待った。それは、きかなくとも判《わか》るような気がした。

「母は、間もなく一周忌になるというのに、周二さんから何の返事も戴けないのは、その気がないのかも知れない、直接おまえから御返事をきいてはどうか、そんなことを話して帰りました」

「そうですか」

周二は茶を一口すすると、煙草をつけた。

「周二さん、はっきりおっしゃって戴きたいと思います」

「ええ、判りますが、いましばらく待ってくれませんか」

「周二さん、わたしをお嫌いですの?」

縫子は顔をあげ、まっすぐ周二をみてきいた。

「いや、そんなことはない」

周二はあわてて答えた。

「それでは、わたしを憾《うら》んでいらっしゃるのですか?」

「それは見当ちがいです」

「それでしたら、いつまでも御返事をのばしていらっしゃる理由が判りません」

「日がたっていないせいか、まだ兄貴の姿が目の前にちらつくのです」

「そんなことおっしゃられると、わたし、つらいですわ」

縫子は顔をうつ向けた。

「それと、もうひとつ、僕には、あなたを幸福にしてあげる自信がないのです」

「それ、どういうことですの?」

「兄貴とちがい、僕は、放埒すぎるのですよ」

「それはよく存じております。……いまになってこんなことを申しあげたら、あなた、お信じにならないだろうと思います。わたし、亡くなった信広を尊敬はしていましたが、女として心を移していたのは、あなただったのです。贅沢《ぜいたく》に遊んでいるあなたの姿は、当時のわたしには眩しすぎました。こんな男といっしょになったら、女は一日として安心して暮せない、そんな風にも思いました。信広をえらんだのは、女としての平安を求めたからでした。女って、みんなそうです。身を灼く思いに駆られながらも、そこに簡単に飛びこめないのが女です。……いまになってこんな告白をするなど、ほんとに恥ずかしいですわ」

周二は、縫子の正確な言いまわしのなかに、男に先立たれて一年近くになる女の物狂《ものぐるい》を見た、と思った。しかし、これほどたしかな意志表示を目の前にしながら、彼はそこに飛びこめなかった。

周二は茶をのむと静かに立ちあがった。そして、いましばらくお待ち下さい、と低い声で言うと、自室に行くために障子をあけた。

「周二さん」

と呼びとめられ、ふり返ると、縫子がこっちを見あげていた。

「女って、早く盛りが過ぎてしまいますわ」

それから縫子は顔をさげ、目の前の湯呑茶碗《ゆのみぢやわん》を視つめていた。

周二は自室に入ってから、返事だけでもしてやればよかった、と思った。これまで素振りにもださなかった人が、思いきった態度にでたのは、あるいは、昼間母から言われていたからかも知れない。しかし、いずれにしても、この放埓な毎日に別れる決心がつかぬかぎり、結婚を承諾する返事はできなかった。一つ屋根に住んでいることだし、承諾すればその日から夫婦になるのを意味していた。

四

桜木町駅を降りて弁天橋を渡ると、東西にのびている銀行街の本町通りと並行した海よりに、石畳の海岸通りがある。周二は、桜木町駅でおりると、薔薇屋敷に行く前の一刻、よくこの海岸通りを歩いた。

扇形に敷きつめられた花崗岩《かこうがん》の石だたみは、半世紀ちかい年月を経て磨滅し、そこには横浜の歴史が刻みこまれている。

海岸通りからさらに海よりにある臨港貨物線沿いの道には、樹齢四十年をすぎたプラタナスの並木が続き、途中、インド水塔やホテル・ニューグランド前を通って山下公園に至る間は、黝《くろ》ずんだ建物が並び、日本化したヨーロッパの街の一角だと言ってもよい。

周二は、プラタナスの黄ばんだ落葉が音もなく散り敷く道を、油でぎらついた運河を横に見おろしながら歩いた。節くれだったプラタナスの古木とヨーロッパ風の建物は、ともに歳月を閲《けみ》して一双の絵になっていた。ホテル・ニューグランド前の銀杏《いちょう》並木は、樹齢五十年を超《こ》えている、と周二は加山からきかされたことがある。

山下公園の前は横浜港で、右方が山下埠頭《ふとう》、左方に細長く突きでているのが大桟橋、さらに大桟橋から海を隔てた左方には四号岸壁と新港埠頭がある。貨物船、客船、艀《はしけ》のマストが林立する港の夕暮を、周二はなにも考えずに眺めることがあった。

彼は、薔薇屋敷に行く前に、こうして横浜の港街を眺めることによって心を切りかえた。一方に縫子がおり、片方に薔薇屋敷があった。薔薇屋敷のような高級曖昧宿《あいまいやど》なら鎌倉にもあった。周二にとっては、ともに、青春のかたみとも言うべき場所であった。縫子が兄と暮した年月は、周二にはやはり理解が届きかねた。ときどき兄夫婦の生活を外から垣間みたとは言え、殆《ほとん》どは二人の外側で暮してきた。兄が亡くなったとき彼は、久しぶりに縫子をまともに見て、すっかり女になっているのを知った。

雨がぱらつきだしたので、周二は海岸通りを横浜公園の方に引きかえした。途中、本町通りの一丁目のかどにある古びた時計台を見あげたら、五時をまわったところだった。うすら寒かった。彼はそこで車を拾うと、薔薇屋敷に走らせた。ここのところ彼は一日おきに薔薇屋敷に通っていた。メアリに会えない日は日本の女を相手にしたが、阿片《あへん》吸引が目的だった。中毒の一歩手前ではないか、という気がした。

周二が二階のいつもの部屋にあがってすぐ、傴僂男が吸引の支度をして入ってきた。

「ほかに御用はございませんか」

傴僂男は煙管に阿片をつめ終るときいた。

「今夜はメアリが来る日だろう。きたらよこしてくれ」

「はい、かしこまりました」

傴僂男は一礼して出て行った。

周二は煙管を火に近づけて吸った。直径十センチ、高さ十五センチほどの小さな鉄製焜炉《こんろ》で、よく火のまわった炭が三片ほど入っている。

吸引者は、煙管一杯に四服までの量を詰めることができる。最初は一服で済ませられるが、慣れるにしたがって二服三服と量を増して行く。阿片は黒褐色《こつかつしよく》のゴム状の塊《かたまり》だから、始終火がそばにないと吸引ができない。周二は、常時、二服から四服を限度とした。吸引日の間隔が確実に一日おきか二日おきに守られていたから、彼はそれで済ませられた。ときには半服で適量をつかまえられる日もあった。その日は半服でやめた。適量を手探りする方法は、はじめの頃は困難だったが、次第に感覚的につかまえられるようになった。

周二に阿片を教えてくれたのは、鎌倉に住んでいる女流画家の砂原朝子であった。二年前の八月のことである。朝子とは、精神科の開業医をやっている長洲《ながす》につれられて小町通りのロシナンテという酒場に入ったとき知りあった。長洲は、亡くなった兄の友人であった。朝子の家は、由比《ゆい》ヶ浜《はま》にほど近い松林のなかにあり、破風造《はふづく》りの屋根の二階家で、年代はかなり古びていた。

周二はいま、半服して憩《やす》み、左手に煙管を持ったまま、横向きにしていた軀《からだ》を仰向けにすると、朝子と識《し》りあった頃のことを想いかえした。朝子の家で泊ったあくる日の暮方、外にでたとき、夕陽が銅色に見えたのを、彼はいまも鮮明におぼえていた。それまでは夕陽は茜色《あかねいろ》にみえた、と彼は記憶していた。それ以来、彼は夕暮が訪れてくるたびに銅色の夕陽をみた。日によると、夕陽だけでなく、風景そのものがすべて銅色に見えることがあった。吸引の適量を超したときで、そんなときは前もって判った。そして、今日は薬が入っていないから銅色に見える日ではない、と思っていた矢先に、銅色に見えることがあった。なにか俺は意識的に風景を視覚化している、と感じるときであった。

はじめて朝子の家を訪ねたとき、朝子はアトリエにいた。若い女中が彼をアトリエの入口まで案内すると、どうぞ、と言いのこし、引きかえして行った。暮れなずむ夏の陽が茜色に庭を染めていた日であった。戸をあけて入ったら、そこは、天井に広く張ったガラス窓から明りをとりいれた部屋で、四方の壁や部屋中に、男女の生殖器を誇張して描いた絵がびっしり懸けてあった。

「どうぞおかけください」

と声がしたが、声の主のいる場所が判らなかった。

彼は以前、若宮大路《わかみやおおじ》の骨董《こっとう》商人から、喜多川歌麿《きたがわうたまろ》の筆になる枕絵《まくらえ》を見せてもらったとき、絹張りの地に描かれたその閨中《けいちゅう》の秘戯に思わず息をのんだことがあった。彼はそれを想いかえし、いま目の前に並んでいる絵は、それをヨーロッパ風の手法にしたものだろうか、と思った。見ようによっては淫《みだ》らな絵もあった。女の性器に異物が突き刺さって女が悲鳴をあげているものがあった。また、顔は魔王、下半身は馬で、その巨大な性器が半分だけ女のなかに入り、女の性器のうしろでは、歓喜仏《かんぎぶつ》のような女の顔がある、そんな絵もあった。

あまり深入りしない方がいい、と長洲から言われていたことから、周二はかえって余裕をもってそれらの絵を眺めることが出来た。

「どうぞおかけ下さい」

と再び声がした。

絵と絵にはさまれてベッドがおいてあり、女はそこにいた。周二は、あっ！と声をのみベッドから目を逸《そ》らした。裸の女が、薄い絹蒲団《きぬぶとん》の上でうつ向けに寝ており、顔だけこっちに向けていた。周二はベッドの足もとの方に立っていた。女の尻がかたちよく盛りあがっており、両腿《りょうもも》ではさんだ絹蒲団がすこし上に出ていた。こんな絵を見たことがある、と周二は女から目を逸らしたまま考えた。フランソワ・ブーシェという人の〈オダリスク〉という絵であった。そういう恰好で朝子はベッドに横になり周二を迎えたのである。

「ブランデーかウイスキイを召しあがる？」

朝子がきいた。

「戴きます」

彼は目のやり場に困り、朝子の近くに立てかけてある絵を見て答えた。

「そこにグラスがありますから、適当についで召しあがってください。氷なら、あっちに冷蔵庫があります。長洲さんはおつむが弱くてここから逃げだして行きましたが、あたし、長洲さんのお友達ときくと、どうしても、おつむの弱いかたを想像しますの。絵をごらんになって、如何でした？」

朝子は、目がどろんとしており、瞳孔《どうこう》が収縮していた。妙な目だ、と周二は思った。

「さあ、絵は判りません」

彼は答えながら、有閑女の退屈しのぎとはいえ、度がすぎると思った。朝子の夫はやはり画家で、現在はフランスにいる、と周二は長洲からきいていた。

周二はブランデーを注《つ》いでのんだ。

「煙草は如何」

朝子は腕をのばし、サイドテーブルの上の四角い箱を明けた。

「戴きます」

周二はベッドの近くにより、箱のなかから煙草をとり、火をつけた。二服目に彼は嘔吐《おうと》と眩暈《めまい》がし、掛けていたソファから前かがみにくずれおちた。

「すこし効《き》きすぎたようですね。これは予定に入っていなかったのですが」

朝子の声がした。やがて女から助けおこされているのが判った。香水の匂がした。ここまではははっきりしていた。

やがていくらか意識をとり戻したときには、全身が倦怠感《けんたいかん》に包まれ、頭のなかが朦朧としていた。自分の裸体が誰かの手でさわられているのが判った。こうした状態がしばらく続いたあと、彼はやっと目をさました。真上は満天の星空であった。空をいくつかの四角い枠が区切っており、それがアトリエの天窓だと判ったのは、しばらくたってからであった。そばには朝子がいた。彼は、目を閉じて自分を愛撫《あいぶ》している朝子の顔を視つめ、自分がいま、ひどく曖昧な感情になっていると思った。枕もとをみると、小さなスタンドのうす明りの下に、煙草の箱があった。彼はためらわずに箱の蓋《ふた》をあけ、煙草を一本とり、火をつけた。

もう嘔吐はしなかった。眩暈がし、さらに深い倦怠感がおそってきた。やがて、時間が停っている、という気がした。彼は奇妙な感情におちいりながら女の軀を求めて行った。二人は一言も発せずに結びあい、ながい時間そうしていた。このとき彼は、まわりから無数の巨大な性器が口をあけてこっちを見ているのを知った。

あくる日の暮方、朝子の家をでたとき、風景が銅色に見えたのである。

そして、その翌日の暮方、彼は再び朝子のアトリエに向った。前日の暮方、朝子の家をでたときから、朝子のアトリエは彼の裡で奇妙な位置を占めはじめていた。そこでブランデーと冷蔵庫の食品をとり、煙草を喫《の》みながら行なった歓楽が、頭の一角で黒い塊となって残っていた。夜は星空しか見えず、昼間は陽がさしこまないように天窓にカーテンを引き、わずかにのぞける蒼穹《そうきゅう》の他は、完全な密室であった。壁には窓があったが、締めきってカーテンを引き、冷房機がかすかに音をたてていた。まわりから巨大な性器がくちをあけ、あるいは怒号しながらこちらを眺めていたことも、あらためて想いかえされた。四十女のぎらついた軀が眩《まぶ》しかったことも想いかえされた。こちらを吸いこんで放さない、そんな脂ぎった軀であった。

彼は途中ロシナンテに立ちよった。そこに長洲がいた。

「おまえは、なにかに興味を持ちはじめると、前後の見境もなく盲滅法に入りこむからすこし心配だが、あの女には気をつけろよ。どこということはないが、危険な感じのする女だ。バアで知りあったぐらいですぐ仲がよくなるおまえもおまえだが」

と長洲は言った。長洲は、朝子が麻薬患者であるのを知っていなかった。

周二は、そんな長洲に後ろめたい気がし、逃げるようにロシナンテを出ると、朝子のアトリエに向った。早くこのうだる暑さから逃れ、あの冷房の効いた密室で四十女の軀に埋まりたい、そんな風に彼の心は傾斜して行った。十九歳の冬、十五年上の女に誘惑されたことがあり、半日をともに過したが、そのときには情緒があった、と周二は記憶している。朝子にはそれがなかった。朝子は、男を溺《おぼ》れさせる女であった。

朝子の家についたのは七時すぎだった。彼はブランデーをのみながら、ロシナンテで長洲にあったと朝子に話した。

「その名の示すように、あそこは廃馬があつまるバアですから、あなたにはすこし早いようね」

「それは、僕もいずれはロシナンテ行き、という意味ですか」

「それはあなた次第」

「これまで、どれだけ若い男をだめにしたのですか」

「その質問が出来るようなら、あなたはロシナンテ行きにはならないわ」

「それが答ですか」

「ほかに答えようがあって？」

とても四十には見えない女であった。子供を産んでいないせいか、軀の線が崩れていなかった。乳房は二つとも軟らかく締っていた。すこし突きでた下腹や太腿《ふともも》には蒼《あお》い静脈が浮きでており、そこだけは別の生きもののように逞《たくま》しい感じがした。

彼は煙草をつけた。すぐ眩暈がしたが、前日ほどには強烈でなかった。ほどよい倦怠感が充《み》ちてきて、星空を眺めあげたとき、前日の暮方ここから出て、たったいまここに入ってくるまでに頭のなかを占めていた妙な焦躁感《しょうそうかん》が霧散して行った。その焦躁感は、むかし何度か経験したさまざまな後悔の念と似ていた。はじめて年上の女の軀を識《し》ったときに感じた淡い痛み、それとも似ていた。なにもしていないのは良くない、何かしろ、と父から言われていた昔のことも、急に呵責《かしゃく》となって蘇り、こんなことでは俺は本当に駄目になるかも知れない、と考えた頃の焦躁感とも似ていた。そんなものが一度に霧散して行ったのである。

煙草の箱が載っているテーブルの上には、宝石入れの繻子《しゅす》の小箱や、秘薬の入った象牙《ぞうげ》の箱が並べてある。秘薬とは、練り薬、粉薬、水薬、嗅《か》ぎ薬、そして種々の香水で、朝子は二六時中なにかの薬を使っていた。オリーブ油をあそこに塗るのを考えついたのは、あたしがはじめてでしょう、と朝子は言って、油が皮膚感覚を鈍らせ、交合が永くなる、と言うのであった。その他、螺鈿《らでん》を嵌《は》めこんだ黒漆塗りの箱には、種々の器具が入っていた。

アトリエには対蹠《たいしょ》的な絵が二つあった。二つともアトリエの中ではいちばん大きい絵で、写実的な手法を使ってあった。一つは、北側の壁に掛けてあり、荒天の空と風に晒《さら》された枯野のなかを、遠くから裸の男女が罪人のように列をつくって黙々とこちらに向って歩いており、二本の毟《むし》りとられたようなかたちをした枯木が行列の右側にある。そして左側には、女の巨大な性器が描いてあり、性器のうしろでは、小さな手足が引き吊り、顔はゆがんでいる。赤と灰の二色で構成された絵である。いまひとつ、東側の壁に掛けてある絵は、たくさんの色をつかい、背景が白や紅の蓮《はす》の花で構成されている。そして巨大な性器のうしろでは、やはり小さな女の顔が歓喜仏のように和《なご》んでいる。

この二つの絵が何を意味しているのか、周二には判らなかった。写実的な手法にもかかわらず、性の快楽と苦痛を象徴的な手法で対照的にあらわしているように思えた。

窓の外では雨の音がしていた。メアリはまだ来ていないのかな、と考えながら彼はベッドのそばのカーテンをあけてみた。窓の外では十二月はじめの雨が降り続き、暮れしずまる夕に風景が模糊《もこ》とし、海は見えなかった。港街の夜のあかりも霞《かす》んでいた。彼はカーテンをおろすと、残りの阿片を吸った。倦怠感が充ちてきた。かなり正確な適量をつかまえたと思った。やがて夢見心地の状態が訪れてきた。朝子のアトリエでも、天窓を打つ雨脚《あまあし》をききながら麻薬に親しんだ夜があった。朝子は一日中絶え間なしに阿片を詰めた煙草を喫んでいたが、周二は、四本を超《こ》えない範囲で喫んだ。四本喫めるまでには一ヵ月かかった。慣れるにしたがって本数がふえていったのである。一本から二本にうつるとき、軀に苦痛を覚えたが、二本に慣れ、二本では物足らなくなったとき三本になり、そして四本にうつるまでには、そう日数はかからなかった。十本までは大丈夫よ、と朝子は言ったが、しかし彼は朝子の言葉を信じなかった。吸引をたのしみながらも、頭の一ヵ所が醒めきっており、習慣的に量がふえるのを怖れた。ところが、四本から十本になるまでに一ヵ月とはかからなかった。そして秋が過き、冬を迎えたある日の夕、彼は朝子のアトリエを出たとき、八月の盛りにこの家に入るときに見た海に沈みゆく夕陽の茜色《あかねいろ》を何度か想いだそうとした。彼はときどき立ちどまっては夕陽を眺め、嘗《かつ》ての色を捉《とら》えようとしたが、どれほど目をこらしても、陽は銅色に見えた。こんなはずはない、と彼はそれからも幾度か立ちどまり、入陽を眺めた。しかし、こんどは、風景そのものまでが銅色に見えた。俺は中毒になったのだろうか？　という考えがひらめいた。たしかに頭の一ヵ所は醒めきっていた。彼は表通りにでたところで車をつかまえると、長洲医院へやってくれ、と運転手に言った。長洲のもとに飛びこんで治療してもらおうと決心した彼のなかでは、かなりの苦痛があった。医者の長洲と会うことは、生れつき奢侈《しやし》になれ、快楽のために創られたような軀の朝子とは、もう会えないことを意味した。

メアリが入ってきた。あのとき俺が長洲のもとに行けたのは、阿片が効いていたからだ、と彼は思った。阿片が切れていたら、医者のところへ行こう、などという考えが湧くはずがなかった。

「opiate をやったの？」

とメアリはきいた。メアリは opiate と言うときもあれば、opium と言う日もある。吸引したよ、と彼が答えると、メアリは服をおとし、黒光りのする軀をベッドに運びいれた。

やがて彼はメアリの軀を愛撫しながら、そのまるみを全身で感じた。東洋人とちがい、彫刻的だ、という感覚も、いつもと同じであった。そして、要するにこれなんだ、これが今の俺にはすべてなんだ、と女の軀のまるみに自分を預けた。戦争が終ったとき、得体のはっきりしない無力感に、なにをする気力もなく、ひたすら快楽を求めて歩きまわり、これだけは確かだ、と思った時代とすこしも変っていなかった。現在もその時代の延長線上にあった。

メアリの軀は、黒いしなやかな絹であった。黒一色のなかで、数カ所だけ紅色の部分があった。くちのなか、掌《てのひら》、足のうら、そして隠しどころ、なかでも口の中と隠しどころは鮮やかな紅色であった。白人の血が入っている、とこの前あったときメアリは言っていた。そのせいか、髪はちぢれておらず、くちびるも普通の大きさであった。彼はいつも、メアリの黒と紅の対照に酔って行った。

「ここに来ない日はなにをしているんだい？」

周二は右手をメアリの太腿においたまま訊《たず》ねた。

「そうね、なにをしているのかしら」

メアリは彼を見あげて微笑した。

「基地にいるとは思えないな」

「あなたとは親しくなったから、言ってもよいと思うわ。プロテスタント教会で宣教師をしているのよ。でも、ここに来るのは、教会の政策でもないし、アメリカの政策でもないわ。純粋に個人的な問題よ」

「それはそうだろう。どこの教会にいるんだね？」

なるほど、それで日本語がうまいのか、と彼は思いながら重ねてきいた。

「それは言えないわ。ここには、ドイツ人で、カトリックの神父がときどき来るわ。しかし、それも、バチカンの政策ではないと思うわ。あたしと同じく、純粋に個人的な理由だと思うわ」

「その神父と寝たことがあるのかい？」

「三度あるわ。でも、あたしが彼を神父だと知っているのを、彼は知らないわ」

「君は、彼が神父だというのを、どうして知っているんだね」

「彼の僧衣姿を二度みかけたのよ。いちどは、野毛山公園のそばを車で通ったとき、スータンを着た彼が歩いているのを見たわ。もういちどは、東京行きの電車のなかで、彼がやはりスータンを着てバイブルを読んでいるのを見たのよ」

「プロテスタントとカトリックが仲よくするのは、どういうことだろう」

彼は言いながら、薔薇屋敷で出あった数人の外人の男をおもい浮かべた。どれが神父か。出あった外人は三人いた。一人はあきらかにアメリカ人であった。あとの二人が英語をしゃべらなかったから、その二人にちがいない。二人とも神父だろうか。

「仲よくするのはキリストの教えよ」

そしてメアリは懶《ものう》い笑顔になった。

それは、快楽のために造られたような笑顔であった。美しい女ではなかったが、軀のすみずみまで愛撫に敏感で、男を灼きつくす軀をしていた。細い脚とたくましい太腿、しなやかにくびれた胴、分厚い腰、よく撓《たわ》む背中、細くすんなりした全身は、二十四という年の若さからきているのかも知れなかった。歓楽のきわみにメアリはいつも、あたしをどうするの、あたしを殺すつもりなの、と英語でさけびながら彼を見あげた。眉《まゆ》のつけ根に縦皺《たてじわ》を刻ませ、快楽に耐えている一瞬であった。

この分では、俺は今夜は帰れないな、と周二はメアリの軀に溺れて行きながら、彼を待っている縫子の顔を想いうかべた。

メアリは暁方の四時に車をよんで帰って行った。メアリが出てからは、周二も睡《ねむ》れず、結局、五時に身支度《みじたく》して車をよんでもらうと、薔薇屋敷をでた。

凍《い》てついた灰色の単調な暁方の街はひっそり睡っていた。彼は車をまっすぐ鎌倉に走らせた。車は磯子《いそご》から金沢《かなざわ》に向けて走っていた。久しぶりの朝帰りであったが、縫子が待っていると思うと、重苦しい気持になった。朝子のアトリエをでて長洲医院に飛びこんだときのことが想いかえされた。長洲は、周二の軀を診察し、いろいろ質問をしてから、やはり、あの女はそうだったのか、と言った。

「長洲さんは知っていたのか？」

「いや、知るわけがないよ。知っていたら、おまえになど紹介はしない。しかし、よく決心してきたな。このまま放っておいたら、中毒になるところだ。あの女が麻薬をやっているんではないか、と噂をきいたのは、つい半月ほど前だ。それにしても、おまえに紹介したのは悪かったな」

「直るかな、先輩」

周二は不安な気持できいた。彼の不安な気持は矛盾していた。直るだろうか、という感情と、しかし、もうあの煙草は吸えない、という奇妙な不満感が並行していた。

「半月もすれば直るが、しかし、あの化物婆さんのアトリエに出入りをしないことが先決問題だ」

「それは誓ってもよい」

「では、二週間、ここで生活してくれ」

「ここで？」

「軽い禁断現象がおきるから、通いじゃ駄目だ。ところで、あの女は、どこから薬を手に入れているのかな。薬を見たことがあるか、白い粉かなにか？」

「ないよ。いつも煙草だった。黒褐色《こっかっしょく》のかたまりのようなものが煙草に詰めてあったが」

「それは阿片の原塊じゃないか。しかし、どこから買っているんだろう。誰か罌粟《けし》を秘密栽培している奴がいるのかも知れない」

「そう簡単に阿片が採れるものかい？」

「それは簡単だ。未熟な罌粟の実をとり入れ、実に剃刀《かみそり》で傷をつける。傷口から分泌する乳状の液体をあつめて乾燥すると、ゴムのような物質ができる。最初は茶色をしているが、古くなるにしたがい黒褐色に変って行く。これが阿片だ。モルヒネやコデインはここからとるわけだ」

それから長洲は医学書をとりだし、麻薬中毒者の写真などを見せながら、麻薬の怖さを語ったが、周二には実感として迫ってこなかった。爛《ただ》れるような朝子との四カ月間だけが想いかえされた。周二の性器にオリーブ油を塗るのはいつも朝子であった。そんな四十女の仕種が、三十になったばかりの周二の心を捉えた。

「加山はどうした？　いつもおまえといっしょじゃないか」

麻薬の話を終えた長洲がきいた。

「あいつは最近、東京に女ができて、そっちの方ばかり行っている」

周二は答えながら、もう朝子のアトリエに入れない自分を悔んだ。

ともかく、こうして、周二は半月入院して、それ以後は朝子のアトリエから遠ざかったが、今度も治療するとしたら長洲の世話になるより他なかった。しかし俺は、メアリの軀から離れられるだろうか？　朝子のアトリエも、ある意味では薔薇屋敷といえた。麻薬とセックスが微妙な関係を保って狎《な》れあっている、そんな屋敷であった。善悪の区別がつかないようになったら、もう直る見込みはないよ、とあのとき長洲は言ったが、俺はそんな中毒者ではない。しかし、長洲のところに行くなら、中毒一歩手前でなければならなかった。まだ中毒にはなっていないだろう、と自分を騙《だま》しているうちに、もう取りかえしのつかない状態に陥るかも知れなかった。だが、薔薇屋敷と縁を切る決心をつけない限り、長洲医院を訪ねるわけにはいかなかった。そして、これはまた、縫子と結婚するかしないか、ということにも繋がっていた。

五

「俺達はいままで何をしてきたんだろう」

薔薇屋敷に向う途中で加山が聞くともなしに言った。楽天家の彼にしては珍しいことであった。

「判らんな」

周二は答えながら、いま俺のなかは、がらん洞《どう》になっている、と思った。前日の朝、帰宅したのが六時すこし前で、戸をあけてくれた女中から、奥様はいまおやすみになりました、と言われた。周二は、一晩中彼を待っていた縫子を考え、呵責《かしやく》にちかい感情を抱きながら自室に入った。兄の一周忌は一週間後に迫っていた。それまでには返事が出来るようにしておかねばならなかったが、彼はいまだに決心がつかなかった。縫子といっしょになっても、遊びをやめないだろう自分が見えるのが、いちばんの原因であった。阿片については、適当な頃をみはからって長洲のところに飛びこめばよかった。しかし、これも、再びやらない、という保障はなかった。きっかけさえあれば、またはじめるに違いなかった。それに、亡兄の友人である長洲のところならいつでも飛びこめる、という安易な気持がいけなかった。

「ちかいうちに、国鉄の根岸線がこのあたりを通るらしいな」

加山があたりを見まわしながら言った。元町《もとまち》から地蔵坂にぬける途中の十字路で、暮方の冷たい風が吹きぬけていた。

「ちかいうちといっても、数年先のことだろう。その頃まで薔薇屋敷に通うつもりかい」

「そういうことになるだろうな」

「どういうわけかな、俺はこの頃、しきりと、戦争直後の頃を想いだして仕方がない。黄金《こがね》町界隈《ちようかいわい》をおぼえているかい」

「いまもあの頃の延長だものな。よく覚えているよ」

その頃、周二は、加山とつれだち、よく黄金町に女を求めにきた。戦争で焼けた街にバラックが建ち、焦げた街路樹が並んでいる乾涸《ひから》びた道を、二人は昼間から安酒を飲んで歩いた。勝ったアメリカ兵が威張って歩いていた日々であった。年を越し、春がきても、街路樹は芽をふかず、銀行預金は封鎖され、道具や衣類を売って金をつくってきた。金を受けとる女達も、金を払う自分達も、ともに無慚《むざん》に見えた。女達のなかには、戦争で夫をなくした年若い未亡人もいたし、終戦とともに、近くの工場で働いていた女工が、そのまま居ついてしまった者もいた。

「俺達より上の世代は、戦争を自己経験としてくぐりぬけて来てなんとかやっているし、俺達より下の世代は、強い自己主張で華々しく生きている。だめなのは俺達昭和の初めにうまれた連中だけのような気がする。どういうわけだろう」

「俺は考えないことにしているんだ」

加山は、なんの屈託もなさそうに答えた。

そうだろうか、しかし、こいつは嘘《うそ》を言っている、と周二は足もとに射している弱い冬の陽《ひ》ざしを視つめて思った。背後からの西陽を受け、二人のながい翳が動いていた。それは二人の翳でもなければ陽の翳でもなかった。二人は無為の翳を落して歩いていた。終戦このかた、無気力な日々が続き、やがて奢侈《しやし》と怠惰に慣れ、前と後の世代に挟《はさ》まれて生きてきた自分達の世代には、やはり戦争が翳を落しているのだろうか、と周二は考えてみた。学徒動員先の工場で、爆弾の破片を受けて破れた腹から腸が流れ出、口をひくひくさせながら死んで行った学友の姿を、周二は加山といっしょに手を施すすべも無く視てきた。戦争にかりだされた者も数人はいた。彼等は、戦争が終り三年過ぎても還ってこなかった。また、加山と二人で行列に加わった神田のある書店で、粗末な文庫本を買い、

「奴《やつ》にも一冊買っておいてやろうか」

と、いつ戦場から還ってくるか判らない学友のために、もういちど行列に加わった、そんな年もあった。一冊の文庫本を買うのに行列をした時代であった。

「考えないのがいちばんいいんだ。静かに世の移ろいを眺め、他を羨《うらや》まず憎まず、入る金は銀行に預けず使い果し、一介のエピキュリアンとして生涯を送る、これがいまの俺の望みだ」

加山はやはり屈託のない調子で言った。

「誰か手本があるのか？」

「旧約の伝道の書だよ」

「しかし、おまえは、くちで言うほど楽天家じゃないよ」

周二は、戦争で父と兄を失った加山の内面の哀しみは、そう簡単ではないだろう、といつも考えた。

「それはおまえの思いすごしだ。おい、お出かけらしいぜ」

加山が坂を見あげて言った。薔薇屋敷は夕陽に照らしだされていた。その家の前を、例の黒塗りの旧式の乗用車が停っていた。やがて車がおりてきた。車は二人の横で停ると、なかから

薔薇夫人が顔をだした。いつもの番人が無表情な顔でハンドルを握っていた。

「おでかけですか」

と加山が話しかけた。

「いつもごいっしょで結構ですわ」

それから加山と薔薇夫人は、車の外と内で二言三言交わしあい、やがて車はゆっくり坂道を降りて行った。

「いつもこの時間に車で出て行くが、どこへ行くのかな」

加山が首をかしげた。

「静かに世の移ろいを眺めると言っていた奴が、なにをいまさら穿鑿《せんさく》する必要があるんだね」

「ところが、俺はこのあいだ、ちょっとしたことから耳にいれたが、あの女の愛人というのが、どうも、あの傴僂男らしいんだ」

「あり得ることだ。それから、もうひとつ、話したら意外だと思うことを、俺は考えているが」

「なんだ?」

「いや、いま言うのはよそう。そのうちに話すよ」

二人が薔薇屋敷に入ったら、いつものように傴僂男が二人を出迎えた。彼は、エミリイは二階におり、メアリは入浴中だ、と言った。

「風呂に入っているのか。あれ以上、洗っても色はかわらないよ。今日は女は二人だけか?」

加山がきいた。

「冴子《さえこ》さんが来ていますが、他の方とお待ちあわせ中です」

「いまどこにいる?」

「お二階のはずれのお部屋です」

「俺はその部屋に行くよ」

「それは困ります」

「なに、かまうものか。他の奴というのがきたら、冴子はこなかった、と言って追いかえせばよい」

そして加山は二階にあがって行った。

冴子は、鵠沼《くげぬま》に住んでいる三十歳前後の顔にどことなく翳のある人妻であった。それを探りだしてきたのは加山である。金が目的なのか、遊びが目的なのか、周二には判らなかったが、とにかく、月に二度、きちんと薔薇屋敷に現われ、一晩で二万円稼いで行く、と傴僂男からきいたことがある。周二は、月に四万円あればやって行ける女の生活を想像した。こうした場所にくる女には三種類あった。ひとつは、有閑女自身の肉欲のため、ひとつは、一応生活は安定しているが、いますこし金を得て身を飾りたい女、そして最後の女は、まったく金のため、というように分れていた。いずれも素姓のはっきりしない女達であった。冴子の表情はいつも沈んでいた。あれは最後の部類に入る女の顔だろう、と周二は考えていた。事実、いつ出あっても、冴子は、不幸の翳を曳いているような顔をしていた。

阿片を吸引して夢見心地の状態をつかまえるのは、ちょうど数学の問題を解くのに似ていた。周二はいつも三服か四服で夢見心地の状態をつかまえたが、慣れから量をふやさせないために、次回は二服減らしたり一服減らしたりした。そしてその次に三服か四服することで、吸引の陶酔境をつかまえた。したがって夢見心地の状態をつかまえられるのは二度に一度ということだった。この組みあわせは無限と言ってもよかった。この組みあわせによって生じる夢見心地の状態と周二の軀の関係は、ちょうど数学の微分に似ていた。変数の微小な変化に対応する函数《かんすう》の微小な変化の割合の極限を求める、それと似ていた。また、吸引状態で女の軀に埋没したときの感覚の追求の仕方も、これに似ていた。感覚はそのときどきに応じていくらでも変った。つまり、深くもなり浅くもなった。また、永くもなり短くもなった。そして、吸引状態、相手の女のその日の軀のぐあいによって求める感覚(値)はいくらでも変るから、この変化の割合もまた無限であった。周二のこの探求は、いつしか肉欲そのものの性質をさぐる手だてとなり、無為に過してきた青春の象徴となった。

メアリは石鹸《せっけん》の匂《におい》をさせて入ってきた。

「昨夜も来たのか？」

周二はメアリにきいた。

「きたわ」

「相手は誰だったね？」

「ベルギイ人の神父よ」

「ベルギイ人もいたのか」

それはたぶんあいつの事だろう、と周二は痩身のヨーロッパ人を想いうかべた。

「いままで、どんな男がいた？」

「きいてどうするの」

「どうということはない。ただ、きいてみただけだ」

「この前、市長という人がきたわ」

「どこの市長！」

「それは知らないわ」

「君の教会はその後どう？」

「変らないわ」

「いったい、こんなに稼いでどこに使うんだね?」

「使いみちはいくらでもあるわ。後一年勤めればアメリカに帰れるから、そしたら、あたしみたいな混血の男を見つけて、結婚するつもりよ」

「そのために稼いでいるのか」

「そういうわけでもないけど」

黒人女メアリの見事さは、かたちのととのった乳房と腰にあり、快楽のために生れてきたような女であったが、外人にありがちな感覚の粗雑さがないのも、周二の気に入っていた。いちどエミリイとすごしたことがあったが、日本の女なら袖《そで》の端を嚙《か》んで忍ぶところを、彼女はけだもののように咆哮《ほうこう》した。ベッドに入る前に、苗字ではなく名前はなんというの、ときかれたので、名を教えておいたら、エミリイは、彼の名を呼びながら咆哮したのである。加山にきいたら、エミリイは必ず相手の男の名を呼びながら咆哮するそうであった。加山はその咆哮を見物するためにしばしばエミリイとすごしたが、周二は一度きりでやめた。エミリイの身元はまったく判らなかった。外人の女は、他に、エリナという白系ロシア人がいた。加山の話では、エリナは不感症という診断であった。

「今日は何服したの?」

メアリがきいた。四服だと彼が答えると、じゃあ、今日はいいわね、とメアリは言った。いいと言うのは、行為の時間が永いことを意味した。歓楽のためならどんな姿態でもして見せるメアリは、生れつきの娼婦を思わせる一面があった。周二はいつものように、メアリのかくしどころの紅色に痺《しび》れていった。黒と紅の対照ほど感覚的なものはなかった。メアリをベッドに横たえたまま彼は右脚をベッドから降ろして立て、左脚の先はメアリの内腿《うちもも》にあてる。それからメアリの左脚を持ちあげて自分の右肩にのせると、メアリの内腿がすっかりあらわになる。このときのメアリの軀のどんなこまかい動きも、どんなささやきも、彼は見逃さなかった。この快楽の氾濫《はんらん》には奇妙な感動がともなった。金で得た女であり、性愛のほかにはなにもなかったが、死んだも同然の毎日を無為に送り迎えている彼にとっては、ただひとつ、自分の生命を燃焼させられる場所であった。

加山とつれだって薔薇屋敷をでたのは十時すこし前であった。凍てついた街には霧が流れていた。

「あの鵠沼の女はどうだったね」

坂を降りきったところで周二がきいた。

「上にのったまま、くるっと一回転したら、悲鳴をあげた」

加山は面白くてたまらぬと言った調子で鵠沼の人妻について語った。

「伊勢佐木町でバアをやっている女のところへ行ってみるかい？　時間があるから」

「そういえば、あの女、近頃見えないな。バアを知っているのかい？」

「このあいだ教えてもらったよ」

「あの女は、やはり、薔薇夫人の妹だったよ」

「やはり、そうか」

「傴僂がそう言っていたよ」

それから二人は、元町の角で車をつかまえ、伊勢佐木町に走らせた。

六

縫子は、夫の一周忌に、身内でもごく限られた人しかよばなかった。亡夫の友人は一人もよばなかった。亡夫の弟との再婚を考えてのことだったのだろう。周二には、そんな縫子の女らしい心遣《こころづか》いがよく判ったが、やはり縫子との結婚には踏みきれなかった。いまでは、一日おきに阿片を吸引しないと、軽い禁断症状を来たした。症状は確実に現われた。薔薇屋敷で阿片を吸引してから五十時間後には、禁断症状のはしりである頭痛がはじまった。そのままにしておくと、やがて胸が苦しくなりはじめ、脂汗をにじませて一夜中睡れず、幻覚を見た。あまりの苦悶《くもん》に、夜半に家をでて車を横浜の薔薇屋敷に走らせたこともあった。それからは、禁断症状のはじまる前に横浜にでかけた。夢見心地の状態に達するには四服しなければならなかったが、続けて四服するとその状態は引きだせなかった。恍惚境《こうこつきょう》を追いかけていたら、阿片はいくらあっても足りなかった。彼は、量がふえるのを怖れ、四服すると、次は三服するという組みあわせだけは維持できた。一服でもすれば禁断症状はおさまった。三服する日に、彼は、もう一服、としばしば誘惑に駆られる。前回に四服したから、今日も四服すれば、たとえ夢見心地の状態をひきだせても、つぎからは五服しなければその状態はつかまえられない、というのがはっきり判っていた。決して五服しない、というこの意志の強さはなにに由来しているのか、と彼は折々自分のなかをふりかえってみる。相手の顔をまともに見ない、という阿片常習者の暗い一面が彼にはなかった。煙草を吸うのと同じ状態、気持で彼は阿片を吸っていた。性的感覚の陶酔境は時間的に限られているが、阿片の良さは、薬の作用で人工的に永い時間の陶酔境を創《つく》りだすことができる、という点にあった。阿片の陶酔境を追っている男は、しまいには女を必要としなくなり、自らも不能になるが、少量の阿片と女を組みあわせると、陶酔境は極限に達した。この場合、もし女にも少量の阿片をあたえたら、相乗作用によって陶酔境は倍加する。メアリとのあいだがそうであった。

こうした感覚だけを追い続けている周二には、阿片常習者の罪悪感がなかった。善悪の区別がつかないこととは違っていた。彼が求めているものは歓楽であり、阿片ではなかったのである。

周二はときどき縫子から、おからだでも悪いの？ ときかれる日があった。このときだけ彼は後ろめたい気持になった。

兄の一周忌は菩提寺《ぼだいじ》でとりおこなわれたが、周二は起きぬけに、縫子から相談を受けた。

「出来れば、今日、皆さまの前で、発表して戴けませんかしら。いますぐ結婚して下さいとは申しません。あなたのお気持さえはっきりしたら、そうして欲しいのですが」

縫子は控え目に、しかしはっきりと言った。喪服を着た縫子は美しかった。周二にしても、縫子に不満があるわけではなかった。姪の美佐もよく彼になついていた。父が亡くなったとき満一歳であった美佐は、もう父の顔をおぼえておらず、いつのまにか周二を父と思いこむようになっていた。これ以上返事をのばすわけにはいかなかった。むかし、兄とこのひとを争ったときには、美しいから欲しい、と単純に思いつめたものだが、いまはもっと別の感情があった。阿片と女を組みあわせて歓楽の極限を追っている彼に、縫子は清楚《せいそ》すぎた。

「判りました。法事が終ったら、僕から皆さんにそう話しましょう」

彼は自分でも気ぬけがするほど簡単に答えながら、奇妙な苦痛を感じた。同時に一種の安堵《あんど》もおぼえた。支《つか》えていたものを飲み下した、そんな気持もした。

「うれしいわ」

縫子はしきりと何かに耐えている様子だった。

法事は一時からだったが、三時か四時には禁断症状がはじまる、と周二はぼんやり薔薇屋敷の一室を想いかえした。法事のことを考えておかなかったのは迂闊《うかつ》だった。法事が終ったら、料亭で和食を会食することになっていた。彼だけ料亭に行かない、というわけにはいかなかった。十一時頃目をさましたときから、そのことばかり考えてきた。画家の朝子の顔をおもい浮べたが、巨大な性器に囲まれたあのアトリエを訪問する気にはなれなかった。朝子が無償で薬をくれるとは思えなかった。男の軀を提供しないかぎり、朝子は頼みをきいてくれないだろう。節度もなく、やたらと軀を押しつけてくる朝子を考えると、とてもアトリエを訪ねる気にはなれなかった。朝子には、四十女の押しつけがましさだけがあったように思う。薔薇屋敷に行ってくるには、時間的にも無理だった。残された唯一の道は、注射薬のモルヒネを打つことであった。ひどい喘息《ぜんそく》で亡くなった父が、激しい発作がおきたときに打っていた薬で、四十本ほど残っていた。瑠璃色《るりいろ》の一cc入りのアンプルで、Liquor Morphini hydrochlorici と書かれたレッテルが貼ってあった。レッテルの端には㊩と印刷してあった。モルヒネが〇・〇一グラム入っていた。〇・〇一グラムなら、吸引に慣れている彼の軀に三本使っても大丈夫だったが、いままでそれを使わなかったのは、注射の味をおぼえるのが怖かったからである。吸引なら、煙草を吸うのと同じ原理であったが、注射は、直接に毒薬を血のなかに混ぜるから、生理的に及ぼす結果に格段の差があった。周二は、麻薬中毒で死んだ一人の若い医者を知っていた。その医者は、患者に使ったことにして麻薬を自分で使い、ついに発狂して死んだが、いつも瞳孔《どうこう》が収縮して、死人のような蒼白《あおじろ》い顔をして、決して相手をまともに見なかった。陽の目を余り見ずに暮している俺も、あの死んだ医者と同じ皮膚の色をしているのではないか、と思ったこともあった。

どうするか。要するに今日一回きりだ、と彼は自分に言いきかせると、奇妙な焦躁感《しょうそうかん》の下に、離れの書斎に行き、戸棚から注射薬をとりだした。未使用の注射針も数本あり、注射筒も瑠璃色のが数本あった。彼は洗面器に水を充たし、そこに筒と針を入れてガス台にかけた。そして、滅菌消毒をすますと、モルヒネのアンプルを一本だけ切り、注射筒に吸いあげた。そして、しばらくためらった後、左腕の上膊《じょうはく》の筋肉に針を刺しこみ、ゆっくり注射した。しばらくして口にモルヒネの匂がひろがってきた。口からの吸引時にくらべ、あきらかな差違があらわれた。吸引時には、やわらかい感じで軀がだるくなったが、注射は明晰《めいせき》な結果がでた。はっきりした恍惚《こうこつ》状態が訪れてきたのである。一グラムのモルヒネに耐える中毒者がいた、とは長洲からきいていたが、〇・〇一グラムでこれだけの状態をひきだせたとすれば、顕著な中毒症状を見せるまでには、かなりの時間がかかるわけであった。彼は気持が落ちついてきた。そして、そうなった自分を、どこかで冷静に視つめながら、母屋《おもや》に戻った。

茶の間には、縫子の母がきていた。縫子から話をきいたらしく、私もこれで安心しました、と周二を見て言った。

菩提寺は天台密教の宝戒寺で、歩いて十五分ほどの場所にあった。

周二は、縫子とその母、美佐とつれだって菩提寺に向いながら、メアリを想いかえした。薔薇屋敷でのメアリとの交渉には、自分が生きている、という慥《たし》かな感覚があった。プロテスタントの教会で宣教師として仕事をしながら、薔薇屋敷に軀を売りにくるのは、これは純粋に個人的な問題だ、とメアリは言ったが、薔薇屋敷でのメアリは完全に一人の女であった。周二が、歓楽のきわみに悶絶《もんぜつ》して行く一人の女の慥かな手応えを感じたのは、数度にとどまらなかった。娼婦のメアリが、宣教師としてはどんな仕事をしているのか、彼は知らない。おそらくは、宣教師と娼婦の使いわけにはなんの意味もないのだろう。そのメアリを買いにくるカトリックの神父も、恐らくはメアリと同じだろう。周二はこの問題を難しくは考えなかった。

前を歩いていた縫子がたちどまり、周二の来るのを待って並んで歩きだした。美佐は祖母に手をつながれて歩いていた。

「おはなししてくださるのは、会食の席ででしょう?」

縫子は横合から周二の顔をのぞきこんできいた。

「ええ、そうします」

答えながら周二はやはり奇妙な苦痛を感じた。この人といっしょになり、死んだも同然の生活をどうやって建てなおすか、そんな苦痛があった。

国立大学沿いの細い道は陽かげになっており、凍った道に靴音が高く響いた。休暇に入った大学の庭は静まりかえっており、硬く澄んだ冬空の下で古い校舎もひっそりしていた。

「なにか、もっと、おっしゃってください」

「なにをですか?」

周二は縫子を見た。冷たい寒気のなかで、縫子の横顔がぬけるように白く冴《さ》えていた。あ、そうか、と彼は小さい声で言うと、式はあげなくともよいでしょう、とつけ加えた。

「あなたのおっしゃる通りにいたしますわ」

「親類だけ招び、どこかで簡単な食事でもすれば、それでいいでしょう」

「ええ、そういたしますわ」

「しかし、式を挙げた方がよい、ということでしたら、そうしてもよいのですが」

「いいえ、わたし、そんな形式にこだわっているわけではありません。……このあいだのことですが、母がきた日に、上の姉が子供をつれていっしょにきて、同じ家にいながら、二人のあいだになんにも無いというのは、おかしいじゃないの、とひどいことを言ったのです。ですから、二人が今度いっしょになる、ということだけは、皆さまの前ではっきりさせておきたいのです。……あら、おかしいですわね、今日、あなたがお話してくださるというのに、わたし、こんなことを申しあげるなんて……」

縫子は顔をあからめた。

周二は、気持がはずんでいる縫子を美しいと感じながら、放埒な現在の自分の日常と思いくらべ、縫子が痛々しかった。さっきと同じようにメアリの軀が想いかえされた。あんな風に女の軀をあつかってきた俺は、果して正常な感覚で縫子と対することが出来るだろうか。……これから寺で会う自分の方の身内や縫子の身内の顔が想いうかんだ。なかには、兄弟で縫子を争った昔を知っている者もいた。二人がいっしょになるのに反対する者はいないはずだった。問題は、長洲のところに飛びこんで行くときのことだった。長洲はきっと半月は入院させるだろう。半月の入院をどういう風に縫子に話すか。前に入院したときには、長洲と相談して肝臓が悪いことにし、亡くなった兄もそう信じていた。今度もそうするほかに方法がなかった。

寺の境内に入ったとき、周二は立ちどまった。そして縫子を見た。

「いっしょになる前に、半月ほど、長洲さんのところに入院しなければならないかも判りません」

周二は思いきって言った。

「あら、どこかお悪いの？」

「肝臓です」

「あら、この前もそうだったでしょう」

「酒の飲みすぎが原因らしいのです」

「道理でときどき顔色が悪いと思ったけど、外でそんなに飲んでいらっしゃるの。ええ、よろしいわ」

「退院した日にいっしょになります」

「あら、そんなこと……さ、まいりましょう」

縫子は顔をあからめ、足早に歩きだした。

周二は、縫子の細い撫肩《なでがた》を視つめ、これでひとつは切りぬけられるだろう、と思った。問題は、退院してからのことだった。いままでのように遊んでいるわけにはいかなかった。本を読まなくなってから久しかった。学校を出たての頃には、飜訳《ほんやく》の手伝いなどもしたことがあり、一時は、飜訳で身を立てようと考えたが、いまからでも遅くはないだろうか。外国文学者にも派閥があり、飜訳で暮せるかどうかは判らなかった。

七

遠くで霧笛が鳴っていた。

すっかり葉が落ちつくし、節くれだったプラタナスの樹間の向うには、横浜税関の建物が霧のなかに霞んで見えた。

「俺は、今夜かぎりで、薔薇屋敷とはおさらばするよ」

周二が言った。

「殊勝なことを言いだしたな。なにが理由だ?」

加山はわらっていた。

「結婚するんだ」

「結婚? おい、気でも狂ったのか」

「相手は縫子さんだ」

「なるほど。それで俺をおいてけぼりにしようってわけか。……あの人じゃ、仕方あるまい。しかし、さびしくなるねえ。いままで俺達は離れたことがなかったのに。ゆく河の流れは絶えずして、しかも、もとの水にあらず、か」

「淀《よど》みに浮ぶうたかたは、かつ消えかつ結びて、久しくとどまりたる例《ためし》なし」

「俺達の青春も、そろそろおしまいかも知れないな。とにかく、その結婚は祝福するよ」

「おまえはよぶことにした。ごく内輪だけの食事をしようと考えている」

「で、いついっしょになるんだ?」

「長洲さんのところを出てからだ」

「その方がいいな。俺もそろそろ長洲医院にかけこむか。俺はまだおまえほどではないがね」

「あいかわらず一服か?」

「女とのあいだがながもちすりゃいいから、それ以上の吸引は無駄だと思ってね。こいつは個人差がひどいらしい。俺みたいに少量で楽しみながらやる奴もいるしね」

「おまえは俺より意志が強いよ」

「ほめているのか」

「そうらしい」

周二は、外套《がいとう》のポケットの中で、モルヒネのアンプルが入った箱を手で撫でながら答えた。今夜、薔薇屋敷をでたら、まっすぐ長洲医院に行くつもりでいた。中毒を直しに行くのに、何故モルヒネをこっそり隠し持っているのか、自分でも判らなかった。

「俺も結婚しなければならんだろうな。おふくろがこのあいだから何枚も写真を見せるから、籤《くじ》でもひいて当った奴を貰《もら》うことにするか」

二人はやがて山下公園の近くにでた。大桟橋わきの船だまりには、色とりどりのランチが波間にゆれていた。比較的大きい船は曳き船で、その一艘《そう》が、波を蹴《け》たてて港の外に向っていた。入港する貨物船があるのだろう。

二人は中華街の方に向って歩いた。夕飯をすましてから薔薇屋敷に行こう、という話になっていた。時間があったので、横浜公園をまわって行くことにした。

「そうそう、このあいだ、久保さんからきいた話だが、薔薇屋敷のあの運転手のことだがね……」

加山が話しだした。

「番人がどうかしたのか」

「あれは、薔薇夫人の夫らしいよ」

「やはりそうだったのか」

「おまえ、知っていたのか？」

「いや、そうじゃないかなあ、と感じていただけだ。俺はいちど、ボイラー室の入口で二人が話しているのをきいたが。それから、便所に入っていたときに窓の外で話していたのをきいたこともある。主人と使用人のくちのきき方ではなかった。なにか争っていたらしかったが。いつか俺が、意外だと思う話がある、と言ったのをおぼえているか？」

「それだったのか。なるほど」

「久保さんはなんと言っていた？」

「あの傴僂男が薔薇夫人の夜伽《よとぎ》をつとめているのを見つけたのが、久保さんなんだよ。そこで久保さんは、薔薇夫人をものにできない一種の嫉妬から、傴僂を問いつめたんだな。そうしたら、なにもかもしゃべったらしい。あの運転手が、標札の足立浩二だったのさ」

「それは判るが、なにが理由で、一家の主人が車庫になど寝泊りしているのかね」

「話をきけ。足立浩二は、元海軍少佐で、戦争で負傷し、男としての用をなさなくなった軀になったらしい。養子だという話だった。そう言えば、足立という海軍中将がいたな。その中将の養子だったのだろう」

「あの紺の詰襟服《つめえりふく》は海軍の制服だ。蛇腹《じゃばら》だけとってあったがね。それで、久保さんはなんと言っていた？」

「男として用をなさなくなった元少佐は、どう見ても自分より劣ったあの傴僂を妻にあたえることで、辛うじて生きているらしい」

「それは久保さんの推測か？」

「傴僂からきいた話から、そうではないか、と久保さんは言っていたが」

「すると、細君と協定しているというわけかな」

「そうだろう。そうでなければ、あの家にいつまでも養子としてとどまることは出来まい。さしずめ、傴僂は、あの女の愛玩《あいがん》用具というところだな」

「あの夫婦もやはり戦争の被害者だよ。俺は、いま、おまえの話をききながら、どういうわけか、川崎の工場で爆弾で腹を裂かれて死んだ長谷川を想いかえしたよ」

「奴はかわいそうなことをしたな」

「それから、いつ還ってくるか判らない佐藤のために、神田の本屋の前に行列して買った本のことも想いだした」

「あの本は、いまもあるのかい？」

「佐藤の骨が還ってきたとき、いっしょに墓に埋めてやったではないか。忘れたのか」

「そうだったな。俺もだいぶぼけたらしい」

横浜公園の椎《しい》の木立をぬけると、霧を透して暮方のうす陽がさしているなかを、噴水がにぶく光っていた。

「妙にしめっぽい夕暮だな。おまえが戦争中のはなしなど持ちだしたのがいけないんだ」

加山が噴水を見て言った。

「みんなはどうしているだろうね」

二人は立ちどまって勢よく噴《ふ》きあげている水を眺めた。噴水のしぶきが霧と溶けあい、あたりは模糊《もこ》としていた。

「職をもっていないのは俺達二人だけだ。遊び人など相手にせず、といったところだろうな」

「腹がへってきた。行こう」

それから二人は、冬枯れの灰色の街を中華街に向って歩いた。

黄色いスーツを着たメアリが部屋に入ってきたとき、周二は最後の阿片を吸っていた。メアリの黒い皮膚に黄色の服はよく似合っていた。

「今日はすごい美人だな」

周二は英語で言った。

「ありがとう」

メアリはうれしそうに笑っていた。白目がいくらか赤味を帯びているのが黒人の特徴だったが、この日メアリの目は灰色に澄んでいた。

「今日は目もきれいだな」

「霧のせいよ」

「霧で目が洗われたというわけか。君が美しいから、今夜は、何度も君を抱きたくなるだろうな」

周二は、アメリカ人がよく使うスラングで言った。

「歓迎するわ」

それからメアリは服を脱ぎはじめた。男の目の前で服をとるメアリの動作には、いつも、不思議と淫《みだ》らな感じがしなかった。自分の軀しか信じていない女だった。健康な娼婦、というのがあるとしたら、それはメアリだった。

メアリはまず上衣をとると、スカートを落とす。日本の女ならストッキングから先にとるところである。つぎにシュミーズをとり、ブラジャーとコルセットだけとなる。ブラジャーをはずすと、背をかがめて靴下どめをはずす。靴下を脱ぐと、コルセットをはずし、パンティをとる。すべてがあらわだった。羞恥心《しゆうちしん》がないというのではなかった。男に慣れているせいもあったが、娼婦として純真そのものの女であった。

八

周二は薔薇屋敷に六時から八時までいた。

薔薇屋敷をでたとき街には暮方より濃い霧が降っていた。もうこれでこの家にはこないだろう、と彼は薔薇屋敷をふり返ったが、しかし、長洲医院に着くまでは、自分を信用できなかった。

「この霧で、もう五件も衝突事故がありました」

元町の角で拾った車の運転手が言った。

周二は車を鎌倉に走らせた。霧で視界がきかず、車は十キロの速さで走った。朝比奈峠《あさひなとうげ》をこえて鎌倉の街に入ったら、そこも霧に包まれていた。周二は、大町《おおまち》の谷戸《やと》の奥にある長洲精神科内科医院の前に車をつけたとき、俺は本当に阿片を断つつもりだろうか、と自分のなかを視つめた。

「おまえは、こんな時しかやってこないな」

長洲はわらっていた。

「もう、決してやらないから、先輩、たのみます」

「もうやらない、というのは、中毒患者の常套《じょうとう》文句だ。どこでやっていたんだ。またあの化けもの婆さんの家でか？」

「そうじゃない。横浜だが、結婚するんで、直してしまわないと」

「おまえが結婚するのか？」

周二はそこで委細を語った。

「結婚するんじゃ、直してやらないわけにもいくまい。それでは、俺は、もういちど、もぐりになろう。しようがない奴だな。それより、最近、あの化けもの婆さんとは会わないのか？」

「会わないな」

「骨と皮だけに瘦せてしまったよ。目玉だけが大きくなってね。あれを見たら、おまえも中毒の怖さが判るだろうがね」

周二は、脂ぎった朝子の軀を識《し》っているだけに、骨と皮ばかりになった有様を想像できなかった。

「それで、ここへ直しにきたの？」

「警察によばれて行き、そこで会ったのだ。あれじゃ直っても廃人だな。薬の出所が判らんものだから、警察でもてこずっているらしい。いま、大船の病院に入れてあるがね」

「今度も半月あればいいかな」

「いいだろう。いちおう診よう。裸になれ」

「縫子さんには肝臓が悪いと言ってあるが」

「そう言っておくより仕方ないだろう」

長洲は簡単な診察をすますと、今夜は俺の書斎に泊れ、と言った。

周二は縫子に電話して、明日来てもらいたい、と頼んだ。それから、長洲につれられて二階の書斎にあがった。

「明日から治療にかかるが、薬が切れたとき、幻覚症状にならなかったか？」

「一、二度あったな」

「どんなものを見た？」

「げじげじというのか、足のながい虫が軀を這っているのを見たな」

「それはいつだった？」

「一週間ほど前だったかな。真昼間だった」

「そのほかには？」

「蛞蝓《なめくじ》が軀を這っているのを見た。それから、机の上の万年筆が蛇に見えたことがあったな」

「同じ頃か？」

「そうだったと思う」

「本格的な中毒のはじまりだ。万年筆が蛇に見えたというのは、単なる錯覚だ。これは幻覚ではない。直るまで、こんどはちょっと辛いぞ。この前は、治療薬を投与しながら、持続睡眠療法で直したが、正直いうと、この療法は、再発の危険には効果がないんだ。こんどは荒療治をやる。縫子さんには、明日だけ来てもらう。禁断現象がでるのは明後日の午後からだから、その日からしばらくは、来てもらわないことにしよう。しかし、おまえは、ここに飛びこんでくるだけの意志があったからいいようなものの、その意志のない奴は、なにもかもがおしまいだよ」

「僕は、長洲さんには感謝しているんだ」

「馬鹿野郎！　俺は向う半月間、おまえが禁断症状をおこして苦しむところを、じっくり見物するよ。明日から部屋を変える」

それから長洲は部屋を出て行った。

本立には種々の本がぎっしりつまっていた。なかに、英文の猥本《わいほん》が数冊あった。ぬきだして拾い読みしてみたが、面白くなかった。薔薇屋敷でメアリと過してきた事実にくらべれば、猥本はなにか空々しかった。

しばらくして周二は外套のポケットからモルヒネの入った箱をとりだした。針も筒もいっしょに入れてあった。この前とはちがう、という治療が怖かった。幻覚がなにより怖かった。しかし俺はモルヒネを持っている、長洲の目を盗んで注射すればよい、と考えついたとき、恐怖をいくらか和らげることが出来た。彼はモルヒネの箱を菊判の本の間に挟《はさ》むと、本立のいちばん上の段にしまった。

それからベッドに入り、縫子のことを考えているうちに、やがてまどろんで行った。

あくる日の朝、洗顔をすませたところへ、縫子が自分の母をつれて入ってきた。タクシイで運んできたのだろう、運転手が蒲団《ふとん》を運びあげてきた。

「おかしな方ねえ。外出先からそのまま入院してしまうなんて」

縫子が言った。

「ふんぎりがつかなかったもので、そうしたまでですよ」

「なんに対してのふんぎりですの？」

「早く病気を直してしまわないことには、美しい人といっしょになれない、つまり、その美しい人にたいしての未練ですよ」

周二は久しぶりで縫子に冗談が言えた。

「あんなことを！　母さん、いまの話をきいた」

しかし縫子は嬉しそうだった。頬《ほお》をそめていた。縫子は以前より美しくなっていた。一周忌の日に、周二が皆の前で再婚を発表してからは、化粧が濃くなり、目にも艶《つや》がでていた。周二が外から帰ってきて、着換えを手伝ってくれたとき、ふっと、抱きたい、と衝動にかられた夜があった。俺といっしょになったら、女として一日も安心して暮せない、と判断し、生活の平安を求めて兄と結婚した縫子には、生活人としての節度があった、とそのとき周二は、辛うじて衝動をおさえた。三十歳の縫子は、水々しく、ふくよかで、輝くばかりの顔をしていた。

縫子の母は先に帰って行った。母を見送って戻ってきた縫子は、わたし、お食事を家から運ぶわ、と言った。

「さあ、それはどうかな、長洲さんにきいてみないと。肝臓病は食事療法をしないとだめらしいし」

「あとできいてみますわ。それから……周二さん、退院されたら、もう、外泊はなさらないでしょうね」

縫子は思いつめた顔で言った。

「ええ、しないつもりです」

「つもりです、では、わたし、困ります」

「しない、と約束しましょう」

「遊びもやめてくださる？」

「そうしよう」

「それから、昔のことには、こだわらないでくださるかしら」

「僕は、こだわったことは、一度もありませんよ」

「そうだったわね。ごめんなさい。こんなことを言うのは、わたし、引け目を感じているせいかしら」

「縫ちゃんにたいする僕の感情は、ずうっと渝《かわ》っていないよ。この一年間、僕の顔が陰鬱《いんうつ》に見えたとすれば、それは、縫ちゃんとは関係のない、僕の内面の問題が、そうさせたのですよ。僕は、退院したら、縫ちゃんを幸福にしてあげられると思う」

「そう……うれしいわ」

縫子は優しいまなざしを向けた。

だが、俺はひとつ嘘を言っている、と周二は本の間に隠してあるモルヒネを考えた。禁断現象をきたして幻覚をみるのが何より怖かった。げじげじや蛞蝓が皮膚を這いあがってくるのを、いくら両手で払っても、後から後から湧いてでた真昼を想いかえした。中毒を直しに自ら医者のもとに飛びこんできながら、治療を受けるそばから医者に隠れてモルヒネを使おうということの矛盾を、どう解釈すればよいのか、自分でも判らなかった。また、薬を断つことにより、あの夢見心地の状態が訪れてこない、と考えるのも辛かった。

外から戸が叩かれ、白衣を着た長洲が入ってきた。

「御結婚されるそうですね。おめでとうございます」

長洲は磊落《らいらく》に話しかけた。縫子は顔を染め、よろしくおねがいします、と頭を下げた。

「ところで、こいつの肝臓は、たぶんに神経質なところがあり、しばらく睡眠療法をとらねばなりません。二週間ぐらいですが。その間、おいでにならないで戴きたいのですが」

長洲が言った。周二は、長洲に感謝した。

「はい、そう致します」

なにも知らずに素直に答えている縫子を、周二はまともに見ておれなかった。

「二週間すぎたら、こちらから電話をさしあげますから、そうしたらお出でください」

「はい、そう致します」

縫子はなにひとつ疑っていなかった。周二は、本のあいだに隠してあるモルヒネを考えたが、それを長洲の前に差しだす気にはなれなかった。モルヒネは、一周忌の日以後も数本使い、三十六本残っていた。三十六本という数を彼は正確におぼえていた。その三十六本を使い果したらどうするか、彼はそこまでは考えていなかった。ともかくその三十六本は誰にも渡したくなかった。

「患者が待っているので、これで失礼しますが、面会は今日だけです。必ずお守りください」

長洲はもう一度念をおすと、部屋をでて行った。

「こわい人ね」

縫子が言った。

「医者はみんなこわいよ」

周二は、だんだん、自分が詐欺をやっている気がしてきた。治療にきて医者を欺《だま》し、縫子を欺している。しかし、薬に関するかぎり罪悪感はなかった。

「必要な品はまた運ばせますわ」

縫子は心残りそうに椅子からたちあがった。

「いや、もういいでしょう。着換えの下着類は、受付の女の子のところまで届けてくだされば いいですよ」

周二もたちあがった。

「それでは、お大事にね。もう、参りませんから。でも二週間も逢えないなんて、すこしさびしいわ」

周二のすぐ目の前に縫子が立っていた。周二は、右腕を前に突きだし、ハンドバッグを胸に抱えている縫子の手を上から握った。縫子の軀がぐらぐらと前に倒れてきた。二人は自然に抱きあい、くちを重ねた。

「困るわ！」

縫子はさからいながら、しかしハンドバッグを足下に落すと、両腕を周二の背中にまわした。

「二週間逢えないんだ」

周二は縫子を両腕で抱きあげるとベッドに運んだ。それから窓のカーテンをひいた。

スカートのホックをはずす周二の手も震えていたが、観念してじっと目を閉じて横たわっている縫子の軀もふるえていた。メアリを抱くときとはあきらかに異なる新鮮な感覚が、周二の裡《うち》をよぎって行った。しかし、俺は、この中毒を直す意志が保てるだろうか、直らなければこの人とはいっしょになれないのだ。彼はこう考えるそばから、本の間に隠してあるモルヒネの本数を正確に想いかえしていた。

九

暮方、周二は、谷戸の奥の入院室に移された。細長い棟《むね》で、部屋は六つあり、周二はいちばん奥の部屋に入れられた。左右が壁で、窓のすぐ外は山際しか見えない部屋だった。窓にはガラス窓の内側に鉄格子《てつごうし》がはまっており、入口の戸にも、鉄枠《てつわく》のついた穴がついていた。

「この前の治療法とは違うようだな。この前は母屋の部屋だったろう」

周二は不安になり、長洲に問いかけた。

「あたりまえだ。ここは気違いの入る部屋だ」

「気ちがい？　長洲さん、俺は麻薬をやっただけだ」

「麻薬患者はすべて精神病患者だ」

「麻薬といったって、俺のは、阿片だよ。それもほんの少しだ」

「同じことだ」

「ここでなにをするのだ？」

「おまえは、二週間、ここから一歩も出られないよ。もしかしたら三週間になるかもしれない」

「でられない？　この部屋からでられないというのか？　長洲さん、俺は入院したんだよ」

「そうだ、この部屋に入院したのだ。この部屋には便所もついている。水もでる。食事はその戸の穴から差しいれるから」

長洲の声は事務的で冷たかった。しばらく長洲の目を見ていた周二は、あの部屋に忘れものをしてきた、と小さい声で言った。

「なんの忘れものだ？　蒲団は運ばせたし、洗面用具もみんな持ってきたではないか」

「読みかけの本ですよ。ちょっと行ってとってくる」

「そうか。それならとってこい。俺はここで待っているから、早くとってこい」

長洲はわらっていた。

周二は部屋をでると、鉄枠のついた戸の穴から中をのぞいてみた。長洲がベッドに腰かけていた。このままこの部屋に錠をおろして長洲を閉じこめ、本の間に隠してあるモルヒネを持って家に帰ろうか、とふっと思った。

周二は戸の前を離れた。それから渡廊下を通り診察室の前から二階にあがった。階段を昇りながら、俺はここに中毒を直しにきたのだ、しかしあのモルヒネは要《い》る、と自分に言いきかせた。

やがて彼は書斎に入った。さっき長洲につれられてこの部屋から出たときは、あんな牢獄《ろうごく》のような入院室が待っていようとは、考えてもいなかった。いつでもこの部屋にモルヒネを取りにこれる、そんな安堵感《あんどかん》のもとに出たのである。

まずここで一本モルヒネを打ってから、あの牢獄みたいな部屋に戻ろう。彼はそう決めると、ひどく愉《たの》しい気持になった。それから、本棚から、モルヒネの入った箱をはさんである本を引きだした。

本の間に箱はなかった。記憶ちがいだろうか、と別の本を次つぎに引きだして見たが、モルヒネは見つからなかった。三十六本のモルヒネが消え失せていた。三十六本という数がかけ替えのないものに思えた。あの牢獄のような部屋からでるとき、笑っていた長洲の顔が想いうかんだ。おかしな笑いかただった。そうだったのか！

彼は書斎をでると長洲のところに戻った。

「本はどうした」

長洲はあいかわらず笑っていた。

「なかった」

「なかったか。なんの本だったのだ」

「長洲さん、モルヒネをどこへ隠した？」

「おまえ、あれをどこから手に入れたのだ？　レッテルからみて最近のものではないが、しかも、あれは、医者が使う薬だ。どこから手に入れたのだ？」

「死んだ親父が喘息《ぜんそく》の発作をおさえるのに使っていたものらしい。長洲さん、あれを返してくれ」

「俺は医者だ。おまえが昨夜ここに入ってきたときから、俺は、おまえが薬を持っているのではないか、と思った。中毒患者なら百人中百人がやることだ。念のために、診察のとき腕を見たら、針の痕《あと》があった。おまえは、かなり節度のある吸引をしていたらしいから、徐々にモルヒネを減らしながら直す方法も考えたが、それでは再発したときに効果がない。そこで荒療治をすることにした。ここでしばらく暮すんだ」

長洲はベッドから腰をあげた。

「待ってくれ。あれだけでやめるから、返してくれ。頼む」

周二は長洲の腕をつかんだ。

「ほんとにあれだけでやめるか」

「誓うよ。必ずあれだけでやめるから」

「よかろう。それなら持ってきてやろう。ここで待っておれ」

それから長洲は部屋をでると、戸を締めた。ところが、すぐ鍵をさし入れる音がした。周二は戸の前に行き、把手《とって》をまわしたが、戸は開かなかった。

「長洲さん、なにをするんだ！」

周二は鉄枠の穴から廊下をみた。長洲は廊下に立ち、白衣のポケットに両手をつっこんでこっちを睨んでいた。

「いいか、ようくきけ。おまえはもう気違いの一歩手前だ。そのくせ麻薬のこととなると実に正確な頭の働きをする。完全な中毒患者だ。医者は、患者をかわいそうだなんて言っておれんのだ。この前の治療とちがい、薬はいっさい使わない。自然に禁断症状が直るのを待つ、という荒療治だ。食事はその穴からさし入れる。大声をあげても、外は山だ。この棟に入っているのはおまえだけだ。外からも別の鍵がかかっているから、そのノブを毀《こわ》しても戸は開かないよ。少々寒いが、蒲団はいっぱいあるから、しばらくそこでくらすんだな。苦しくなったら、自殺でもなんでもするがいい。しかし、中毒患者は決して自殺などしないものだ。本ならそこの戸棚にあるよ」

長洲はポケットから右手を出すと、持っていた鍵を宙にあげて見せた。そして再び鍵をポケットにしまいこみ、廊下を歩いて去った。

「長洲さん、話があるんだ！　きいてくれ」

周二は戸を叩いた。しかし、スリッパの音は遠ざかって行った。把手をまわし戸を押してみたが、戸はびくともしなかった。三週間もここに閉じこめられる！　周二はふっと絶望にちかい感情を抱いた。入ってくるんではなかった、という後悔と、しかし中毒は直さなくてはならない、という願望が、たがいちがいに交錯して行った。

十

しかし、ともかくこの夜は睡《ねむ》れた。禁断症状がはじまったのは、あくる日の午後である。頭痛がはじまり、咽喉や胸に渇きをおぼえた。

暮方には頭痛がひどくなり、目の前のものがまだ正確に、それ自体の形で見えたが、やがて幻覚状態に陥るのはあきらかに判っていた。

窓の穴から朝食と昼食をさし入れてくれたのは、年とった看護婦だった。その看護婦が夕食を持ってきたとき、長洲さんに会わせてくれ、と周二は頼んだ。

「先生はただいま往診中です」

看護婦は事務的に答えると、外から穴の蓋《ふた》を閉じた。蓋は上から嵌《は》めこみ式になっていた。

「待ってくれ!」

周二は戸を叩いた。握った手の皮がすり剝《む》けるくらいに叩いた。

しかし、スリッパの音は規則正しく遠ざかって行った。

夕食は、大きなアルミ皿に盛りつけてあり、白米のごはんに豚の生姜焼《しょうがやき》、魚の切身の揚物に白菜の塩づけがついていた。他に味噌汁の椀がついていた。

食欲はなかった。しかし、日を経るごとに食欲がなくなることが判っているだけに、食べておかねばならなかった。彼は、ゆっくり時間をかけ、義務を果すような気持で夕食をとった。

この夜、睡眠が浅く、薔薇がいっぱい咲いている夢を数度みた。その薔薇の繁みから、黒い洋服を着た薔薇夫人が現われ、彼を手招きした。夫人のうしろには、威儀を正した番人が、黒塗りの車の戸をあけ、彼が乗るのを待っていた。

あくる朝目ざめたとき、膀胱《ぼうこう》がいっぱいなのに、生殖器が萎《しぼ》んでいた。この朝までの時間の経過ははっきりしていた。それ以後の時間の経過が定かでなかった。昼と夜のくり返しぐらいは判ったが、夢と幻覚・幻聴の区別がつかなかった。食事は日に一回しか餐《と》らなかったように思う。それも酸味のものばかり餐った。漬物《つけもの》ばかり食べて他のものは残したら、つぎの食事には漬物がたくさん出てきた。酢をまぜたごはんも出てきた。

ある日周二は、戸の把手の丸い個所が、螺子《ねじ》でとめられているのを発見した。この螺子をはずせば戸が明くかも知れない、と考えついた彼は、螺子まわしになるものをさがした。しかし、部屋には金具になるような品がひとつもなかった。ベッドの枠は木製だったし、電燈は廊下と部屋の間の高い壁の真中についており、それは昼夜となくともっていた。洋服は書斎においてきたので、バンドの金具があったら、と思い、地踏鞴《じたたら》をふんだ。時計があったら、と思いついた。そこで彼は、夕食を運んできた看護婦に、書斎においてある腕時計を持ってきて欲しい、ときわめて冷静な態度で頼んだ。時計のバンドの金具か裏蓋があれば、螺子はまわせるはずであった。

「退院の日にお渡しします」

看護婦はやはり事務的に答えた。そして窓の蓋をおろすと遠ざかって行った。

「婆ア、おぼえておれ！」

彼は戸を叩きながら叫んだ。そのうちに彼は、長洲が、戸には外からも鍵がかかっている、と言っていたのを想いだし、長洲の馬鹿野郎ッ！　と叫んだ。

ある日、戸の外から、おいおい、と長洲の声がした。周二は奇妙な懐かしさを覚え、やあ、長洲さんか！　と鉄枠の穴の前まで行った。長洲は戸からすこし離れて立っていた。

「ぐあいはどうだい」

と長洲がきいた。

「いいよ。とてもいいよ。しかし、あの看護婦はよくないな」

「そうかい。よくするように言いきかせてやろう」

「もう、そろそろ、退院できるだろうね」

「やっと一週間目だ。あと一週間だな」

「あと一週間？　冗談じゃない、俺はもうここに一年も入っている気がする。長洲さん、頼むから出してくれ」

「判った。そのうちにな。縫子さんが着換えを持ってきてくれた。明日の朝入れてやるよ。もうすこしだな」

「縫ちゃんがきたのか！」

彼は奇妙な恐怖を感じた。

「じゃ、またくるよ」

長洲は手をあげると、離れて行った。

「長洲さん、待ってくれ。モルヒネを返してくれ。泥棒ッ、長洲の泥棒ッ！」

それから彼は部屋の中をぐるぐる歩きまわった。胸が掻《か》き毟《むし》られるように苦しかった。三十六本のモルヒネがあったら、と切実な思いがこみあげてきた。なんとかしてこの部屋を出なければならない、出られなかったら俺は死ぬだろう、と思った。息切れがし、眩暈《めまい》がした。ベッドにあがって坐ってみた。すると、目の前が花やかな色にかわってきた。見ると、壁いっぱいに巨大な女の性器の絵がかかっていた。右を見、左をみた。どこにも巨大な女の性器の絵がかかっていた。性器のうしろでは小さな手足が動いており、歓喜仏《かんぎぶつ》のような女の顔が和《なご》んでいた。やがて性器が動きだし、歓喜仏の顔が朝子の顔になり、妖怪《ようかい》じみた目がじっとこっちを見ていた。

「そんな目で俺を見ないでくれ！」

彼はベッドからおりると壁の絵を毀《こわ》しに行った。絵はいつのまにかメアリの裸身に変っていた。黒と紅の対照があざやかだった。そのうちに、壁が四方から迫ってくる気がした。性器という性器が、その巨大な口をあけて迫ってきて彼を呑《の》みこもうとした。彼は助けてくれえ！とさけんだ。

「助けてくれ。縫ちゃん、助けてくれえ！」

彼はあっちにぶつかりこっちにぶつかりして床に倒れた。頭上でサイレンが鳴った。間もなく飛行機の音がし、近くで爆弾が炸裂《さくれつ》する音がきこえた。周二は跳ねおきると部屋中を逃げまわった。ベッドにぶつかって倒れ、腹が破れ、腸が流れでた。彼は流れでた腸を手で掬《すく》っては腹に詰めた。腹に詰めるそばから腸は流れでた。やがてその腸に蛞蝓《なめくじ》が発生し、それは後から後から湧きでて、軀じゅうを這いはじめた。腸の血を吸って真赤に肥った蛞蝓は、首のまわり、背中、肛門《こうもん》のあたりを這いまわった。彼はそれを両手で払いのけながら部屋中をのたうちまわった。気づいたら、ベッドにメアリがいた。

「メアリか。よくきてくれたな」

彼はベッドに近づき、メアリの太腿を撫で、乳房を握った。メアリは無言で微笑しながら彼の首に腕を巻きつけた。

「君とは、いつでも、何度でも寝たくなるよ」

彼は英語のスラングで言った。気づいたら、彼の首に巻きついているメアリの腕は蛇だった。彼は呻《うめ》きながらその蛇を握ってはずそうとしたが、蛇はかたく巻きついていた。

後になって長洲からきいた話では、彼はまる六日間、このように幻視と幻聴のあいだをさまよっていたらしい。

十一

ある朝、周二は、深い睡りから醒めた。そばには長洲が椅子にかけていた。

「やあ、長洲さん！」

「直ったらしいな」

「直ったか？」

周二はおきあがろうとしたが、ちからがなかった。

「まる一昼夜睡り続けていたよ。すこし荒療治だったが、これでいいだろう。しかし、おまえは強いな。こんなところに閉じこめておくと、たいがい垂《た》れ流しをするが、おまえはきちんと便所に通っていたな」

「長洲さん見ていたのか」

「日に四回は見にきたよ」

「そうだったのか。有難う、長洲さん」

「だいぶ体力が衰弱しているが、十日もすれば元に戻るだろう。あとで部屋をかえてやろう。そうだ、書斎がいいだろう。縫子さんには、数日たってから逢った方がいい。その顔じゃ、愛想をつかされるよ」

「そんなにひどい顔か？」

「後で鏡を見ればよい。縫子さんは毎日きたよ」

「毎日？　ここを見にきたのか？」

「いや。睡っている、と言って追い返した。いい人だ。あのひとのためにも、これっきりで薬とは縁を切るんだな。すこし可哀想だとは思ったが、この療法がいちばん完全だったのでな」

「もう大丈夫だ。ところで、加山はこなかったかい？」

「加山はいま横浜の警察で調べられているよ」

「警察？」

「おまえが通っていた横浜の薔薇屋敷が摘発されたのだ。四日前のことだ。加山はポーカーをやっている現場をおさえられたらしい。後で新聞を見せてやろう。しかし、おまえは運がよかったよ」

長洲が部屋を出て行ってから、周二は再び睡った。目をさましたのは暮方だった。力がなく、動くのが大儀だった。しばらくして看護婦がきた。

「どうも迷惑をかけたようですね」

周二は看護婦にあやまった。看護婦はわらっていた。

周二は風呂に入ってから書斎に行った。看護婦があがってきて、葡萄糖《ぶどうとう》を注射してくれた。

周二は、注射筒を押している看護婦の手の蒼い静脈を見て、縫子に逢いたくなったが、長洲に言われたように数日後にしようと思った。浴室で鏡にうつした顔は骨と皮だけに痩せ、皮膚の色もよくなかった。あの部屋でのたうちまわった時に打ったのだろう、軀のあちこちに青痣《あおあざ》ができていた。黄色くなっているのは、よほど前に打った個所らしかった。

看護婦がおりて行ってから周二は新聞を開いた。四日前の朝刊で、社会面のトップに〈麻薬《まやく》窟《くつ》薔薇屋敷〉という見出しがついていた。記事によると、伊勢佐木町で酒場をやっている女はやはり薔薇夫人の妹で、夫が中国人だった。阿片は妹から姉に手渡されていた。なるほど、そうだったのか、と周二は薔薇屋敷をつい昨日のように想いかえしながら、薔薇夫人とその夫に同情していた自分が奇妙に感じられてきた。ポーカー賭博《とばく》でつかまったのは加山と銃砲店主の久保だった。メアリは阿片を吸引して客とベッドにいる現場を押えられていた。黙秘権を使っているので身元はわからないが、という記事の後に黒人と書いてあったから、メアリにちがいなかった。写真は薔薇夫人姉妹だけだった。この分では俺も調べられるかもわからないな、と周二はすこし不安な気持になった。その日の夕刊と翌日の朝刊を見たが、薔薇屋敷の記事はでていなかった。

周二は部屋をでて階下におりると、加山の家に電話した。加山はいた。

「なんだ、もう直ったのか」

と加山は言った。

「そうらしい。いま新聞を読んだところだ。こっちにこられないか？」

「十日ばかり前に行ったが、看護婦に追っぱらわれたよ。すぐ行こう」

それから三十分ほどして加山がきた。長洲がいっしょに入ってきた。

「賭博の取りしらべだけで済んだのか？　どうせおまえもやっているんだろう」

長洲が言った。

「二日間豚箱のめしを食っただけで帰されたが、賭博だけの罪で済みそうだ。しかし、ひどかったよ。例のベルギイ人の神父もつかまったよ。そうしたら、政府の高官に、カトリック教徒がいたんだな、そいつが、神父のために揉み消しちゃったんで、名を出された連中は怒っているよ」

その高名な官吏の名は周二も知っていたし、長洲も知っていた。

「奴は権力の権化みたいな老人だよ」

と長洲がその高官を評した。

「メアリはどうした？」

「メアリは知らんが、かわいそうなのは冴子だよ。亭主に知れちまってな。亭主ってのが、いま、七里ヶ浜のサナトリュウムに入っているそうだ。そうとも知らず、俺は上に乗っかって一回転したが、悪いことをしたよ」

「留置場をでてから冴子にあったのか？」

「今日あったよ。片瀬だったが」

加山は笑っていた。人妻だというのを探りだしてきたくらいだから、家を知っていたのだろう、寝てきたのかも知れない、と周二は思った。

「加山、おまえもここで直して行け。そろそろ遊びをやめてもいい頃だろう」

長洲が言った。

「ところが長洲さん、俺は今日で六日間やっていないんだが、禁断現象がないんだよ」

「それで、いま、欲しいとは思わんのか？」

「思わないな。あれば使うし、それも少量でいい。無ければ使わないだけの話だ。警察でも、こいつは禁断現象がおきないから中毒患者じゃないらしい、と言っていたな」

「こいつだけは個人差が甚《はなはだ》しいが、それにしても、おまえは、まったくおかしな奴だよ。しかし、やらないに越したことはない」

それから長洲は本棚の上から局方葡萄酒とシロップをおろし、コップに入れて水で割ると、疲れがぬけるだろう、と二人にすすめてくれた。

周二は食欲がなかった。幻視と幻聴のあいだをさまよっていた六日間、彼は殆《ほとん》ど食べていなかった。

「明日からお粥《かゆ》が食べられるようになるだろう。三日いたら退院していいよ。つまり、縫子さんに知らせる日が退院の日だ。それから、おまえが禁断現象でのたうちまわっているところを、俺は八ミリにおさめておいたが、後日のために、現像したら見せてやろう。冷酷だと思うかも知れないが、医者はそれでなくちゃ勤まらんのだ。もちろんそのフィルムはおまえにやるよ。加山はもうすこしいるだろう？　それではおやすみ」

長洲は白衣の胸ポケットから煙草の箱をとりだし、二本だけぬきとると、周二の枕元においた。

「今日は二本が限度だ。吸っているうちに吐き気がしたら、すぐやめるんだ」

それから長洲は書斎を出て行った。

十二

「俺は冴子といっしょになるかも判らない」

長洲が出てしばらくして加山が言った。

「どういうことだ？」

周二がきいた。

「冴子は離縁されるらしい。亭主ってのが手前勝手な野郎で、女房の月給だけで手前の入院費用が払えると思っていたらしい」

「冴子は勤めていたのか？」

「会社の事務員だ。困りだしてから、薔薇夫人の妹の酒場に勤めだしたのさ。そこで一カ月勤め、薔薇屋敷にさそわれた、というわけさ」

「そうしてみると、薔薇夫人も、あの妹も、たいした女達だな」

「まあいいさ。それに俺は冴子が好きだし、いっしょになっても不都合なことはおきないわけだ」

遊びすぎてきた男にして初めて言える言葉だろう、と周二は考えた。してみると、俺が冴子と一度も寝なかったのは、いまになってみると好都合だ、とも思った。加山にはどこかに人の好さがあった。

「じゃ俺は帰るよ。今夜冴子に逢うんでな」

加山が立ちあがった。

「昼間逢ったと言っていたではないか」

「何度逢おうと俺の勝手だろう」

「それはそうだ」

「明日また来るよ」

加山は外套《がいとう》を着ると、じゃまた、と手をあげ、部屋を出て行った。周二は、加山の姿が戸の外に消えたとき、これで俺達の永かった青春も終りだろう、と思った。これで病みぬけた、といった感じもした。

それから周二はベッドに横になり、ぼんやり天井を眺めた。なにをする力も湧かなかった。ただ縫子に逢いたかった。内に激しいものを秘めながら一年間も彼を待っていた縫子が、いまの彼にはかけがえのない女に思えた。その一年間、縫子は、周二の女遊びをじっと視ていたはずであった。それが縫子をさらに女にしたのではないか、と周二は半月前ここで縫子を抱いたときのことを想いかえした。

退院したら、いちど縫子を横浜につれて行ってやろう、と周二は思った。

いまでは、終戦直後の黄金町以来、周二にとって横浜の街は、去りし日々の象徴となって生きていた。もっとも早く開けた港街で、早く開けたなりにさまざまな病毒を内蔵しながら発展した街であった。早朝のわびしい灰色の街角、霧笛、波間にゆれるランチと曳船《えいせん》、油でぎらついた運河、節くれだったプラタナスの街路樹、石だたみの道、異国人の子供達がよく歩いていた山の手の坂の多い道、そんなある年のある季節の一齣《こま》が、周二の裡《うち》でいまも息づいていた。

退院して縫子といっしょになれば、そんな横浜ともお別れであった。彼が見てきた戦争は、決して遠い世界ではなかった。坂の多い横浜の街を歩いているとき、思いがけないところで焼跡にぶつかることがあった。まだこんな場所が残っていたのか、と彼はある懐《なつ》かしさでその前に佇《たたず》み、腹を裂かれて死んで行った学友を、戦場から還らなかった数人の学友の顔を想い返した。そして日をおいて再びそこを通ったとき、その焼跡を掘って行けば、それらの学友の遺骸《いがい》が出てきそうな錯覚にとらわれた日もあった。

ある年の夏、彼はわざわざその焼跡を見に行ったが、そこはきれいに片づけられ、瀟洒《しょうしゃ》な家が数軒建っていた。彼は裏切られた気がし、もうこの街には焼跡は残っていないだろうか、とあてもなく焼跡をさがし歩いた。なぜ焼跡が彼を惹きつけたのか。戦争は決して美しくなかったのに、荒廃の跡は美しかった。そこには、無慚《むざん》に踏みにじられた自分達の世代の青春の疵痕《きずあと》があった。焼跡は消えて行くのに疵痕だけはいつまでも残っていた。

そうだ、縫子を横浜につれて行ってやろう、春がいいだろう、街路樹が芽をふく五月、そうだ、雨の日がいいかも知れない、そんなある日の午後、俺は縫子をつれ、雨に濡れて鈍く光っている石畳の道を歩き、プラタナスの街路樹がたち並んでいる通りをよぎり、港を見に行こう、山下公園わきの船だまりの近くには、うまいコーヒーを飲ませてくれる店もあった、そして中華街では、舌たらずの日本語を使う気のよい中国人のおやじが、腕によりをかけて料理をこしらえてくれるだろう、それから、あの薔薇屋敷、いや、あそこはよそう、しかし、あの家の前を通ってみるのは悪いことではないかも知れない、そして縫子と夕陽を眺めてみようか、もう夕陽は決して銅色には見えないだろう。……周二はいつしか睡りにさそわれて行った。そして彼は夢を見た。いちめん黒い薔薇に囲まれた薔薇屋敷が、亡霊のように霧の中に消えて行く夢を見た。

白い罌粟《けし》

一

寺石は傾斜のゆるい坂道をのぼっていた。陽は沈んだのに、住宅街にはまだ昼間の熱気が残っていた。

彼は、軀《からだ》がだるく、頭が痛かった。ときおり右手で後頭部を押えたり、顳顬《こめかみ》をかるく叩いたりしながら歩いていた。四カ月ほど前から、頭の芯《しん》が針で刺されるように痛むことがあった。

彼は坂道を右に折れた。そこから串田《くしだ》の家は近かった。彼はこの頃、串田の目を想い浮かべるたびに身ぶるいがした。どうしてこうなってしまったのか、寺石は自分でも判らなかった。

彼は、串田次郎と出あったとき以来のことを幾度か反芻《はんすう》してみるが、いつもある一点が切れて繋《つな》がらなかった。彼は歩きながらだいぶ毛のうすくなった頭をしきりに叩いていた。叩くといくらか痛みがやわらぐ気がした。

彼は頭を叩きながら、あれは何カ月前のことだろう、と串田と知りあった日のことを想いかえしていた。それは八カ月前のことであった。……

高等学校の数学教師、寺石修は、土曜日の午後、年末手当を要求する県高教組の臨時大会に出かけた。知事代理に要求書を手渡して県庁をでたのは暮方で、同じ方向へ帰る若い同僚の三木と電車に乗ったとき、前の坐席にいる若い男と三木が挨拶《あいさつ》を交した。

二人が挨拶を交す前に、寺石はその若い男の風貌《ふうぼう》にひっかかっていた。電車に乗り後から押されて立った目の前に、その男が坐っていたのである。その男は、美男子でも好男子でもないのに、なにかこちらを惹《ひ》きつける風貌をしていた。

三木がその若い男と挨拶を交したとき、寺石は、相手の男串田を、自分達と同じ教員かと思った。三木との話しぐあいから、二人が久しぶりで会ったことが寺石にも判ったが、三木が微笑しながら話しているのに、串田はまったく表情のない顔で応じていた。妙な男だな、と思ったとき、串田がこっちを見た。寺石は彼の目を見て、やはり妙な気がした。感情のない目、といえば当てはまらないこともなかったが、どこかそれとも違う不思議な目であった。

この日、寺石は、三木にさそわれてその海岸街に途中下車した。そして居酒屋により、彼等三人は終電車の時刻までかなりの本数の銚子《ちようし》を空けた。いちばん先に酔ったのは寺石で、彼は目の前のものが二重に見えはじめたとき、これはいかん、と思ったが、たちあがれなかった。帰らなければ、という意識ははっきりしていたが、たちあがれなかった。腕時計をみたが、数字が判読できなかった。下りの電車が十二時四十分だということも判っていたが、何度みても時計の針は四本だった。彼はそこで不意に投げやりな気持になり、同時になにか楽しい気分になった。三木と串田を見たら、三木は太り肉《じし》のマダムと声高《こわだか》に話しており、串田は姿勢を崩さずに酒をのんでいた。妙な男だな、こんなに酒をのんでいながら表情も崩れないなんて、いやな野郎だな、と思い、しかし、あいつの目はまったくいい、とつぶやきながら、寺石は崩れようとするのを懸命に堪《こら》えた。

それからしばらくして彼は、自分の軀が誰かの腕に支えられたのまでは覚えていた。目がさめたのは暁方《あけがた》で、見知らぬ洋間のソファに寝ていた。部屋の真中にはストーブが燃えており、串田がその前の椅子にかけ、サイドテーブルのスタンドのあかりで本を読んでいた。

寺石は軀をおこした。

「お目ざめですか」

串田がこう言って気軽に部屋をでて行き、やがて薬罐《やかん》とコップを持ってきた。

寺石は黙って何度も頭をさげ、薬罐の水をコップに充たし、何杯も飲んだ。

「えらく御迷惑をおかけしたようですな」

寺石は自分の醜態を詫《わ》びた。

「だいぶ酔っていらしたから、勝手におつれしただけですよ。それに終電車もなかったし。よろしかったら、おやりになりませんか」

串田はテーブルの上のウイスキイの壜《びん》をさし示した。彼はコップでウイスキイを飲んでいた。

「いや、もう駄目です。それより、三木くんはどうしました？」

「車に乗せてやりましたから、帰れたでしょう」

串田はウイスキイをつぎたしながら答えた。

ここまでは、はっきりしていた。寺石はいま、串田の家がある別荘地の奥まった住宅街の坂道を登りながら、それから後におきたことを考えなおしてみた。

再び寝入った寺石が目ざめたのは朝の十時だった。雨がふっていた。

串田の妻が食事の支度をしてくれた。

「串田は朝の六時に床にはいりましたから、午後でないと起きませんわ」

食事を運んできたときに串田の妻は言った。広い廊下が食堂になっており、寺石はそこで食事をすませた。廊下の前は庭で、その向うは崖か川らしかった。庭の右は山裾《やますそ》で、庭の左方に母屋《おもや》が建っていた。

「ここは離れ屋ですか？」

と寺石はきいた。

「ええ、串田の両親の家ですの」

灰色のスラックス姿の彼女は、食卓の向うの椅子にかけており、編物の手をやすめて答えると、再び編物に視線をおとした。陰翳《いんえい》の濃い顔立で、はりのある目が、前夜の串田の目と対蹠《たいしょ》的だった。

「御主人はなにをやっていらっしゃるんですか?」

と寺石は訊《き》いた。前夜三人で酒をのみながら寺石はそんなことも訊いていなかった。

「さあ、わたしもよくは知らないんです」

と串田の妻はもういちど編物の手をやすめ、目をあげて寺石を見て答えた。

寺石は、自分がからかわれているのかと思ったが、しかし彼女の表情は真面目《まじめ》だった。妙な夫婦だな、と考えながら、寺石はしかしそれきりで訊《たず》ねるのをやめた。

間もなく彼は、なにか妙だ、と考えながら、串田の妻に礼を述べ、傘を借りてそこを出た。

門を出てからふり返ったら、そこは大きな屋敷だった。門柱には、串田惣兵衛《そうべえ》、と書かれた大きな標札が掛けてあった。串田の父親の名だろう、と寺石は思った。亭主がなにをしているのか判らないなんて、まったく妙な夫婦だな、と寺石は数度串田の家をふりかえりながら坂道を降りた。雨の音だけがする閑静な日曜日の冬の午前だった。どこからかピアノの音がきこえ、ある屋敷ではシェパードが吠えていた。

彼は、あくる月曜日、学校へでたとき、三木をつかまえ、串田夫婦のことを話した。

「なるほど」

と三木は言った。

「なるほどって、亭主の仕事を知らない細君がいるかね」

「いや、ほんとにあの奥さんは串田がなにをやっているのか知らないんだよ」

「きみはまた妙なことを言うね」

寺石は若い同僚の顔を見て、こいつも妙なことをいうな、と思った。

「いや、ほんとだよ。俺はこう思うんだが、あの奥さんが判らない、と言ったのは、串田という人間が判らない、といった意味ではないかな。寺石さんは知らないかな、旧制中学で絵を教えていた楠木《くすのき》先生を?」

「背のひくい男だろう。会えば挨拶ぐらいはする程度の知りあいだな」

「串田の奥さんは、その楠木先生の奥さんだった人だよ」

「それはまた意外なことをきくな」

「俺も、そうくわしく知っているわけではないが、俺が串田とは戦争の頃の中学で同級だったということは、この前、居酒屋で話したな。そこに楠木先生がいた。その時分、妻を亡くした先生は、となりの高等女学校で絵を教えていた美術学校を出たばかりの女教師と恋愛して再婚した。串田は中学に入ったときから絵に興味をみせ、楠木先生の家に出はいりしていた。先生はその頃、油絵の方で新進として認められかかっていたから、新しい妻を得たのが転機となり、いい仕事をするだろう、と先生の仲間は噂していた。というのは、俺の兄貴が先生の絵の仲間だったから、その辺のことを俺もきいていたわけだが。先生が再婚したのは、俺達が五年生のときだった。先生の家には、絵を習っている生徒がずいぶん出入りしていたが、串田は絵を眺めるだけで、自分で筆をとることはなかった。それでと、そうそう、串田は、先生が再婚する一年前に、四修で高等学校に合格し、俺達の前から姿を消してしまった。あの戦争だろう。たがいにどうなったかも知らずに戦争が終り、俺は戦後二年目に、電車のなかで、角帽をかぶった串田に会った。寺石さん、この前の夜、彼の目に気がつかなかったかな？」

「いや、それなんだがね、あれは、なんだろうね。冷たいというのか、感情のない目というのか、動じない目だな」

「そうだろう。何年ぶりかで会ったら、あいつの目はむかしとすこしも変っていないんだ。半分以上が戦争にとられ、みんなぎすぎすした目をしていたなかで、あいつだけは無疵《むきず》でぐって来たんだよ。かりにあいつは戦争へ駆りだされたとしても、あの目だけは変らなかっただろうと思う。俺は、あいつが怒ったり笑ったりしたのを見たことがないんだ。それからさらに一年すぎた夏、今度は街なかで彼と出会ったが、このとき彼は、いまの奥さんをつれていたよ。その女のひとが楠木先生の奥さんだった人だと知ったのは、それからしばらく経ってからだった。そのとき串田はもう学校をやめて遊んでいた」

「すると、奥さんの方が年上というわけか」

「そう、五つばかり上じゃないかな。いわば、恩師の細君を寝盗《ねと》った男になるが、そこら辺のくわしい事情はわからん。判っているのは、かわいそうに、楠木先生の生活がひどく変ってしまった、ということだがね」

寺石は、三木の話をきいているうちに、他人ごとながら、なにか苦い気持になった。それから数日して寺石は串田の家に傘を返しに行った。


あの頃が曖昧《あいまい》なんだ、と寺石はいつも考えた。彼はいま串田の家の門の前にきていた。暮方のひっそりした住宅街の木立では茅蜩《ひぐらし》がないていた。彼は門の前でためらった。たぶん串田はいるだろう、だが俺は、彼と会ってどうするというんだ、いつものように、結局はなにも話さずに帰るしかないではないか。彼はしばらく門の前に立っていたが、やがて肩をおとして坂道をひきかえした。坂をおりながら、眩暈《めまい》がし、頭の芯が痛んでくるのを感じた。彼は右手をあげ、後頭部を叩いてみた。俺はあの日、傘を返しにここを訪ねてきたはずだったが。……

寒い日だった。

寺石は学校が退《ひ》けるとまっすぐ電車で海岸街に行き、酒を一本買って串田を訪ねた。歳末のあわただしさのなかで、やはりその住宅街だけはひっそり静まりかえっていた。

串田はストーブの前で本を読んでいた。

寺石は、過日世話になった礼を述べ、さげてきた酒をだした。

「ちょうど切れていたところです。いっしょにやりましょう」

と串田は酒をもらった礼を言うでもなく、ごくあたりまえの調子でたちあがり、コップを二つ持ってきた。

寺石は、生徒の父兄からの届物を受けたこともあるし、また、校長や県の教育長の宅につけ届けをしたこともあった。その場合、相手に礼を述べたり、また相手から礼を期待するのが常識で、そしてこのことは、たがいに、どこかで、ひそかな期待をともなって意識されていた。だから寺石は、串田から礼を言われるのを期待していた。贈物にたいしての礼とは別に、このとき寺石は、串田からなにか言葉をかけられるのを期待していた。自分でも妙だと思いながら、串田を訪ねようときめたとき、すでに、ひそかに期待していたのである。

ところが、串田は、別にうれしい様子を見せるでもなく、だされた酒を前にして表情ひとつ崩さなかった。

寺石は、なにか言葉をかけてもらいたいと待っていた自分を恥じたが、しかし相手を妙な男だと思わずにはいられなかった。そして串田がコップに冷酒を充たし、無言で飲みだしたとき、為体《えたい》の知れない苛立《いらだ》ちと嫉妬《しっと》をおぼえた。その苛立ちと嫉妬がどこから生じたのかはすぐ判った。上司に頭をさげながら教師の地位にしがみつき、因循姑息《こそく》な毎日を送り迎えしている自分が、みじめに感じられたのである。世俗にまるで関心を示さない男にたいしての妬《ねた》みであった。停年がきて退職金がいくら、恩給がいくら、とこまかく計算している自分が、ここではまったく無意味だと感じたのである。

しかし寺石は、やはり、串田が話しだすのを待った。二人とも無言でコップ酒をのんでいるとき、串田の妻が入ってきた。

寺石は、三木からきいた話から、串田の妻が三十五歳はすぎているはずだと考えていたが、しかし相手はどうみても二十七、八歳にしか見えなかった。彼女は酒のつまみをテーブルにおくと、ストーブにかかっていた薬罐の湯をつかってコーヒーを淹《い》れはじめた。

「お仕事はなにをしていらっしゃるんですか？」

寺石は串田にきいた。三木は、串田が現在なにをしているのか知らない、と言っていたのである。

「なにもしておりません」

と串田が答えた。

寺石は相手のつぎの言葉を待ったが、串田はそれきり無言で酒をのんでいた。寺石はいたたまれない気持になった。そして沈黙を破るように、自分の同僚のこと、殊《こと》に三木について語ったが、途中で、自分が相手にとり入ろうとしていることに気づいた。そして自己嫌悪《けんお》におちいり、きりのよいところで話を終えようとしたが、話はながくなるばかりだった。

そしてやっと糸口を見つけて話を打ちきったときには、自分ながらなにか白々しい感情になっていた。

「どうも酒にまかせてながながとしゃべり過ぎたようです」

寺石はそこで席をたった。彼は、自分が酒に酔って饒舌《じょうぜつ》になった、と相手に認めてもらいたかった。しかし串田はだまって酒をのんでいた。

やがて串田の家をでた彼は、数分前よりも自己嫌悪におちいっていた。これは強烈だった。コップ二杯の酒で酔うわけはないではないか、と自分の饒舌を恥じたが、もう取りかえしはつかなかった。

彼は駅前にでると、県高教組の臨時大会の帰りに三人でよった居酒屋に行った。そこで、為体の知れない屈辱感を酒の酔でまぎらわそうとしたのである。

寺石はいま、住宅街をおりてきて、八カ月前からこの街にくるたびに通いつけているその居酒屋の暖簾《のれん》をわけてはいった。天井で大型の扇風機がまわっていたが蒸しあつかった。彼は、熱い酒をくれ、と言った。ふところぐあいが乏しかったので、足りなかったら借りて帰るつもりでいた。彼は二カ月前から、月給の四分の一を天引で差押えられていた。その上さらに組合費や諸費用を引かれると、手もとに入るのは二万円前後だった。さらにその二万円のなかから、学校の共済組合より預かった金を使いこんでいる分を返済していた。同僚達が月賦でこしらえた洋服代金を共済組合の会計をしている彼が集め、洋服屋が金をとりにこないままに、彼はそれを使いこんでしまったのである。洋服屋は、月賦代金が積みたててあると思い、一度に請求してきたのである。

彼は酒をのみながら、高等学校に通っている二人の子供のことを考えた。いつものように、こうなってしまった事にたいするほぞをかむ悔恨にさいなまれたが、打開策はなかった。どうしてこうなってしまったのか、彼は幾度か考えてみるが、やはりどうしても判らない箇所があった。何度も串田と出あったときからのことを確かめてみるが、考えつくところは、ある一箇所が繋《つな》がらない、ということだった。事態ははっきりしていたが、そこにまきこまれて行った自分の位置が、なんとしても判らなかった。

寺石は、傘を返しに酒をさげて串田を訪ねてからというもの、週に一度は串田を訪ねるようになった。そして相手の内部にたちいりたいと饒舌になり、くだらないことをしゃべったことで自己嫌悪におち、そこから逃れたいとまた串田に会いに行き、だんだん救いようのない心理状態にふみこんで行ってしまった。

年を越して雪の降った日、彼はやはり酒をさげて串田を訪ねた。串田はいなかった。煙草を買いにでたからすぐ戻るはずだ、という串田の妻の言葉に、彼はあがって待つことにした。串田がなにをやっているのか不明だと言った串田の妻の言葉を、彼もやはり信じないわけにはいかなくなっていた。ところが串田はなにかをやっていた。夫婦だけとは言え、串田の生活はかなり贅沢《ぜいたく》だった。いつ行っても部屋にはスカッチウイスキイやブランデーがあったし、一本五千円はするその酒を、串田は一晩で空けていた。串田がなにを職業としているのか判らないにせよ、そうした贅沢な日常から推して、彼は親から生活費を貰っているのだろうとか、あるいは金利で生活しているのだろう、と誰しも考えるところだが、彼の妻のはなしでは、いっしょに棲《す》んでいながら串田が親きょうだいとくちを交したのをみたのは、三年前にいちどあるきりで、それも、串田が家賃を彼の母親に手渡したとき、畳がふるくなったから替えてもらいたい、と言ったときだけだったそうであった。親の家にいながら家賃を支払っている事実は、寺石にも解せなかった。いずれにしろ、串田が親から生活費をもらっていない事はあきらかだった。預金はまったくない、と串田の妻は言っていた。すると彼はどこから生活費を得ているのか、なにか人には気づかれないような仕事でもしているのか、と考えてみたが、しかし、それも判らなかった。

寺石が串田の妻からきいたところでは、串田が外出するのは週に二度ほどで、それも半日かそこらである、ということだった。

寺石はそんなことを考え、串田の帰りを待ちながら、

「串田さんは家にいらっしゃるときはなにをなさっているのですか?」

と編物をしている串田の妻に訊いた。

「さあ、べつになにかをやっているかというと、なにもやっていないようですわ。ときたま童話を読んでいるくらいなものです」

彼女は編物から目を離さずに答えた。

大の男が童話を読みながら暮していて、なにをやっているのか判らないなんて、人をくった話だ、と寺石は思ったが、しかし、串田の妻が知らないことを俺が解きあかそうとしても無駄だろう、と考えた。

一時間ほど待ったが、串田は戻らなかった。主人がいないのに長居もどうかと思った彼は、酒だけおいて串田の家を出た。

雪あかりの暮方の住宅街をではずれ、繁華街にはいるところで彼は、向うからくる串田と会った。串田は不器量な中年女をつれていた。

「途中で友人と会ったものでおそくなりました」

と串田は寺石を見て言った。このとき、女がだまって串田のそばから離れて行った。不器量でも、どことなく風情《ふぜい》のある女であった。

「これからあの坂道を戻るのもたいへんでしょう。あそこへ行きましょうか」

と言って串田は歩きだした。

雪はやんでいた。そして二人つれだって来たのが……。

いま寺石が熱い酒をのんでいるこの居酒屋であった。

あのとき、ここで、あの話がきまったのだが、俺はあのとき、なぜ、自分からあんなことを申しでたのだろうか？ そこが俺には判らないのだ。ある一点が曖昧《あいまい》で繋がらないのはそこだった。

「先生、今日はいやに考えこんでいらっしゃるのね」

と太り肉《じし》のマダムが団扇《うちわ》をつかいながら言った。

彼はそれには答えず、串田のことを考えた。客は彼だけだった。あのとき、串田は向うがわに坐り、俺はいま坐っているこの場所で、直角のカウンターをはさんで向きあっていた。そして。……

「じつは、今朝から、保証人になってくれる人を物色しているのですが、頼みに行ったさきざきで、どうしたわけかみんな留守で」

と串田が言った。

「なんの保証人ですか？」

と寺石はきいた。

「金をすこし借りたいもので」

そして彼は寺石から目を逸《そ》らすと、この雲丹《うに》はうまいな、と急に話を変え、雲丹をもうすこしくれ、とマダムに言った。

「その保証人には私でもなれますか？」

寺石は串田の横顔を見てきいた。

「寺石さんなら文句ありませんよ」

と串田が答え、こっちを見た。

「そうですか。お役に立つようでしたら、いつでも保証人になります」

寺石はなにか爽快《そうかい》な気持になった。はじめて串田と対等の立場にたったような気持がした。

「では、明日にでもおねがいしましょうか」

と串田が雲丹をつつきながら言った。

「印鑑があればいいのですか?」

「そうですね、印鑑証明書をとってもらいたいのですが」

「明日の昼すぎにとってきましょう。明日は午後から授業がないし、それに市役所の支所が学校の近くですから」

「それは有難う。それから、明日、金を貸してくれる人が、学校に寺石さんを訪ねると思いますが、かまいませんか?」

「かまいませんが……」

「つまり、貸す人は、寺石さんが事実僕の保証人になるかどうかを確かめに行くのだと思います」

「かまいません。それで、印鑑証明書は、明日お宅に届ければよいわけですか?」

「なに、明日でなくともいいですよ。いそぐわけではありませんから」

「いや、明日届けますよ」

そして寺石は、それまで串田の前で故《ゆえ》のない劣等感にさいなまれていたが、串田の保証人になる自分の申しでによってそれが解消されたような気がした。彼が保証人を申しでたことでは、串田は例のごとく礼を述べるでもなかったが、寺石はなにか重荷をおろした気分になった。

あくる日の午後、寺石は市役所の支所にでかけ、印鑑証明書をとってきた。印鑑証明書をとってきてから間もなく、小使が職員室にきて、こんな人が面会にきた、と言って名刺をおいて行った。名刺には〈丸三商事〉の四字が大きく刷ってあり、住所と電話番号のほか、名前はなかった。

寺石が表にでてみると、三十歳前後と思われる精悍《せいかん》な顔の体格のいい男が立っていた。

「私が寺石だが……」

「寺石先生ですか。串田さんの保証人の件で伺ったのですが……」

「そのことなら承知している」

すると相手の男は、なにか気ぬけがしたといった表情になり、しばらく寺石の顔をみていたが、印鑑と印鑑証明書と健康保険証を串田さんに預けておいてもらいたい、と言いのこして立ち去った。

寺石は学校が退《ひ》けると串田の家にでかけた。海岸街に降りたとき、陽はとうに沈んでいた。

彼が串田を訪ねるのは、学校の帰りが多かった。串田の家で夕食を御馳走《ごちそう》になることもあった。用もないのにしばしば訪ねて行く自分が、串田に厚かましく映りはしないか、とも思うことがあったが、串田夫妻は無頓着《むとんじやく》だった。彼がおそくまで串田と話しているときには、串田の妻は二人にかまわず、さきに寝室に入るのが常であった。

彼が足しげく串田を訪ねるのは、串田の不可解な魅力のほかに、彼の家庭が楽しくないのもひとつの原因だった。彼の妻は四年ほど前から生命保険会社の外交員をやっていた。はじめは家計を助ける理由で勤めにでたが、やがて出歩かねば落ちつけない女になってしまった。その間には地位ある男とも知りあい、仕事の面でもそれ相当の成果はあがったが、しまいには家には睡《ねむ》りに帰るだけという状態になった。彼女の帰宅はいつもおそかった。そして、夫と子供が用意した夕食の膳《ぜん》にむかうこともあれば、ときにはあかい顔で戻り、そのまま蒲団《ふとん》に入る夜もあった。そして周期的に、教師の月給がいかに低いものであるか、夫と同年輩の他の男達が夫よりどれだけ多い収入があるか、などについて家族の前で語った。見栄っぱりでおしゃべりな女であった。分相応の生活が出来ず、子供の用で学校へ出かけるときなど、よく近所の奥さんから着物を借りていた。他人の着物を借りてまで身を飾らねばならない妻の無恥を、彼は友人から注意されるまで知らなかった。朝は、彼と二人の子供が食事の支度をし、めいめい学校へでかけた。彼は二年ほど前から、妻とはめったに同衾《どうきん》しなかった。それまで週に一度か半月にいちどはあった妻との営みが、二年前のある夜から跡絶えた。そのある夜、彼が求めたら、疲れたから、という理由で素気なくことわられた。数日して再び求めたときには応じてくれたが、彼は、二十年つれそった妻の軀が急に変っているのを感じた。結婚後ある年数をへてからは惰性で続けてきた営みだっただけに、いつも情事の前後のいろあいに欠けていた。ところが妻はあきらかに変っていた。肌のにおい、濡れた目、ひくい声、そのなめらかなまるみ全体が、彼の知らない妻だった。彼は実態がつかめないままに嫉妬に苦しめられたが、問いただせなかった。その頃から、劣等感に似たものが彼の裡《うち》に蔓延《はびこ》りはじめた。自分よりすぐれた能力をもった男が、妻の軀を、こころを燃えたたせている。これは想像ではなく、彼の皮膚に感じられた。

こうしたことから、彼は、ときどき串田を想いうかべては自分をなぐさめ、串田と会って息ぬきをしていた。何故また串田が自分にとって救いになっているのか、とよく考えることがあった。動じない目、と言おうか、そんな表情のない串田が、彼にはうらやましかった。彼は、妻が変っても修羅場《しゅらば》を演じられない男であった。

串田の家についたら、串田は、前日寺石がおいてきた酒をのんでいた。

「戴いた酒をいまあけたところです」

串田はたちあがるとコップをもうひとつ持ってきて冷酒を充たし、寺石の前においた。串田は燗酒《かんざけ》をのまなかった。

寺石は、持ってきた書類をだした。

「健康保険証をどこへ使うのでしょうかね」

と寺石は書類を串田の前におきながら訊《き》いた。

「ああ、それは、もし僕が借りた金を払わなかったとき、寺石さんの月給を差押えるためでしょう。保険証の番号を控えておけば、金を貸す方では、なにかと便利なんですよ」

串田は書類と印鑑を受けとると、それを無造作に背後の棚にのせながら答えた。

寺石は酔いがまわるにつれ、平素の妻との不仲をしゃべりだした。彼は自虐におちいっていた。串田の前にでると、いつも、妙な告白本能にかられた。串田の保証人になったということで、はじめて対等の場に立った、という妙な解放感も手伝っていた。彼はいつも串田に会うと、劣等感でずり落ちそうになる自分を、絶えずいろいろな方法で持ちこたえなければならない自分を見出していた。それは一種の慰藉《いしゃ》であり、それまでの彼にはないことだった。

「あいつ、きっと、若い男となにしているにちがいないんです」

こう語りながら彼は、自分の妻が、自分より五つは若い三十九歳の妻が、その若い男と絡みあっている場面を想像した。すると彼のなかで一種の崩壊感覚がおこり、他人の前では言えない妻の軀のことまでしゃべりはじめた。自虐がたかまるにつれ彼は恍惚《こうこつ》とした状態になり、際限もなく妻のことを話した。

しかし串田の表情にはなんの変化もなかった。彼は不意に狼狽《ろうばい》し、くちをつぐんだ。あれだけしゃべった自分が憐れまれているのか、さげすまれているのか、見当がつかなかった。いったい、なんのために、こんなことを熱心にしゃべったのか。そしていつもの自己嫌悪におちいり、串田の家をでてきた。

彼は夜更けの街を駅に向いながら、いったいあの男はなんだろう？　と考えてしまった。

この日から五日間、彼は、生徒の就職先や進学先などの用に追われ、串田と会うひまがなかった。時間の余裕がなかったのは事実だったが、串田を訪ねるひまをつくることは出来た。しかし彼は多忙を理由に、しばらく串田とは会うまい、と自分に言いきかせていたのである。しかし六日目には、串田と会わねばならない自分を見た。落ちつけなかったのである。なぜ串田と会わねばならないのか、と彼は自問してみるが、答はでず、とにかく会わねば、ということだけが彼の考えのすべてだった。彼は、午前中の授業中ずうっと串田のことを考えた。

この日は当直日だったが、彼は、若い独身の同僚に代ってもらい、授業が終るとすぐ海岸街にでかけた。

駅をおりて商店街を串田の家に歩いていたら、コーヒーを碾《ひ》いて売る店から串田の妻が出てきた。

「やあ、奥さん、またお邪魔にあがりました。いらっしゃいますか？」

「ええ、おりますわ。わたしも帰るところですから、ごいっしょしましょう」

串田の妻は、はりのある目を寺石に向けて答えると、寺石とならんで歩きだした。

商店街を出はずれ、住宅街に入るところで、寺石は、あなた方は恋愛結婚ですか？　ときいた。

「さあ、どうですか……」

串田の妻はふくみ笑いをしながら語尾をにごした。

しかし美しい女だ、と寺石は彼女の横顔をちらと見て思った。

「寺石さんは、三木さんからおききになられて御存知のはずですわ」

しばらく歩いてから串田の妻が前方を見たまま言った。寺石は慌てた。

「ええ、すこしはきいておりますが……」

寺石は咄嗟《とつさ》に答えると、なにかつけ加える言葉はないか、と探したが、言葉は見つからなかった。

「わたしは、いまでも、戸籍の上では楠木の妻ということになっておりますわ。……いまとなっては、どうしようもありませんが。わたし、串田に躓《つまず》いたのです」

躓いた？　なんのことだろう、と寺石は思った。尋常な表現ではなかった。

串田の家についたら、銃声があたりにこだましていた。彼は、西側の廊下に腰をおろし、山《やま》裾《すそ》に立てた標的に向って猟銃の射撃をしていた。寺石は、串田がこっちを向いたとき、相手の非情に研《と》ぎすまされた目を見た。はじめてあった日の、あの不思議な目だった。そして、その目が、意外に虚《むな》しさを湛《たた》えているように思えた。

「これだけで終りますから」

と串田は言いながら、残りの弾丸を三発装塡《そうてん》した。

そして彼は最初の一発を標的の真中に命中させ、二発目の照準を定めた姿勢のところへ、大きな三毛猫が標的の前をのそのそ通りぬけた。このとき銃声がおこった。猫は総毛を逆立て、牙《きば》をむくと、こっちを見た。腹に血がにじんでいた。再び銃声がして猫がくずおれた。右目を射ぬかれていた。

寺石は、握りしめている自分の両掌《りようて》が汗ばんでいるのを感じた。

串田は銃を廊下におくと歩いて行き、猫の屍骸《しがい》の尻尾を持ちあげ、北側の崖から川におとした。しばらくして水音がした。彼は戻ってくると、銃をとりあげ、廊下の奥の銃架に立てかけた。寺石ははじめて見たが、そこには三挺《ちよう》の銃が立てかけてあった。銃架はガラス戸棚になっており、表からカーテンをかけるようにしてあった。

「昨日、スカッチウイスキイをすこし買ってきました。なかへおあがり下さい」

串田は先に部屋に入って行った。

部屋では、串田の妻がストーブに石炭を投げいれていた。

「いま、猫の悲鳴をきいたような気がしましたけど?」

と彼女はストーブの前で片膝をつき、夫を見上げた。

「ああ、照準して引金をひいたときに猫が入ってきた」

と串田が答えた。

「あなた、殺したの？」

彼女は夫をまっすぐ視た。あきらかに咎《とが》めている目だった。

しかし串田は答えず、棚からウイスキイの壜《びん》をおろした。

照準しているところへ猫が入ってきたのは事実だったが、しかし串田は猫を殺した、と寺石は考えた。彼は戦争を知っていたが、戦場での殺人よりも今日の串田の行為の方が怖かった。

何故だろう、と彼は考えてみた。彼は、串田が猫を射殺した行為を、ひとつの方程式のようなものだと思った。猫が方程式の軌道に入って来ただけに過ぎない、もしあのとき猫が照準点からほんのすこし逸れた場所を通っていたら、この男は自分の方程式にしたがって木製の標的を射ちぬいていただろう、何故なら、この男ははじめから銃の位置を変えなかったのだから、と寺石は考えた。だが、本当はどっちだろう？　この男は猫を殺そうとしたのか、それとも、事実、照準点に猫が入ったから殺したのか、もし後の方だとすると、猫が殺されたのは偶然であり、この男にとっては木製の標的も猫も同じことになる、とすると、もし猫のかわりに人間が入ってきたら、この男はやはり引金をひいただろうか？……

「ほんとに先生、なにか考えこんじゃったのね」

とマダムがさっきと同じ言葉をくりかえした。

「勘定をしてくれ」

寺石は時計を見ながら言った。考えてみても、家に帰るしかなかった。酒のいきおいを借りて串田を訪ねたとしても、どうにもならないことを知っていたし、また日を改めて出直そうと思った。

彼は居酒屋を出てから煙草を買った。それから駅の乗車券発売口に向って歩きながら、あれは不用意だった、と想いかえした。

寺石は、串田が猫を射殺した日の二日後に、学校で、串田の訪問を受けた。彼は午後から授業がなかったので、宿直室で寝ころんでいたとき、小使が、お客さんですよ、と言って戸を開けた。うしろに串田が立っていた。いつも串田に会いたいと思い、串田と語りたいと考えている彼としたら、串田が訪ねてきたことは嬉しかった。なにかこの男のために役立ちたいという考えが、いつも彼のなかを占めていた。それが如何《いか》なる理由によるものかは彼自身でも説明がつかなかった。

「よくいらっしゃいましたね」

と彼は喜びを隠さずに串田を迎えた。

「今日は、このあいだ金を借りるのに寺石さんの印鑑を借りたでしょう、あのとき借りた分だけではすこし不足なもので、もういちど、今度は別のところから借りたいと思いまして……」

と串田が言った。

「いや、判りました。保証人でしょう。承知しました」

と寺石は相手にみなまで言わせず、自ら保証人を申しでた。彼は、串田が先日どれだけの金を借りたのか、また今度はどれだけの額を借りるのかは訊かなかった。彼の日常生活やものの考えかたは、職業柄からいっても秩序がある方で、一面では緻密《ちみつ》な性格だった。そうした彼が、金を借りる保証人になるのに、借りる額や条件、金の使途などを訊かなかったのは、彼の不用意だったが、それよりも、そうしたことを串田に訊くのがなにか憚《はばか》られたのである。彼は、型にはまった給料生活者の実態を串田には知られたくなかった。彼はその場で印鑑をとりだし、串田とつれだって近くの役所に印鑑証明書をとりに出かけた。

証明書をとって役所を出てきたとき寺石は、あと十分で授業が終るが、三木と会って行くか、と串田にきいた。

「別に会う用もありませんが」

串田はいつもの抑揚のない声で答えた。

寺石は、このまま彼に帰られるのは、なにか物足らなかった。

「今夜あたりお邪魔しようかと考えていたところです」

「どうぞ、おでかけください」

「学期末で、生徒の親からのつけ届けがありまして、特級酒が四本もきているんです。ばかばかしい話ですが」

寺石は自嘲《じちよう》するような調子で言った。

「そんな品物なら、遠慮なく貰っておいた方がいいですよ」

この間、寺石はずうっと串田の横顔をみながら話しかけ、串田は歩いている足もとを見おろしたまま答えた。

寺石はバス道路まで串田を送った。そして、バスの停留所に向って歩き去る串田の背中から、妙に強靱《きようじん》な感じを受けた。あの強さはなんだろう？　と考えたとき彼は、串田の妻が、串田に躓いた、と言っていたのを想いだした。あのとき俺は、躓いたとは大げさな、と思ったが、しかし俺も、もしかしたら串田に躓いたのではないか、のっぴきならぬ場所に滅入りこんでしまったのではないか、とふっと思った。大げさだと考えながらも、妙な不安感に包まれたのは事実だった。印鑑証明書といっしょに印鑑と健康保険証を串田に渡したことから、こんな不安感に包まれたのかも知れない、と彼は学校に戻りながら考えた。

彼は学校が退けるといったん帰宅し、特級酒を二本さげて串田を訪ねた。

串田は、一束の紙幣を寺石の前におき、

「よろしかったら、おつかい下さい」

と言った。

寺石は、咄嗟《とっさ》のことで意味がのみこめなかった。

「今日、あれから、高利貸のところに行き、十万円を借りたのです。印鑑と保険証があったものですから、寺石さんが保証人になることを、本人にたしかめなくともよい、と向うは言っていました。これは、返さなくともよい金ですから、なにかに使ってください。五万円あります。手数料やなにかで差しひかれて手元に入ったのは八万円ですが、僕はさしあたり三万円あれば足りるのです」

「返さなくともいいというと、どういう金ですか？　いや、どういうことですか？」

寺石は腑《ふ》におちなかった。

「そうですね、簡単に言いますと、法律の盲点を衝《つ》いて借りた金です。というより、金貸しを業としている人の盲点を衝いて借りた金です」

どのような盲点があるのかは知らなかったが、返済を要しない五万円の金は寺石の気持を捉《とら》えた。彼は妻の態度から実体のわからない嫉妬に苦しめられて以来、よく県庁所在地の繁華街に一夜の歓楽を求めにでかけた。いつも金が足らなかった。五万円は大きかった。

彼は、いつものように串田と向きあって酒をのんでいるうちに、もし返済を要しないのが事実なら、もっと借りようではないか、と提案した。

「この五万円は有難く頂戴《ちょうだい》しておきます。返済を要しないことの意味を説明してくださいませんか」

すると串田は寺石の目をみつめ、

「もし寺石さんに勇気がおありでしたら、もうすこし借りてもいいですが」

と答えた。

「勇気といいますと?」

「裁判所にでる勇気です。僕は、月五分の利息を払う書類契約で金を借りたのですが、実際は、一割三分から一割五分の利息になります。そこで僕は、金を借りたら間もなく、貸金法違反で債権者を訴えてるわけです」

「そんな勇気なら、いつでも提供します」

「しかし、実際は、かなり勇気の要る仕事です。いや、裏返しにすると、勇気などというような意味不明な言葉をここに当てはめる必要はなく、理論だけでおし進められる仕事ですが」

「仕事?」

寺石は鸚鵡《おうむ》がえしにきいた。

「そう、金貸業者を踏み倒す仕事です。もしかしたら、これは、立派な職業です」

彼は最初から寺石の目をみつめたまま、一度も視線を逸《そ》らさなかった。寺石は相手の視線に耐えられず目を伏せたが、相手が自分をみているのを知っていた。俺は躓《つまず》いたのだろうか？とふっと、こんな考えがうかんだ。金貸しを踏み倒す仕事、それが職業になり得る、とこの男は言っている。いまさら、いやだとは言えなかった。この為体《えたい》の知れない男は、いったい、なにをやろうとしているのだろうか？　計算された軌道の上を歩いている男。寺石は相手をみあげ、

「やりましょう」

と答えた。そして、答えてしまったことをすこし後悔した。本当は、俺は、この男が怖いのかも知れない、いまからでもおそくないから、断ろうか……。

「串田さんはいつからそれを仕事に、つまり職業にしていられるのですか？」

「寺石さん、そうしたことは、これからの僕達の仕事に重要な意味をもつわけではありませんから、別に話す必要もないでしょう。ただ、これが立派な仕事であることを理解してもらえれば充分です。泥棒業も立派な職業だし、乞食《こじき》も立派な職業だと思います」

「すると私は、教師のほかに、もうひとつの職業を持つことになりますな」

と寺石はいくらかおどけた調子で言った。

「いや、どこまでも、寺石さんの御気持次第です。気のすすまない仕事をえらぶ必要はないんです」

「とんでもない。そういう意味で言ったのではありません」

寺石は慌《あわ》てて言った。

「もちろん、世間一般には通用しない仕事ですが」

「高利貸を踏みたおすのが、串田さんの職業だとしましても、なにかそこには正義感とかいうようなものがあり、そのためにやっているわけですか？」

「そんなものはありません。どこまでも仕事、ビジネスです。正義というのは、正しい道理とか意義とかいう意味でしょうが、世のなかに正義でないものなど無いはずです。大事なことは、いつでも健全な精神をもっていなければならない、ということです」

寺石は、串田の言うのをききながら、この男が恩師の妻を寝盗《ねと》ったこと、その女が串田に躓いたこと、恩師である楠木が串田のためにひどく変ったことなどを、一時に思いかえした。そして、この男の本質はなんだろうか、と考えてみた。もしニヒリズムの極致というようなものがあるとしたら、この男こそはそれにあてはまる、いや、ニヒリズムそのものではないか。寺石はなんとはなしにこう考えてみた。すると串田という男がいくらか判ってきたような気がした。

この日から寺石は串田に実印を預けた。実印を預けたということは、委任状一枚で串田が自由に印鑑が使え、つまりは寺石は自分の財産いっさいを串田に任せた、ということであったが、寺石は串田の方程式を信頼した。方程式ほど明確なものはなかった。数字と記号だけで組みあわせるとひとつの結果が正確にあらわれる方程式こそは、たしかに串田のいう正義であり健全な精神かもわからない。だが？　と寺石はそこで考えた。数字と記号だけで組みあわせると確実に現れるひとつの答は、それが正確であればあるほど虚しいものに思えた。

それからしばらくの間、寺石は串田を訪《たず》ねるたびに、三万、五万と返済を要しない金を受けとった。金を受けとる前に必ず金貸業者が学校に現れ、保証人承諾の事実を調べて行った。ああ、今日か明日は金が入るな、と寺石は業者が現れると一日おいて串田を訪ねた。業者は串田の棲んでいる街から四人あらわれた。そしてつぎには、寺石の棲んでいる街から三人あらわれた。気がついてみると、学校に訪ねてきた金貸業者は、串田の棲んでいる街を中軸にして海に沿って寺石の棲んでいる街に直線を引き、そこから半円をえがいた街から順次に現れた。今度はあの街だな、と思っていると、その街から新しい業者が保証人承諾の事実をたしかめにきた。それは虚しいほど狂いのない方程式だった。

しかし寺石は、共同の仕事をしている、という考えに安堵していた。はじめのうちは、実印を預けたことに不安を感じなかったわけではなかったが、方程式の方を彼は信頼した。彼はそれまで気になっていたこまかい借金を返済できたし、ふところに金があるというだけで、なんとはなしにゆとりのある毎日をすごせた。

三月に入ってから間もなく、寺石は、彼の棲んでいる街にある地方裁判所からの出頭令状を受けとった。それは、異議申立に関しての口頭審理日の通知で、債権者は丸三商事の社長である長見常雄、債務者は串田と寺石で、異議申立の訴えをおこしたのは債務者になっていた。第一回の審理日は三月八日の午後一時で、金曜日だったが、寺石は早退届をだして裁判所にでかけた。その前日彼は串田にあったとき、串田から、答弁はすべて自分がやるからそれに同調すればよい、と言われていた。

地方裁判所の三号法廷は小さな室で、入口には当日その室で審理される双方の名前を書いた黒い木札がさがっていた。

やがて一時になるというのに串田は現れなかった。相手方の長見常雄と弁護士はすでに来ており、寺石は、弁護士から、あなた方は弁護士を依頼しなかったのか、と訊かれた。自分には判らないから串田にきいてくれ、と寺石は答えておいた。弁護士は四十年輩の小男だった。

一時になり、法廷が開いた。そのとき串田が現れた。

はじめに、原告側として債務者の串田が宣誓をしてから原告席に戻った。債権者側は法廷に慣れているらしく、きわめて事務的に宣誓をすませた。つぎに裁判官が、原告から提出された異議申立理由書を読みあげた。それによると、串田次郎は、二月四日に寺石修を連帯保証人として丸三商事より金八万円也《なり》を借用し、毎月五分の利息を支払い、元金を十カ月で完済する条件で契約したが、第一回目の返済期日になり元利合計額を計算したところ、実利は五分を超える額になる、これでは約束が違うから支払いに応じられない、ということであった。裁判官が以上のことを述べ、では原告串田次郎は陳述をするように、と言った。

串田は席をたつと、右手の一枚の紙片を見ながら陳述をはじめた。

「僕は丸三商事に十万円の借用を申しこみ実際に手にしたのは八万円です。内訳は、十万円のうちから、第一回目の返済額一万五千円を棒引きされ、さらに、手数料、公正証書作成料と称する名目で五千円、計二万円を棒引きされたのです。最初、丸三商事が示した条件というのは、十万円を借りると、毎月一万五千円あて十回で返済するから、合計十五万円となる、五万円が利息だから、これを十で割ると月に五千円、したがって月に五分の利息となる、ということでした。ところが、これは、あきらかに丸三商事の詐術行為でした。彼等の言うように元金を毎月一万円返済すると次回からの利息は残りの元金にかかるわけですから、当然低額になるわけですが、十回均等に五千円の利息を要求するのはおかしいではないか、また、十万円を借りた瞬間、僕がすぐ第一回目の賦金を返済するのは、一カ月金を使わずに、つまり僕は十万円を借りる約束をしただけで彼等に利息を支払わねばならない、これは如何なる理由によるものか。

利息制限法の四条によりますと、人民相互の契約では礼金や棒引きは禁じられていますから、相手が僕を欺したことはあきらかです。そこで僕は、僕が手にした八万円が、丸三商事から借りた額だと解釈します。かりに僕がこれを、相手方の言うように毎月一万五千円あて返済するとなると、第一回目は、八万円の五分、四千円が利息で、一万一千円が元金ということになります。二回目は、残りの元金六万九千円の五分である三千四百五十円が利息で、一万一千五百五十円が元金ということになります。こうして返済すると、六回までが一万五千円で、七回目は五千五百円、元利合計九万五千五百円で完済ということになります。ところが、相手方の言うように支払うとなると、それ以後の三回分四万五千円と七回目の差額九千五百円とあわせて五万四千五百円を、僕は理由もなしに支払うことになります。僕は、相手方に、五万四千五百円もよけいに支払う理由を見つけることが出来ませんでした。ここに元利合計額を計算したのを提出しますから御審理ください」

そして串田は席を離れて裁判官の前に書類を提出した。

つぎに相手方の弁護士が立ち、串田に質問をはじめた。

「原告に訊ねますが、原告がただいま被告から八万円を借りたと述べた金額に間違いはありませんか?」

「間違いありません」

「ここに、原告が記入した十五万円の借用証書がありますが、しからば原告は、なにゆえに、八万円しか借用しないのに十五万円の額を記入したのでありますか？」

「それは、あなた方から、元利合計が十五万円だから、そのように記入してくれとのことで、記入したにすぎない。さっき述べたあなた方の詐術にかかったのです」

「原告が十五万円を被告から借りたことはあきらかです。これは単なる消費貸借でありますから元金を記入したものです。しかるに、原告が主張する八万円を裏づける事実はなにもありません」

「僕は、借りた当日十万円の内訳を記した伝票を、丸三商事の社長である長見氏から受けとっております。それによると、第一回目の返済金一万五千円と五千円の手数料をさしひかれた八万円が記入されております。あなた方としたら不用意なものを僕に渡したということになるでしょうが」

そして串田は、上衣の胸ポケットから一枚の紙片を取りだし、裁判官の前にさしだした。寺石はこのとき、相手の長見の表情が変ったのを見た。

しかし弁護士は質問を続けた。

「その伝票の真偽につきましては改めて調べるとしまして、ここに、原告がたしかに被告から十五万円を借りた事実を示す公正証書があります。これは、原告が被告から十五万円を借りた二月四日の翌日、つまり五日に公証役場で作成されたものであります。公正証書は当事者同士の協議なしには作成できませんが、原告はこれをどのように解釈しますか？」

「僕は公正証書の作成には立ちあっておりません。だいいち、そんなものが僕の知らないうちに作られたなど、いまはじめてききます。それを見せてください」

裁判所の書記が、弁護士から公正証書の謄本を受けとり、串田に手渡した。串田はそれに目を通してから、被告に質問したい、と裁判官の許可を求めた。そして彼は弁護士に質問をはじめた。

「被告は、金融業を営んでいるのですね」

「そうですが……」

「すると、金融業という以上は、金銭を任意の者に貸しあたえて利息をとる、つまり商品を売って利益を得るのと同じ行為ですね？」

「そうですが……」

「すると、金融業は商行為ですね？」

「そう解釈されますが……」

このとき寺石は、弁護士が不意に狼狽した表情になったのを見た。

「そうしますと、さっきあなたが言った消費貸借だから利息をつけない元金の額だけを記入した、という事実と違うではないか。そしてこの公正証書には、長見常雄が個人で串田次郎に十五万円を貸しあたえた、ということになっているが、金融業丸三商事の看板を掲げておきながら、公正証書には金融業を営んでいる肩書はなにひとつ記《しる》されていない。これは如何なる理由によるものか。ここには、長見氏が串田次郎に十五万円を貸してやった、ということだけが記入されており、元金にたいする利息は記入されていない。これでは十五万円を無償で貸しあたえたことになる。そして、貸した金額だけを期日までに取りたてるが、もし期間までに完済しない場合は延滞利息として日歩三銭の割合で利息をとる、と記入されている。この公正証書によると、たしかに僕は十五万円を借りたことになる。ところが、これでは、長見氏は丸三商事という金貸しの看板をかかげて一方では慈善事業を営んでいることになる。これで質問を終ります」

串田が着席し、代って弁護士が再び質問をはじめた。

「この公正証書は、あなたと連帯保証人の協議を得てはじめて作られた書類です。したがって原告は、被告から十五万円を借用した事実は認めますね?」

「ところがその公正証書には、債務者および連帯保証人を、印鑑証明書によって確認した、と記されています。あなた方は二通の印鑑証明書の紙きれと協議したにすぎない。紙きれと協議するからには、金額はどのようにでも記入出来る、と解釈してもよいわけです」

このとき、十数人つめている傍聴席から、かるい失笑がおきた。

「原告は、いずれにしろ、被告から金銭を借用した事実に間違いはありませんね？」

「僕は、金を借りたから、そしてその元金に不当な利息がついているから告訴したのです」

このとき再び傍聴席から失笑がおきた。弁護士はあかくなっていた。

「借用した金の使途を説明してください」

弁護士は権威をとり戻すような調子で言った。

「あなた方は商品を僕に売った。僕がそれをどのように使おうと、あなた方の関係したことではない」

「原告は無職ということになっていますが、無職であるからには、例えば商売をして利潤をあげるとかの目的で、つまり借りた金を有効に使用するために、借用を申しこんだのだと思います。もしそうでなかったら、借りた金をどういう方法で返済するのか、まったく不明です。その意味で金の使途をきいているのです」

「あなた方は、返してもらえると判断したから貸したにすぎない。僕がそれをどのように使ったかを、いちいちあなた方に報告する義務がありますか？　本日ここで問題にしているのは、不当な利息についてであり、金の使途がどうのこうのということではない」

「無職とは、まったく職業をもっていないということですか？」

「あなたに何度いえば判りますか。これは刑事裁判ではない。でもまあ、答えておきましょうか。僕の職業は、無職という職業です」

再び傍聴席でわらいがおこった。

弁護士は裁判官の方を向くと、これで質問を終ります、と言った。

「原告が不真面目な態度で法廷にのぞみ、無職が職業であるなどの如き、常識では考えられない答弁をしたことは、おききの通りです。したがって、原告の申立には信憑性《しんぴょうせい》が皆無といってもよく、却下を希望します」

しかし裁判官は弁護士の申し出をとりあげなかった。そして次回の審理日を一カ月後に決めて閉廷した。

寺石は、裁判所をでてからも、法廷での串田の態度に驚き興奮していた。串田は足もとを視つめて歩いていた。葉の落ちつくした桜並木の坂道をおりて行く彼の姿はむしろ孤独に見えた。

寺石は彼に追いつき、御苦労さまでした、とねぎらった。

「法廷に提出した伝票ですか、用心深い金貸しが、よく出してくれましたね」

「保証人に見せるんだから、と言ってもらったのです」

串田は淡々と答えた。

「あの弁護士は完全な敗けをとったわけですが、結果はどうなりますか？」

「もちろんこちらの勝ちです。その場合、法定利息を払うことになるでしょうが、僕は、元金を二十年がかりで返す予定を組んでいるのです」

「やはり返すんですか」

「いや、あまりながくかかると、そのうちに向うがあきらめてきます。八万円の元金、という事実を、向うも認めないわけにはいかないから、今度は新しい公正証書を作る、と言いだします。しかし僕はそれには応じないわけです。さっきの公正証書はもう効力がありません。というのは、印鑑証明によって当人であることを確認した公正証書は無効である、という判例が出ていますから。ところで寺石さん、ひょっとしたら、長見は、あなたに示談を申しこみに行くかもわかりません」

「私のところへですか?」

「僕のところに来ても、はなしにはならんからですよ」

「その場合、どうすればいいでしょうか?」

「それは寺石さんの御判断におまかせします。それから寺石さん、最近開業したばかりの高利貸が一軒あり、そこから大口を引きだしたいのですが、そう、五十万円ほどを計画していますが、寺石さん、やりますか? もちろん山分けです」

「よろこんでやりますよ」

寺石は、法廷での串田の態度を想いかえしながら答えた。

「いままでは、一回に十万円しか引きだせなかったのです。担保なしの保証人だけでは、それが限度でした。それを超えると担保が要るのです」

「担保？」

「そうです。担保になる物件が要ります」

「串田さん、今日の法廷からみますと、かりに、なにかを担保に入れても、それを取られてしまうことはないでしょうね？」

「そうですね。うまく行けば、相手に一文も返さずに済むでしょう。利息制限法違反で相手を検事起訴にし、相手がたちあがれないようにすることも可能です」

「すると、一種の社会正義のための闘い、ということになりますか」

そして寺石は串田の横顔を見た。事実彼のなかでは、このとき、社会正義のために高利貸と闘う、という考えがふっと思いうかんでいたのである。

「いや、そうした考えは困ります」

串田はきっぱり言った。

「では、なにか他に？」

「なにもありません。社会正義というのがあるのかどうかは知りませんが、これはどこまでも仕事、職業として事務的に考えて下さい。人間は、人間自身が考えているよりも、はるかに醜く卑劣で、弱くつくられているものだと思います。われわれは金を得る目的で高利貸を踏み倒すのです。どこまでもビジネスとしてお考えくださらないと困ります」

寺石はこの間ずうっと、右側を歩いている串田の横顔を見ていた。冷たい輪郭といえばそうも思えたが、要するに串田から受ける感じはいつもと同じだった。新規開業の金融業者から金を借りだすのに何を担保に当てるかは、串田がそれを話しだしたときに、彼のなかでほぼ決っていた。しかし、担保に入れた後、担保物をとられてしまうようなことにはならないか、という危惧《きぐ》はあった。彼は、自分の危惧を、串田の方程式のような生きかた考えかたと比重にかけてみた。そして彼は、すでに串田から返済を要しない二十万円ちかい金をもらっている事実と照らしあわせてみて、串田の方程式に自分が傾いているのを見出した。

そして寺石は、しばらく黙々と串田と並んで坂道を降りた。やがて坂道を降りつくして商店街に出るところで、寺石は、串田さん、とよんで立ちどまった。

「百四十坪の土地つきの四十坪の家では、担保としてどうでしょうか?」

「充分ですね。その土地の時価はどのぐらいしていますか?」

串田は、通りの向う側の高い建物を見あげて立ったまま訊き返した。

「現在、坪八千円台にはなっていると思いますが」

「では七十万円か八十万円はひきだせるでしょう。ちょうどいいですから、いまから登記所に戻り、その土地家屋の謄本をとって戴けますか？」

そして彼は、はじめて寺石をふりかえってみた。

「そうしましょう」

寺石は答えながら、担保の件では一日考えるつもりでいたのに、有無を言わさない串田の出方にたじろいだ恰好になった。そして、かるい後悔の念に駈《か》られながらも、一方では、いや、この男の方程式は確実なのだ、と考えた。

そして寺石は、近くの喫茶店で待っているという串田をそこに残して、裁判所の構内にある登記所に向った。

彼は坂を登りながら考えた。もしあのとき、あの男が顔をあげてこっちを見なかったら、今日はこれから用事があるので、後日、そう、数日してから謄本をとるから、と断れたのに、あの目が俺をがんじがらめにしたのだ、土地と家屋を担保に提供すると言いだしたのは俺だ、あの目は、おまえは自分の言いだしたことを履行しなければならない、と迫っていた目だった、あの感情のない目といおうか、あの目は、あの男の武器なのかも知れない。

彼はまた、串田から、いちどとして保証人になって欲しいとか、担保物を貸してくれとか頼まれたことがなかったことに、はじめて気づいた。妙だ、俺はいつも自分からそれらのことを申し出ている、あの男はいつも、俺に考える余裕をあたえてくれない、どこか俺に狂ったところでもあるのだろうか?

このとき彼は、串田が、猟銃の照準点に入ってきた猫を殺した日の光景を鮮かに想いかえした。すると彼のなかで、俺はあの男の照準点に猫のように入ってしまったのだろうか? という考えが閃《ひらめ》いた。もしそうだとすると……。彼は裁判所の前でたちどまった。左側がさっき出てきた地方裁判所で、右側に登記所のくすんだ木造の建物があった。彼が立っている道の両側には、司法書士の看板を立てた代書屋が並んでいた。

このとき背後から、

「寺石さん」

ともの静かな声がした。寺石はその声の主を串田だとすぐ判ったが、どうしたわけか、ぞっとしてうしろを振り向いた。

「忘れていましたが、印鑑を僕が預かっているのです。代書屋で謄本下附願を書いてもらわねばなりません」

そして串田は左右を見まわすと、空いている代書屋を見つけ、寺石をうながした。寺石は串田の後に従いて代書屋に向いながら狼狽した。この男とちがって俺はいつもすこしの喜怒哀楽にも表情が変る。彼は、途々《みちみち》自分が考えてきたことが串田に見抜かれてしまったような気がした。

そして寺石は、代書屋に入り、司法書士に土地家屋の所在地と坪数を口述しながら、自分が崩壊して行くのを感じた。しかし一方では、串田の正確無比な方程式を信じようと努めた。

あそこでとどまるべきだった、と寺石は電車にのったとき、当時を想いかえした。あくる土曜日の午後、丸三商事の長見常雄が学校に訪ねてきたとき、俺は内心ひやりとしたものだった、高利貸が訪ねてきたことにひやりとしたのではなく、串田の予想が的中したことに、俺はひやりとしたのだが。……

訪ねてきた長見常雄は、はじめから鄭重《ていちょう》な態度を示した。肥った軀を折りまげ、いくども頭をさげた。貧乏人に金を貸しあたえ高利を貪《むさぼ》っている者の態度ではなかった。寺石は相手の鄭重さを警戒した。串田の予想した通り、示談にしてもらえまいか、と長見は言った。

「その話なら、串田さんのところに行くべきでしょう」

と寺石は突っ放した。

「ところが、それが、そうは行かんのです」

長見は、いかにも弱った、といった表情をみせた。

「どうしてですか？」

「はやい話が、失礼ですが、先生は、あの串田という男に利用されているのです。私もながいことこの商売をしてきましたが、金を貸してやり、しかも一文も返してもらわずに訴えられたのははじめてですよ。返してくれなかったり、こげつきになったのを、私の方から訴えたことはずいぶんありますが」

長見は狡猾《こうかつ》そうな目を細めた。

「それで示談というのは？　もっとも、私がきいても仕方ありませんが」

「もし、先生のちからで、あの男が訴訟をとりさげてくれるなら、あの男からは八万円の元金だけを返してもらい、それもいちどでなくて結構ですが、それから先生には、私から、すこしばかりですがお礼をさしあげたいと、まあ、こんなつもりでいるのです」

寺石にしてみれば、この長見の申し出は、串田の方程式の正確さを裏づけることにしかならなかった。長見の言うように、金を貸してやり、しかも一文も返してもらわずに、その上訴えられ、そして貸した方が頭をさげて示談を申しでている。寺石はいまさらながら串田を不思議な男だと思った。

「やはりその話なら、串田さんにじかに会われた方がいいですよ」

「しかし、先生、あの男が、簡単に示談にのってきますかねえ」

「しかしあなたは、元金だけを返してもらうよりも、争って法定利息だけでも取った方が有利でしょうが？」

「それはそうですが、しかしそうなると、訴訟がながびきそうなので。じつは、弁護士とも相談したのですが、あの男は法律にかなり詳しいし、もしあの男が訴訟をながびかそうと考えたら、二年や三年はながびかせられる、ということで、それなら私の方は無利息でも早いうちに決着をつけたい、というのが本心です」

「しかし、串田さんは、あなたが言うように法律に詳しい人ではないらしいですよ」

寺石は何気なくさぐってみた。彼は、串田の方程式の正確さを、さらに他人から固めてもらいたかった。

「いや、そんなことはない。弁護士が言うには、はじめて公正証書を見て、いきなりその不備をさがしだすなど、かけ出しの弁護士には出来ないことだそうですよ」

「とにかく、私に相談されても、どうにもならんな。これから私も串田さんを訪《たず》ねるところだから、いっしょに行って串田さんに会いなさいよ」

「そうですか。私は、一軒よる所があるので、あとから伺いますが、ひとつ、先生からさきに話しておいてくださいませんか。示談にのるように、すすめてみてくださいよ」

「話すだけ話してみましょう」

と寺石が答えると、長見は来たときと同じように鄭重に頭をさげ、校庭を横切って帰って行った。

それから三十分後に寺石は学校をでた。その足で海岸街につき、串田の家に行ったが、串田は留守だった。朝から出かけているとのことだった。寺石は、前日の夕方、ある金融会社の社員が家と土地を見にきたのをおもいだし、串田がそこへ行ったのだろうと思った。

彼は串田の妻が淹《い》れてくれたコーヒーをのみながら、廊下の銃架をみた。ガラス戸のはいった棚のなかで、西陽《にしび》を受けた銃身が冷たく光っていた。

「串田さんはときどき猟に行かれるのですか?」

寺石は串田の妻にきいた。

「いいえ。串田が猟に出かけたのを、わたしはまだ一度も見たことがありませんの」

彼女はストーブの前の椅子にかけ、器用な手つきで煙草をのんでいた。

「それで銃をおいてあるのですか?」

「ええ。わたしも、串田が猟もしないのに、なぜ銃をいじっているのか、本当のところは判らないんですの。寒くなってきましたわね。閉めますから、なかへお入りください」

彼女の言葉で、寺石は廊下の椅子からたちあがり部屋に入った。

やがて串田の妻は廊下と部屋のさかいの障子を閉めた。ソファがおいてあり、ストーブがおいてあったが、そこは和室で畳の代りにコルクを敷き詰めた部屋だった。

「いちど串田といっしょに猟銃店にでかけたことがあり、その後そこのお店の御主人と道でお会いしたとき、串田の銃の腕前がたしかだということをきいたことがありますが、あのひとは、一度も猟にでかけたことがありません」

「どういうことですかね、それは?」

「いっしょに棲んでいながら、こんなことを言ったら、寺石さん、おわらいになるでしょうが、わたしにも判りませんのよ。あのひとは、あるところまで行くと、自分の内部に立ちいらせないひとなんです。そのかわり、わたしの内部にも、串田は決して立ちいろうとはしません。変なはなしですが、本当のことですの」

寺石は、串田の妻の言うのをききながら、奇異な感情になった。そして、もしかしたらこの女は内心では楠木のもとに帰りたがっているのではないか、と考えてみた。

「串田さんを冷たい人だと言う者もいますが、本当はどっちなんでしょうか?」

と寺石は思いきってきいてみた。

「それは三木さんですの?」

「ええ、まあ、誰ということもなく、なんとなくそんなことを耳にしているもので」

「さあ、わたしにも判りませんわ。十年近くもいっしょに暮してきて、自分の夫が判らないなんて、ほんとに妙だと思いますわ。わたし、ときどき、もっと人間のにおいのする世界に帰りたいと思います。ずいぶん変なことを言うとお思いでしょうが、あのひとと暮していると、そんなことを考えます。素直に喜んだり、ときには怒ったりする世界が、どんなにいいだろうか、と考えるのです。もし、わたしが街の喫茶店で他の男と逢引でもし、偶然そこへ串田が入ってきたとしても、彼はなにひとつ言わない男ですわ。よくヨーロッパの小説などで、夫婦が個人の立場を尊重して、妻が他の男と恋愛しても夫が干渉しない、というのがありますが、わたし、はじめは、串田がそんな考えかたをしているのかと思いましたの。ところが、そうではなかったのです。それなら串田は無関心なのかというと、いいえ、あのひとは、ちゃんと眺めているのです。ですから、わたし、ときどき、愛し甲斐もない、憎み甲斐もないとなると、なにが夫婦のあいだを支えるのだろう、と考えることがあります。つまらないことをおきかせしてしまいましたわね」

「いいえ、そんなことはありません。奥さんはいまでも絵をやっていらっしゃるんですか？」

「串田といっしょになってから描けなくなりました。串田といっしょになり、数年はやっていたのですが……」

そして彼女はふっと庭の方に視線を逸らした。障子の真中にはガラスが嵌《は》めこまれてあり、そこから庭が眺められた。

「色彩が虚しいものに見えてきた、と申しあげた方が適当かもしれません。こんなことを他人《ひと》さまに話すのははじめてですが」

彼女は庭の方を見たまま話しだした。

「ここへ来たのは五月でした。そのとき、そこの廊下先のすこし向うから、山裾にかけて、白い罌粟《けし》の花が一面に咲いていました。他の色はひとつもなく、全部が白でした。彼はその時、白の種だけを蒔《ま》くのだ、と言ったのです。白は眺められるが、他の色は飽きる、とも言いました。それからわたし、毎年五月がくると、その白い花を油絵に描いてきましたが、どうしてもうまく出来あがらないのです。そして四年目の五月、再び白い花を前に画布に向ったとき、その白い花が串田に見えてきました。わたし、花を視つめながら、彼に躓《つまず》いた、とはっきり感じたのです。四年間、彼の愛を得ようと努めてきた自分の姿を発見したのです。彼は四年前と同じでした。紅や紫の花をたちいらせない男だと知ったのです。彼が人間の生存の虚しさを知りつくした男だとは思いませんが、以来、いつも、そんな感じがしているのです。うまく言えませんが、あのひとは、ものごとを眺めるだけの目しか持っていない、そんなひとです」

寺石は、この夫婦の世界をなにか怖いと感じた。

「ことしも、五月になると、そこら一面に白い罌粟が咲きますから、ごらんになれます」

そして串田の妻は外の方に耳をすましていたが、帰ってきたようですわね、と言うと、茶を淹れる用意をした。

串田は、途中でいっしょになったらしい長見をつれて帰ってきた。彼は長見に椅子をすすめると、用件だけおっしゃってください、と言い、棚からウイスキイをおろして飲みだした。串田の妻は茶を淹れると奥の方にひっこんでしまった。

長見が寺石をみて、話してくれ、と言った。寺石は、長見から言われた通りに串田に話した。

「なるほど。示談ですか。条件をききましょうか」

と串田が言った。

「条件？　条件はいま寺石先生がおっしゃったあれが条件ですよ」

長見は意外だという表情をみせた。

「それなら法廷できめればよいでしょう」

「いや、そこですがね、串田さん、私が法廷であなたの言い分を認めるとなると、いろいろな面で困るのです」

長見は揉み手しながら言った。

「たまには困ってみるのもよいでしょうが」

すると長見は黙ってしまった。

「話はそれだけですか？」

「まあ、ひとつ、相談に乗ってくれませんかね」

長見はやはり揉み手しながら言った。

「おことわりしておきましょう」

と串田は相手から視線を逸らした。

「しかし、串田さん、あんた、なにか知らんが、強気でいらっしゃるようだが、私の方は、大蔵省から月九分までは利息をとってよいと許可を受けているんですよ。私の方で頑張れば、期間をきり、あんたから元金に九分の利息をつけ、さらに延滞利息も取りたてられるんですよ。だが私としたら、かどを立てずに事を運びたいから、こうして相談にあがっているのです」

長見は興奮していた。

「なるほど。いいでしょう。どうぞおやりください。とれるものなら、取ってみてください」

「あんた、私の言っているのが嘘だと思っているのか！」

長見は声を荒《あら》げた。

「本当だと思います」

串田は笑っていた。寺石がはじめてみる笑いだった。その笑顔はどこか童顔のようなところがあった。

「それなら、なにが不足で私の条件に応じないんですか」

長見は声をやわらげた。

「あなたと契約した十ヵ月返済の金額ですが、計算してみたら、一万五千円の内訳は、十万円の利息が月に九分で九千円、残りの六千円が元金ですね。だが、あなたは、利息が月五分だと言った。いままで、そうして借りにきた人を欺《だま》してきたわけでしょう」

「それは串田さん、貸す方としたらなるべく低利にみせたいですよ。ま、ひとつ、元金だけを返済してもらう私の気持をくんで戴き、ここで手を打ってくださらんかな」

「政治家やヤクザじゃあるまいし、あなたが独りで手を打てばよいでしょう。あなたは、僕の印鑑証明書と協議して勝手に公正証書を作った。こんども勝手に独りで手を打ちなさい。とにかくこの話はおことわりします」

「じゃ、どんな条件なら応ずると言うんだね！」

長見の顔に血がのぼった。

「条件は、長見さん、あなたの方が示すんです。訴訟を取りさげてくれ、と言っているのは、あなたの方です」

「私は元金だけを返してもらう条件を示したではないか」

「それではおことわりします」

「まさか、あんた、元金までまけてくれ、というわけではないでしょう？」

「それです。あなたは元金を五万四千五百円まけて、二万五千五百円にしなければならない。あなたは、僕から、五万四千五百円もの金を理由もなく取りたてようとしたではないか。今度は僕があなたから理由もない金を取りたてても、すこしも不合理ではない、と思いますがね」

「あんた、私を脅迫しているのか！」

　長見が怒鳴った。

「僕は他人さまを脅迫したことはないですよ。手数料、公正証書作成料と称して五千円もふんだくっているあなただ。消費貸借という名目で、年に何千万円もの税金のがれをして肥った豚《ぶた》、それが丸三商事の社長である長見常雄氏です。この貪慾な豚の肉を、今度は僕が少々かじる番ですよ。だいぶ肥っていらっしゃるし、僕は遠慮はしないつもりです」

「そんなことが出来ると思っているのか！」

「出来るか出来ないか、やってみることですね。それより、あなたに、いいものをお見せしましょう。あなたにとっては大事な品物ではないか、と思います」

　串田は席をたつと、戸棚から大きな茶封筒をとりだしてきて、それを長見に手渡した。

「なかを御覧ください」

　と串田は言った。長見は封筒の裏や表をかえして見ていたが、やがて中から取りだしたのは、八ツ切大の二枚の写真だった。同時に彼の目が大きく見開かれ、為体《えたい》の知れないさけびがくちをついて出た。

寺石がそばによってのぞくと、写真の一枚は、丸三商事の帳簿の表紙で、もう一枚は、帳簿の中身の損益計算書であった。

「それは、丸三商事の二重帳簿のうち、二枚だけをうつしたものです」

と串田が言った。

「あなた、どこからこれを！」

「落ちついてきいて下さい。あなたは去年一年で、百万円の利潤があがった、と税務署に報告するために、あなたの実弟である計理士と組んでいるが、その裏口帳簿によりますと、延べ三千万円の金をふるに回転して、二千万円の利益をあげているようですな。複利計算をすると、もっと利益があがっているはずだが、この帳簿によると、それしかあがっていない。三重帳簿があるのかも知れないが。その写真はお持ちかえりくださって結構です。僕は帳簿の写しを、つまりフィルムを百十五枚持っております。ふるい言いかたですが、そのフィルムを、あなたに買って戴かねばなりません。もしあなたが、僕から、五万円以上もの理由のない金を取りたてようとしなかったら、僕もこんなことはしなかったでしょう。向う三日間のうち、そのフィルムの売買値をとり決めたいと思います。それが過ぎたら、僕はフィルムを税務署に提出します。いまの税務署が密告料を出すぐらいはあなたも御存じでしょう。それから、このフィルムの売買値がきまらなかった場合は、フィルムを税務署に提出すると同時に、あなたと、あなたの奥さんを、公正証書不実記載の犯人として検事告訴にもって行きます。あなたの奥さんは、あの公正証書を作成したときの証人になっている。話はこれだけです。では引きとって戴きましょうか。御返事は、三日後の午後四時まで待ちます」

そして串田は席をたつと、奥の部屋に入ってしまった。

寺石は、写真を持っている長見の両手がふるえているのを見た。やがて長見は、二枚の写真を封筒におさめると立ちあがり、寺石を睨《にら》みながら部屋を出て行った。寺石は、玄関をでて行く長見の呟《つぶや》きを聞きとったが、それは、彼が生まれてはじめてきく呪詛《じゅそ》に充ちた言葉だった。長見が出た後、寺石は、串田がいままでどんな仕事をしてきたのか、ほぼ想像できた。しかし、具体的にどんな仕事をしてきたのかは、まるで見当がつかなかった。

しばらくして串田が出てきた。

彼は右手につかんでいた札束をテーブルにおくと、お納めください、と寺石を見て言った。

「数日かかると思っていましたが、昨日のうちに話がきまり、今日の午前中に抵当権が設定できました。向うは開業したばかりで、金を貸すのをいそいでいたのです。貸して利息をとらないことには、向うも商売になりませんからね。手数料だけとられて棒引きはありませんでした。七十万円のうち、手数料を二万円とられ、六十八万円です。半額の三十四万円です。いずれこの連中も、公正証書をでたらめに作るでしょう。借用証書は九十五万円になっていますが、実際は六十八万円ですから、これは額が大きいだけに、告訴ははじめから公正証書不実記載で持って行きます」

「串田さん、六十八万円しか受けとっていない、という証拠がなにかありますか?」

「例によって伝票をもらってきました。それに、公正証書作成は、いずれこっちが知らないうちにやるでしょうから、いままでと同じように訴えられます」

寺石は無言で札束をカバンに詰めながら、自分の手がかすかにふるえているのを見た。俺も串田に躓いたのでなければよいが……しかし一昨日の法廷といい、ついさっきの長見とのわたりあいといい、すべては方程式のように明確ではないか、それに俺は一文も損しているわけではない、反対に彼から六十万円を上まわる返済を要しない金を貰っているではないか、それがすべて印鑑ひとつで可能になった〈仕事〉だった、もし俺が躓いたとすれば別の意味でだ。

「おやりになりませんか」

と串田がウイスキイを注いでくれた。

「あのフィルムはどこから手に入れたのですか」

「あれは、丸三商事の女事務員からです。子供をひとりかかえた未亡人で、いま帰って行った男の妾《めかけ》です。月給のほかに毎月三千円の妾料をもらっている人です。三カ月前のことですが、その女は、そばめ奉公がいやになり、適当な時機に鞍替《くらが》えしようとしていた頃だったのですが、そのとき僕は彼女と偶然知りあいました。それからつきあいがはじまりました。今年になり、僕は一日がかりで彼女に写真の接写撮影をおぼえさせ、一カ月かかって帳簿をうつし終えたのです」

串田は淡々と語った。

寺石は、いつか串田を訪ねたが留守で、串田の妻と話してからの帰りに、途中で串田と出会ったときのことを想いだした。あのとき串田が連れていた不器量な女が、その事務員ではなかったか、と思った。不器量だったが、しかしそれなりに中年女の美しさがにじみでた風情《ふぜい》のある女であった。

寺石は、自分の家がある街で電車を降り、急に空腹をおぼえた。彼は駅前の蕎麦屋《そばや》に入った。あそこまではよかったのだ、と彼は四カ月前に三十四万円を手にしたときの興奮した自分を想いかえした。よかった、ということはないが、とにかく俺はあの男の方程式のなかに安住していたのだ、持ちつけない大金を手にしたとき人間がいかに卑しくなるか、俺ははじめて知った、すでに馴染みになった歓楽街には五日とあけず出かけていたし、教師がそなえていなければならない良識も忘れて無謀にも女を囲いたいなどと考えはじめていたのだ。……

寺石は三十四万円をもらってから四日後に、串田からさらに四万円を受けとった。それから九日間のうちに二度、四万円を受けとった。

最後の四万円を渡されたとき串田から、

「金融業者が気づきだしたので、ここら辺でこの仕事は終りにします」

と言われた。

寺石は、終りだ、と言われてみると、なにかあっけない気がした。

「寺石さん、どこまでもこれが仕事であったことを忘れないで下さい。寺石さんは、僕の仕事の協力者ではあったが、仕事のくわしい内容は知らなかったのです。もしそれを忘れると、寺石さんはとんだ禍《わざわい》を招くことになりますから」

「それはどういう意味ですか？」

「意味なんてありません。仕事であったことを忘れないで戴ければ、万事はうまく行く、ということです。あとは、この前のように法廷にでることだけが残されています。そして、法廷にでるのも、仕事のうち、とお考えください」

寺石は、法廷にでることだけが残されており、それも仕事のうちの一つだ、と串田から言われていたが、まさか三日とあけず裁判所から呼出状がくるとは考えていなかった。串田は、借りた先の十三軒の金融業者を全部同じ方法で告訴していたのだった。

串田と丸三商事とのあいだにどのような話がついたのか、長見は法廷にでてこなかったが、寺石は四月にはいり二週間のうち五回法廷にでた。はじめのうちは、串田と金融業者との渡りあいを見て、なにか爽快《そうかい》な気持で法廷にでたが、度重なるにつれ、羞恥《しゅうち》の念なくしては法廷にでられなくなった。なによりも教師としての職業の重みが邪魔になった。相手方には、寺石が教えている生徒の親もまじっていた。

一カ月のあいだに十三軒の金融業者を相手に十三回法廷にでることが毎日続き、それが審理の状態によっては二年も三年も続くかもわからない、と知ったとき、彼は、背後から脳天を打ちのめされたような気持になった。

彼は串田に躓《つまず》いたことを知った。このとき彼は、串田の照準点に入ってきた猫が殺されたあのおそい午後のことを、鮮明に想いかえしていた。

六回目に裁判所にでたときの相手は若い娘だった。串田はいつものように相手方の弁護士をだまらせ、娘を質問攻めにし、娘はついに泣きだしそうになり弁護士に応援を求めたが、串田は承知しなかった。

「僕はその御婦人から金と伝票を受けとっているから、その御婦人の返事を求めているのです」

　すると娘はついに泣きだしてしまった。

　寺石は娘に同情した。如何なる事情があって嫁入り前の娘が金貸しを稼業としているのかは知るよしもなかったが、寺石は泣いているその娘を見ているうちに、串田を憎みはじめていた。串田の質問の言葉のひとつひとつが鋭利な刃だった。

　彼は最後につぎのように言った。

「そうしますと、あなたは、すべてを承知の上で僕を欺した、ということになる。利息が五分であると僕に思いこませて、僕に無理に金を貸したのである。もし利息が月九分である事実を僕に知られたら、僕があなたから金を借りないことを、あなたは知っていた。僕はあなたに言葉巧みに欺されて金を借りた。そうですね」

　娘はそこで不意に大声をあげて泣きだした。寺石は、そばにいる串田を全身刃のように感じた。厚顔なのか冷酷なのか判らなかった。自分が串田に躓いたことだけははっきりしていた。転んで怪我をしたとか、盲滅法に歩き、自分では意識せずに衝突したとかに類した性質のものでなく、俺は自分からすすんでこの男の照準点に入りこみ、半身不随になってしまった。

　彼は大声で叫びたくなった。

　そして翌月の審理日を双方がきめて法廷をでるとき、寺石は、裁判所の若い書記から、

「先生、こんどは明後日ですね」

と言われた。七人目の金融業者相手の最初の審理日が、書記から言われた明後日だった。寺石は顔が硬張《こわば》った。彼は書記に返事をせずに廊下にでると、串田の後を追った。その明後日がきたとき彼は出廷しなかった。理由なく無断で出廷しないと裁判が不利になる、とは串田からきかされていたが、彼は出廷する勇気がなかった。はじめのうち串田から、勇気があるなら、と言われていたのを想いかえし、しかし俺はこれ以上はなんと言われても駄目だ、と思った。

俺は羞恥で法廷にでられないのに、あの男は自分の方程式にしたがって仕事のために法廷にでている、まるで喫茶店に出かけるように裁判所にでかけ、刃のような言葉を抑揚のない調子でしゃべっている、俺はとてもあの男のようにはできない。

そして寺石は、俺が出なくともあの男は例のようにうまくやってくれるだろう、と考え、竟《つい》に出廷しなかった。

しかし、午後の授業中もやはり気がかりにはなっていた。

ところが、授業中に、県の教育長から彼に電話があった。彼は、電話を知らせにきた年とった事務員の後を重い足どりで従《つ》いて行った。

電話を受けとったとき彼は、怖れていたことが事実となったのを知った。教育長は、金融業者から教育課に苦情が出ているので、事情をききたいのですぐ出頭しろ、と言った。

彼は校長に事情をはなして言った。

「はい、判っています。いま、教育長から電話がありました。行って、よく相談して、善後策を講じてください」

校長はなにか書類を見ながら答え、寺石を見ようとはしなかった。

校長室をでてきたら、額に汗がにじんでいた。彼は身支度《みじたく》すると学校を出た。

県庁につくまでの時間が重苦しかった。

校長から善後策を講じてこいと言われたが、そんなものが出てくるわけはなく、教育長の叱《しっ》責《せき》を受けることだけがあきらかだった。

彼は重い足どりで県庁の階段を登った。

教育長のもとには、十三軒の金融業者全員から苦情が届いていた。

寺石は、串田という男に欺されてこうなった、と力説した。

教育長は彼の話をきき終ると、その串田という男の年齢はいくつか、と彼にきいた。

「三十をすこし超えているかと思います」

寺石は汗をかきながら答えた。

教育長はしばらく黙っていたが、あなたを叱るわけではないが、と言い、いったん言葉を切った。寺石は怖れと不安のうちに教育長の次の言葉を待った。

「あなたより二十も若いその男に、あなたが欺されたなどとは、それも一つや二つなら判るが、十三軒もの金融業者ですよ。私には信じられませんね。あなたは教育者ですよ。他人さまの子弟を大勢あずかっている教育者ですよ。その若い男が不思議な目をしていたとか、他人に麻薬のような作用をおよぼすちからを持っているとか、それはいったい、なんですか。あなたの言っていることが世間に通用するかどうか、よく考えてみなさい。なにがなんだか判らないうちに事件にまきこまれてしまったなんて、そんな馬鹿げた話がありますか。いまひとつの苦情は、金融業者組合からきていますが、それによると、あなたがたは計画的に金を借りている。借りた日と場所が扇状にひろがっている。あなたが生徒に教えている数学のような正確さで計画されているではないか。見てみなさい」

教育長は一枚の図面を彼の前につきつけた。そこには、彼が教室で生徒に教えるために黒板に引く幾何の図面のように、場所と場所を線で結んだ扇形の図型があった。

「それは金融業組合から届いた図面です」

と教育長は言った。

寺石は顔があがらなかった。教員組合の幹部として教育長相手に幾度か争ったこと、彼が自分より五つも若いことなどを想いだし、変にさびしい感情におちこんで行った。

「いま法規を調べたところ、教員の月給は四分の一だけを差押えられることになっておりますが、業者からそんな不名誉な仕打ちを受ける前に、その若い人とよく相談して、借りた金の返済方法を考えてください。短期間にこれだけの金を借り、みんな使ってしまったわけでもないでしょう。それに、かりに差押えられて四分の一を月々返済するとしても、これだけの額を返し終えるまで何年かかると思いますか。さっきのあなたの話では、その若い人は金持の息子らしいが、その人の親に相談して、なるべく早く返すようにしなさい。その若い人は、三十歳を超しているといっても、世間を知らない坊っちゃんじゃないですかね？」

寺石はだまってきいていた。

そして彼は、世俗的な立身出世しか考えないこの道徳家は、俺がなぜ串田に惹《ひ》かれたのかを理解できないんだ、と自分なりの理屈をつけ、屈辱感の下から自分をなぐさめ、県庁をでてきた。

彼は帰りに海岸街でおりると、串田の家に寄った。できれば、つかい残りの二十万円を串田に渡して、自分の教師という職業を理解してもらい、〈仕事〉をやめるから、可能な範囲内で金融業者に金を返してもらうよう、頼むつもりだった。いくら返済を要しない金とはいえ、三日とあけず地方裁判所の門をくぐることは、もうこれ以上は出来そうもなかった。八十万円ちかい金のうち、六十万円をどこへ使ったのか、寺石はよく覚えていなかった。二人の子供に豊富に小遣銭《こづかいせん》をあたえ、屋根と塀《へい》の修理に五万円ばかり支出したほかは、使いみちがはっきりしなかった。幾度か寝た女の顔も、その女にどれだけの金をあたえたかも、いまとなってはさだかな記憶になかった。串田にスカッチウイスキイを数度贈ったが、それも合計一万二千円ほどだった。思いかえしてみても、それらは悪夢の一夜のような気がした。身なりや生活環境まで串田を真似ている自分を見出したとき、彼は自分が判らなくなっていた。

海岸街におりたら暮方だった。

串田は西側の廊下の寝椅子に軀を横たえ、パイプをふかしながら沈みゆく夕陽を眺めていた。

寺石は、県の教育長から急な呼びだしがあったので裁判にはでられなかった、と言った。串田は、そうですか、と言ったきり落日を眺めていた。寺石は、なにか、とりつくしまのないものを感じた。落日は庭のヒマラヤ杉の向うで燃えていた。

「裁判はどうだったですか？」

寺石は話をひきだすように訊《たず》ねた。

「いつもと同じですよ。……そうそう」

串田は軀をおこし、寺石をみた。

「僕が帰宅したら、寺石さんの奥さんがこられましたよ」

「家内がですか？　なんの用で？」

すると串田は再び寝椅子に軀を横たえ、落日をみながら話しだした。

「このあいだ、家と土地を担保にしたでしょう。その抵当権設定の確定通知書が登記所からお宅に届いたわけです。届いたのは数日前ですね。そこで奥さんは書類をごらんになり驚いたわけです。そして、今日の午前中に、金を貸した人を訪ねて事情をきき、さらに午後は寺石さんの学校に校長を訪ね、寺石さんの最近の落ちつきのない態度とか派手な金づかいなどを話して、つまり善後策とやらを講じるために御出馬なさったのですね。校長と会ったのは、寺石さんが県庁へでかけるのに学校を出られた直後だったらしいのです。それで僕に事情をききにこられたというわけです。お家の寺石さんの机の抽出《ひきだ》しに入っていたという二十万円を持っていらして、これを返すから担保を解いてもらいたい、とのことでした」

そして串田はパイプの灰を落すと、別のパイプに新しい煙草をつめはじめた。

「それで、どうしました？」

寺石はある期待のもとに串田の横顔をみて訊《き》いた。

すると串田がまっすぐ寺石を見た。

「お宅の御主人は子供ではなさそうだから、二十万円は御主人に渡した方がよろしいでしょう、と言って持ち帰らせました」

そして串田はパイプに火をつけると、再び落日の方に顔を向けた。

寺石は苦い気持になり、そして次には絶望にちかい感情を抱いてしまった。二十万円を串田に返して善後策を講じてもらい、教師の名誉を保ちたいと願い、それを串田に相談するつもりで訪ねてきたのに、俺は〈子供ではなさそうだから〉いったいどうすればよいのか。

彼は、妻が訪ねてきて全く効果がなかったと知ったとき、別の感情が湧いてきた。かつて串田に妻のことを語ったことから、これで自分の恥部を全部串田に見られてしまった、という自己嫌悪《けんお》の感情だった。

「ウイスキイを戴けませんか」

寺石はその感情から逃れるように言った。

「どうぞ。この前、寺石さんが持っていらしたのが、そのままあります」

串田は棚から罎《びん》をおろしてきた。

「えらく疲れちゃいました」

寺石はウイスキイをコップに注ぎながら、俺はなにか弁解じみたことを言っている、と思った。自分の動きが串田に見抜かれているのはあきらかだった。

「お飲みください。疲れがぬけるでしょう」

しかし串田はウイスキイをのまなかった。

結局、寺石は、一時間ほど串田と向きあってウイスキイを飲んだきり、なにも話が出来ず、串田の家をでた。

彼は時間が経過するうちに、どう切りだせばうまく運ぶかを考えたが、この仕事はこれで終ったが、どこまでも仕事であったことを忘れないで欲しい、と串田から最後の四万円を渡されたときに念を押されたことがひっかかり、動きがとれなかった。

串田の家をでた彼は、坂道を降りながら、串田に躓《つまず》き、串田の照準点に入りこんでしまった自分の姿を改めてふりかえってみた。俺は登記所で謄本をとったときすでにこの日を感じていたのに、何故こうなってしまったのか？　金にたいする欲もあったが、しかしそれだけではない、あの日、登記所の坂道で俺を捉えたのは、道徳的な批判などでは説明のつかない妙な情熱だった、俺はあの男が設定した方程式の軌道が危険だと知りながら入りこんでしまった。……彼は、辿《たど》ってきた道をふりかえり逐一たしかめてみた。後悔の念がじわじわと彼の裡《うち》を染めあげていった。

このとき彼のなかで丸三商事の長見常雄の顔が浮かんできた。あの男に話してみたらどうだろうか、と考えたとき彼は、串田が、丸三商事の二重帳簿を接写したのは長見の妾である、と語ったのをはっきり想いかえしていた。彼はある期待を抱いて丸三商事に向った。

長見常雄は、血圧がたかく軀が悪い、といって自宅の二階で寝ていた。血色のよかった頰《ほお》が落ちくぼみ、目ばかりが光っていた。

彼は、はじめ寺石を警戒していたが、寺石が、県の教育課に呼びだされたこと、串田への不

信、窮地に追いこまれた自分の現状を語ったら、目がやわらかくなり、

「先生も私もえらい奴にひっかかったものですな」

と言った。

脳卒中で倒れたらしく、言葉がはっきりしなかった。長見はしかし途切れとぎれに語った。

串田から異議申立された利息の件では、元金を串田の主張する八万円で認めると営業上たいへん不利を招くので、元金もろとも放棄することにした、とのことであった。長見が裁判所の呼びだしに応じなかったら一方的に判決がくだり、それはそれであきらめるが、しかし二重帳簿の件は、彼に致命的だった。串田から写真をもらった日、帰宅して調べたら帳簿は確実に五十七枚記入されており、百十四頁にわたっていた。串田がフィルムを百十五枚持っていると言ったのは、一枚は帳簿の表紙をさしていた。どのような方法で帳簿が持ちだされ接写されたのか全く判らなかった。

長見はだいたい以上のように話した。

「先生はこの件で、なにかあの男からきいていませんか」

「さあ、別に、これと言って……」

寺石は返事をためらった。長見と話しているうちに、彼を訪ねてきたことに軽い後悔をおぼえたのである。仕事であったことを忘れるな、仕事の協力者ではあったが仕事の内容は知らな

かった、もしそれを忘れると、とんだ禍《わざわい》を招く、と串田から言われたのを、もう一度想いかえしたのである。

俺は、あの男の設定した軌道からはずれると、やはり禍を招くだろうか？　しかし、俺には、もう、あの男と共に歩くだけの勇気もないし、あの男のように厚顔にもなれない、あの男の照準点にはいって猫のように殺されるよりも、禍の方がましではないだろうか？　彼はあれかこれかと逡巡《しゆんじゆん》した。

通りのむかい側に楽器店があるらしく、さきほどからレコードのジャズの音が伝わってきた。

「知っていたら話してくださいよ」

と長見が言った。

しかし寺石は自分の方が大事だった。せっぱつまった気持がこうして俺をここに来させたが、この金貸しは果して俺のためになにかをしてくれるだろうか？　ジャズの音が彼を狂躁《きようそう》的にかりたてた。

「あのフィルムの件は、どういう風に話がきまったのですか？」

寺石はきいた。

「あれですか。買いとりましたよ。あれを税務署に持って行かれたら、私は破滅ですからね。フィルム一枚が三万円で、三百五十万ちかい金をとられました。私は金をとられたとき、夢ではないかと思ったほどでした。私にはあの男の正体が判りません。先生、なにか知っていたら教えてくださいよ。私はこのとしになり、あんな若僧にこんな目にあうなんて、口惜しくて夜もろくに睡《ねむ》れない始末です。金をとられたとき思わずかっとなり、血圧があがって倒れてしまったのですが、口惜しくて、もう……」

長見は涙を浮かべていた。

「しかし、帳簿の件は、誰がやったか、見当はついているんでしょう」

「先生、それが皆目判らないのですよ。夜のうちにしのびこんできて金庫を開けない限り、誰の目にもふれないものです。それがどうして持ちだされたのか。私は、この前の裁判には出なかったので、あの若僧の主張通りに一方的な判決が下りそうなんですが、それによると、あの男は、八万円の元金を、五年据えおき二十年返済で、年利三分をつけるというんです。八万円を二十年で返してもらうとなると、月に三百三十三円ですよ。しかも法定利息の六分より廉《やす》い三分なんて。それに公正証書は無効になるし、いずれあの男は、その三百三十三円も返してくれなくなりますよ」

寺石はこれをききながら、串田が目の前の男から三百五十万円をまきあげた事実を考えた。

「あいつはビタ一文もまけなかったのです。あのフィルムを税務署に持って行かれると、私のこれからの商売はまるっきり駄目になるだけでなく、税務署は過去に遡《さかのぼ》って調べますよ。それで結局、言い値で買いとりました。ひどい奴です。あいつは人間じゃないですよ、先生」

「しかし、申告前だったから、長見さんの方で税務署に本当の申告をすればよかったでしょう」

「そうは行かんのです。そうすると、私は今度から毎年本当の申告をしなければならないでしょう。このさい三百五十万円とられた方が、というのが商人の考えかたです。先生、あの男は、フィルムの出場所で、なにか言っていませんでしたか？」

「いや、なにもきいていません」

「女事務員が二人いるのですが、彼女達がやったとは、とうてい考えられないし、集金にまわっている者も、私の遠縁の男ですし……」

「ちょっと用をおもいだしたので、これで失礼しますが、なにか判ったら、お知らせしますよ」

寺石は再度の訪問を約束して席を立った。

「困ることがありましたら、うちの弁護士に相談してみてください。あれは親類筋にあたる者ですが、えらくあの若僧を恨んでいます。正直のところ、弁護士としたら一級の仕事はできませんが、私はなにかと重宝しているんです」

長見はちからのない調子で言った。

寺石はそこを出ると、もういちど串田の家に向った。さっき串田のもとを出てから一時間とたっていなかった。

彼は串田の家の玄関の前に立ち、ためらいがちに戸を叩いた。

「誰方？」

と串田の声がした。

「寺石です」

「どうぞ」

寺石は戸をあけた。

「また伺いました。すこしこみいった話があったもので」

彼は卑屈になった。

「おあがりください」

串田が言った。彼は一時間前と同じ姿勢で、寺石が封を切ったウイスキイをのんでいた。

寺石は勝手にウイスキイを注いでのみ、道々考えてはきたが、どう話を切りだそうか、と迷った。彼はウイスキイを一口のむと、たいへん申しあげにくいことだが、きいてもらえまいか、と切りだした。彼は額から汗をたらしていた。

「僕が是非ともきかねばならない話ですか？」

串田が訊《き》きかえした。

「いえ、そういうことではなく、できれば、きいて戴きたいのですが……」

「とにかく伺いましょう」

そして串田はパイプに煙草をつめた。寺石はうつ向いて話しだした。

「串田さん、いまさら、こんなことを申しあげて、なんとも申訳ないんですが、金貸しを踏み倒す仕事から、私は手をひきたいのですが、如何なものでしょうか?」

言い終って寺石は額の汗をぬぐった。

「寺石さん、このあいだ申しあげたように、仕事は終っているのです。裁判所に出る仕事、つまり、いままでは種を蒔き刈りとったのですが、これからはそのあとかたづけが残されているのです。手をひきたいとおっしゃるのは、どういうことですか? あとかたづけは僕ひとりでやれますから、その点は寺石さんにはそれほどの負担はおかけしないで済むと思いますが……」

そこで寺石は、法廷に出るのをもっと簡単に考えていたが、月に十三回も出るとなると、いろいろな面で支障を来《きた》すこと、県の教育長に呼ばれたわけ、そこで叱責を受けたことなどを話した。

「そうですか。手をひきたいとおっしゃるのを、僕がとめだては出来ませんから、御自由になさってください」

と串田が言った。

寺石はほっとし、自分が教師としてこれ以上は串田の仕事に従いて行けないわけと、方々から借りた金を利息がふえないうちに返済したい、とつけ加えた。彼は話し終えたとき、びっしょり汗をかいていた。

「寺石さん」と串田からよばれ、寺石は顔をあげた。

「僕は、それでは最初の約束と違うではないか、いまさらそんなことを言っても駄目だ、などとは申しません。はじめて裁判所にでた日の帰り、寺石さんは、金貸しを踏み倒すのは社会正義からか、と僕に訊《たず》ねられたことがあり、僕はそのとき、そんなものではない、と答えたと思います。人間なんて、みんな愚劣で、醜く、卑怯《ひきよう》で、慾ばかりで、ずるく、意地が汚く出来ているものです。ですから、僕は、寺石さんがいま言われたことを、本当のことだと認めたいと思います。手をひきたいとおっしゃるお気持もよくわかります。僕達は共同の仕事により百七十万円の金を得ました。そのうちから半額ちかい八十万円がお手もとに渡っているはずです。寺石さんはその八十万円を持って有能な弁護士を訪ね、詳しく事情を話してごらんなさい。いま一度申しあげますが、寺石さんと僕は共同の利益を得る目的で仕事をはじめたのでした。ところが寺石さんは途中からぬけて、後かたづけはやりたくない、とおっしゃる。御自由です。

僕には、とめだてする権利もなければ、ましてや寺石さんの不信を責める筋合もないわけです。早いうちがいいでしょう。明日にでも適当な弁護士を訪ねてごらんなさい」

寺石は、串田が言い終えたとき、串田の言葉には非のうちどころがないと思った。寺石は幾度かためらってから、

「じつはその八十万円が手もとに残っていないのです」

と言った。

「寺石さん、それは僕に御相談くださっても無駄です」

寺石はそこで再び考えこんでしまった。焦躁感《しょうそうかん》がたかまるにつれ、彼はウイスキイをがぶのみした。

「串田さん！」

彼はコップをおくと相手をよんだ。自分でも上ずっている声だと思った。がぶのみしたウイスキイが胃のなかで熱かった。串田が無言でこっちをみた。

「この前の丸三商事の帳簿のフィルムは、いくらで売れたでしょうか」

「三百四十五万円ですが……」

「そこからすこし出して戴くわけにはいかんでしょうか」

言い終えて彼は胸の重みがおりた。なんとかなるだろう、という考えが彼のなかを占めてい

た。

「どうしてですか?」

と、串田が訊きかえした。串田からまともに視つめられ、彼はうろたえた。彼は答えられなかった。相手の言葉の明晰《めいせき》さに追いたてられるように、もう彼は腰をうかした。みじめだった。

「わかりました。これで失礼します」

寺石は切口上で言うと席をたった。部屋をでて玄関におりた。そして彼は再び長見の家に向った。腕時計をみたら八時をまわっていた。彼は急に絶望と空腹を感じた。

長見はまだおきていた。

「知っていらっしゃる? 先生は、あいつからきいたのですか?」長見は軀をおこした。

「おたくの女事務員ですよ」

「事務員? 一人はとなりの娘で、いま一人は、二カ月前に雇いいれたばかりの小娘ですよ」

「いや、やめた方のですよ。未亡人とか言っていましたが」

長見の顔が紅潮した。

「先生、それは本当ですか!」と彼は叫ぶと、倒れるように再び蒲団に横たわり、あの売女《ばいた》め! と呟《つぶや》いた。

「考えてみればあの女しかいないのに、そこまでは気づかなかった。売女め!」

長見は大きく息をして、それからも数度、売女め、と呻《うめ》くように呟いた。

寺石は、串田と知りあったとき以来の委細を語り、長見の親類の弁護士にすべてを頼みたい、と言った。

「長見さん、奴は計画的に業者を倒してきたのです。悪質な常習犯ですよ。弁護士と相談して、なんとかしてブタ箱にぶちこみたいものです」

寺石は興奮してきた。串田のあの感情のない目を動かしてやろう、奴をうめかせ、俺がいま味わっている絶望感と同じ思いをさせてやらねば……。

「先生、それは、常習犯ということが判れば、刑事事件になりますよ。このあいだも、業者のあつまりがあったとき、その話がでましたが、なにぶんにも奴は合法的にやっているでしょう、われわれは手も足も出ないんですよ。でも、先生がそれを証言してくださりゃ、立派な刑事事件ですよ。私はこんな軀で表には出られませんが、およばずながらの援助はしましょう。失礼だが、先生は世間を知らなかったんですな。ようございます。うちの弁護士をつけましょう。恥ずかしい話ですが、私は、あの若僧に金をふんだくられた日から寝ついちゃったんです。軽い脳卒中でよかったんですが、ほんとに、奴を、刑務所に二、三年ぶちこんでやりたい！」

寺石は寺石で、串田夫婦の奇妙な関係とか、恩師の妻を寝盗ったことなどを、串田への憎悪をこめて語った。恩師の妻を盗み、その恩師を台なしにしてしまい、金貸しから妾と金をとり、その金貸しを脳卒中で倒れさせ、そして俺は奴のために……と考えてしまったとき、寺石は眩《め》暈《まい》がした。

長見は、弁護士の自宅を寺石に教え、電話をしておくから明日訪ねてみろ、と言ってくれた。

寺石は、十時すこし前に長見の家をでた。ウイスキイがさめかけ、肌寒かった。長見の家から五メートルほど東に行き、左に折れた。そこから駅までは三百メートルほどの距離だった。

このとき、

「寺石さん」

と背後からよびとめられ、寺石はぞっとした。いつか登記所の前で逡巡していたとき背後から呼びかけられた、あのときと同じだった。自然に足がとまり、そして串田がきて並んで歩きだした。

「だいぶながかったようでしたね。僕は前の酒場にいたのですが」

串田はいつもと変らない態度で話しかけてきた。寺石は言葉がでなかった。

「御存じでしょうが、寺石さんは、弁護士にあいましたら、僕があくどい奴であることを強調された方がいいかと思います。そのためには少々の捏造《ねつぞう》もかまわないでしょう。大げさな捏造はリアリティがないから、避けた方が賢明ですが。ところで、金貸しを踏み倒している常習犯として告訴すれば如何かと思います。それをいちばんよく知っているのは、他ならぬ寺石さんですから。寺石さんは、僕と共同して仕事をやり、途中で仕事を放棄されたわけですが、御存じでしょうが、これは寺石さんの裏切行為です。寺石さんの自由意志がえらんだ行為です。しかし僕は、寺石さんの裏切行為が成功するよう願っています。と言っても、これは、敵に塩を送るなんて精神ではありません。僕はあれを賤《いや》しい行為だと考えています。それから、長見の弁護士に頼むのはおよしになった方がいい。あの男では、僕を牢屋《ろうや》に数年もぶちこむ芸当が出来ないことは、寺石さんも御存じの通りです。それに、あの弁護士は、寺石さんのためになるような方法はとってくれないでしょう。三百代言という言葉があるのを、記憶されておいた方がよいでしょう。頼むなら、一流弁護士の方がいいですが、僕達が通い慣れたあの裁判所の坂を登りきった右に入ったところに、安部《あべ》という老練な弁護士がいます。そこを訪ねてごらんなさい。もちろん僕からの紹介だと言ってもかまいません。僕は安部氏をよく知っていますが、立派な人です。だからといって、安部氏が寺石さんの依頼をことわることは、まずありません。と言って、安部氏が僕に有利なように取りはからうか、というと、そんなことは絶対にありません。訪ねてごらんになればお判りになると思います。僕が嘘を言わないことは、寺石さんがよく御存じの通りです。そうそう、何故僕が寺石さんの後を追ってきたかを申しあげておかねばなりません。さっき、僕のところで、フィルムの話がでたとき、寺石さんはしまいに怒って出て行かれましたが、もしかしたら長見のところに行くのではないか、と思い、寺石さんが長見を訪ねるかどうかをたしかめるためでした。というのは、寺石さんが長見と会えば、そこで話題にのぼるのは、長見の妾ですからね。あの女のことを寺石さんに話したのは迂闊《うかつ》でした。あの女は僕と仕事をして百五十万円の金を持っておりますが、長見に責められちゃ、かわいそうですよ。いまどき月三千円の妾料なんて、やすすぎますよ。僕はこれからあの女を訪ね、明日にでもこの街から去るように、とすすめるつもりです。僕はあの先の洋品店のところを右にまがります。それから、またお遊びにいらしてください。それとこれとは別ですからね。では御成功を期待しています」

そして串田は右に折れて行った。

寺石は眩暈がした。串田をよびとめてなにか言おうとしたが、それが出来なかった。つい数十分前に抱いていた串田への憎悪がうすれて行った。串田の後姿は、いつか裁判所の帰りに見たときと同じく孤独だった。

俺は何故あの男が憎めないのだろう? 彼は、軀からちからがぬけて行くのを感じた。……

蕎麦をたべ終ったとき寺石は、ひどい疲れを感じた。帰宅する気もおきなかった。妻の顔をおもいうかべただけで、そこから動くのがいやになった。暖簾《のれん》ごしに、通りを横切って駅に歩いて行く人の群が見えた。彼は、左腕をテーブルに立てて頬杖《ほおづえ》をつき、考えこんでしまった。

……

寺石は、長見を訪ねたあくる日、奇妙な感情に支配されながら、串田から教わった安部弁護士を訪ねた。

彼は朝のうちに電話をしておいたので、夜の七時に訪ねて行き、五分待って会えた。安部弁護士は、白髪の立派な顔立の人だった。

「引き受けますが、しかし、むずかしいですな」

寺石の話をきき終った弁護士は、首をかしげながら言った。

「むずかしいでしょうか？」

「それより、あなたは、私のところを、誰からきいてきたんですか？」

「串田さんです」

「串田さん？　それはお父さんの方の串田さんですか？」

「いいえ、串田本人です。私はお父さんとはまだ会ったことがありません」

「串田を訴えるのに、串田から私のところをきいてきたのですか！」

弁護士は怒った。寺石は、前夜のいきさつを説明した。

「いけなかったでしょうか。私は、あの男のためにこんな目にあいながらも、どこかであの男を信頼しているらしいのです。私は自分でも妙だと思っていますが、あの男は嘘をつかない男なので、それで実は伺ったわけですが……」

「あなたは、彼から、ほかになにか私のことをきいていますか？」

「老練な弁護士で、立派な方である、と言っていました」

「じっさいあの男のやることは判らん。私は、お父さんの方の串田さんの会社の顧問弁護士をやっていますが、一昨年のこと、あなたがこれから訴えようという息子の串田から、ひどい目にあわされているのです。危く弁護士の資格をなくしてしまうところだった」

弁護士は、ひどい目にあった内容は語らなかったが、しばらく考えてから、寺石の依頼は引き受けられない、と言いだした。

「彼がわざわざ私を指定してあなたに教えたのは、自分のやったことに自信をもっているからです。前言をひるがえすようで悪いが、おことわりします。それに、あなたは御存じないでしようが、あの男には財産はひとつもありませんよ。親に相談しても無駄です。あなたは、彼が金を借りるのにすべて連帯保証人になっているが、普通の保証人と連帯保証人では、たいへんなちがいがある。普通の保証人なら、あなたは、催告の抗弁とか検索の抗弁、分別の利益を主張できるが、あなたは借主と同一の立場にいるから、そうした主張ができない。彼に財産がないから、差押えを受けるのはあなただけだ。それにしても、彼とあなたとの関係は妙ですな。

私は彼のことをすこしは知っているが、もし、知らない弁護士に、いまあなたが話された内容を持っていったら、からかわれたと思い、怒りますよ。ともかく、この話は、ひき受けられません」

「そうですか。……もし差押えを受けたとき、担保にいれた家と土地はどうなるでしょうか？」

「競売になりますが、競売にでても買手がつかない方法はあります。それはあの男がよく知っているはずだ。私は法律家として、あなたにそんな抜け道を教えるわけにはいかん」

弁護士は怒ったような表情で言った。寺石はやがて安部弁護士のもとをでると、海岸街に長見の弁護士を訪ねた。正直のところ、串田から言われたように、この弁護士では頼《たよ》りない、とは思っていたが、いまの寺石にはこれしか方法がなかった。長見がなんとかちからになってくれるだろう、というかすかな望みがあった。

長見がかかえている花田弁護士は在宅していた。

「今朝、電話をもらいましたよ、長見さんから。よろこんで引きうけましょう」

花田弁護士は奇妙な笑いを浮かべながら言った。

来客があるというので、寺石は、二日後の日曜日に詳しい打ちあわせをする約束をして、二十分たらずでそこをでた。

それから彼は長見を訪ね、花田弁護士と会ったことを知らせた。長見は、二重帳簿を接写した女が、朝のうちにどこかへ逃げてしまった、と言っていた。自分の妾だとは、さすがにくちにしなかった。そして彼は、串田を呪う言葉をたて続けに吐いた。

寺石がそこをでたら十時をすぎていた。彼は、前夜からのあわただしい自分の動きをふりかえってみて、どうしてこうなってしまったのか、と考えたが、考えれば考えるほど、自分が判らなくなってきた。疲労を感じた。歩いているうちに眩暈がした。誰かに慰めてもらいたかった。すると、串田の顔がうかんできた。駅につき、乗車券を買い、ホームにあがった。待合室のベンチにかけるときにやはり眩暈がした。

「奇妙だな」

と彼はつぶやいた。後頭部が針でさされるように痛んだ。俺はいま串田に会いたがっている、だが、いるかな。……彼はベンチからはなれ、待合室をでた。ホームをでると駅前から車にのった。

「いそいでくれ」

と彼は運転手をせかした。

串田の家の前で車からおりたとき、彼はそこから入るのをちょっとためらった。俺はなにしにここへきたのだ。しかし彼は門を入った。

串田は外出の支度をしているところだった。寺石は、自分の来訪を串田がどう考えているのだろうかを考えた。

「安部さんにお会いになりましたか?」

串田がネクタイをしめながら話しかけた。

「会いました。しかし、引きうけてはくれませんでした」

「ほう、どうしてですか?」

串田は意外だといった表情をみせた。

寺石は安部弁護士と会ったいきさつを語った。すると串田が、

「あの先生を怒らせるのが僕の計画だったのですが」

と言った。

「訴えても、むずかしいのではないか、と安部さんは言っていました」

「むずかしいとは?」

「串田さんは自信のないことはやらない人だと、まあ、そんなことを言っていました」

「そりゃあ、あの先生の計算ちがいだ。僕はいま、有罪か無罪かのわかれ道に立たされているのです。もちろんこれは社会的な意味でですがね。あの先生も検事あがりらしくないな。それで寺石さん、あの先生にことわられて、どうしました?」

寺石は、はあ、と言ったきり、花田弁護士に依頼したとは言えなかった。

「まあ、それはきかないことにしましょう。昨日も申しあげたように、寺石さんの成功を祈っています。昨日からかけずりまわっていたんでは、お疲れでしょう」

串田は上衣を着ながら寺石をいたわった。

「まいりましたね」

と答えながら寺石は、串田から慰められ、そしてまた自分がそれを期待して訪ねて来たことを、妙だと思わずにはいられなかった。どこかが狂っているのではないか、と考えながらも、しかし一方では、串田も俺もたしかに正気だと思った。

「こんな時間にお帰りになられるのもたいへんでしょう。僕は今夜は帰りませんが、よろしかったらお泊りください。女房はもう睡《ねむ》ったようですが、そのソファをつかってください。戸棚のなかに毛布があります。それから、ウイスキイは御自由におやりください」

そして串田は机の抽出《ひきだ》しから札束をとりだすと封印を切り、無造作に半分だけとって上衣の内かくしに入れ、残りは元の抽出しにしまい、ではごゆっくり、と言いのこして部屋をでて行った。

寺石は、軀を動かすのも大儀だった。しかし睡れそうもなかった。彼はコーヒーがのみたかったが、串田の妻をおこすわけにはいかなかった。しかしあの女なら俺をなぐさめてくれるだろう、と考え、女のはりのある目と、いつもスラックスに包まれた均斉のとれた軀と、どこかニヒルな匂《におい》のする話しぶりや器用に煙草をのんでいるときの姿をおもい浮かべた。それにしてもあの男はいま時分に、自分の女だけが睡っている家に男の客をおいてどこへ行ったのだろう。彼は、担保にいれた家と土地のことで、安部弁護士から、串田に訊くように、と言われていたのを想いだし、しかし後日でもよいだろう、と考え、棚からウイスキイをおろした。……

俺はあのとき、教師としての面目など棚あげしても、串田に歩調をあわせていればよかったのだ、まったくのところあの男には非はなかった、長見が八万円の元金までも放棄すると語ったとき、すでに串田も俺も勝っていたのに、俺はなぜあのときそのことに気づかなかったのか、すべては俺が招いた禍《わざわい》だ。寺石はそんなことを考えながら、蕎麦代をおくと席を立った。彼は一刻でもおそく家につきたいと考え、自宅までバスで二十分もかかる道のりを歩くことにした。歩きながら彼は不安と孤独を感じた。彼は右手で両方の顳顬《こめかみ》を替る替る押した。あいかわらず頭が針でさされるように痛み、眩暈がした。あの日、そうだ、串田の家に泊った日から、俺は串田から遠ざかりだしたが。……

花田弁護士は寺石のために二つの方法をとってくれた。まず寺石が串田と連名で十三人の金融業者にたいして行なった異議申立から、寺石だけ申立を撤回した。また、利息制限法違反の告訴からも名前を撤回した。つぎに、詐欺、横領、教唆の常習犯として串田を告訴した。告訴の主眼点は、寺石は串田から教唆されて自分の不動産を担保に金を借り、その金を串田に横領された、と主張することにあった。

そして法廷にでる前日の夜、寺石は海岸街に花田弁護士を訪ねて翌日のうちあわせをしての帰りに、街で串田と出会ってしまった。

「裁判所からの呼出状をもらいました」

と串田はいつもと同じ態度で淡々と話しかけてきた。

「はあ、そうですか」

寺石は妙な気持になった。

「寺石さんも、いろいろとたいへんですね」

寺石は返事ができなかった。なんとかして串田を憎み、串田から言われていた捏造《ねつぞう》で串田を有罪にできないかと考えていた矢先だったので、寺石は妙な気持になった。串田を憎めないのは何故だろう、と思った。

あくる日の法廷では、串田は開廷時刻ぎりぎりに出てきて、横領の告訴にたいして、やはり淡淡と否認して帰った。

閉廷してから、寺石は串田と話したいと思い、串田の後を追って廊下を出たら、串田はもういなかった。手洗いにでも行ったのだろう、と思い、廊下の長椅子にかけて花田弁護士と話しながら串田を待った。弁護士も串田に話があるらしかった。しかし串田の姿は見えなかった。閉廷してから、もう、かなりたっていた。

「あれじゃないかな」

と長椅子の端にななめに腰かけて外を見ていた弁護士が、ガラス窓ごしの向うをあごで示した。

串田は裁判所前の坂道を降りていた。寺石も弁護士も無言で串田を見おろした。やがて彼の姿は建物の向うに見えなくなった。

「この裁判はながびきますな」

弁護士がぽつんと言った。

「ながびくって、どのくらいですか？」

寺石は弁護士の方に顔を戻した。

「二年はかかるでしょう」

「そんなにかかりますか？」

「ええ、ながびきますな。考えてみたら、相手は、反訴できる材料をいくらでも持っているんです」

「それで、結果はどうなりますか？」

「それはやってみなければなんとも言えませんな。私はこれで失礼します。つぎの法廷があるので」

弁護士はたちあがった。そして、せかせかと廊下を歩いて行き、つき当りの奥の法廷の戸をあけて入った。

寺石は、彼が急に冷淡になったように思えた。彼は煙草をのみおえると、つぎの裁判を受ける人が待っている廊下を通りぬけ、裁判所をでた。

それから数日後の日曜日の朝、寺石は、給料差押えの通知を受けとった。彼は狼狽して花田弁護士を訪ねた。

「さあ、しようがないですな。あなたは異議申立を撤回し、また告訴を取りさげたのですから」

弁護士は当然だといった表情をみせた。

「撤回しなかったら差押えは来なかったわけですか？」

「それはそうですな。決着があるまでは来ませんな。しかし、あなたは、串田を訴えるのに、串田と連名で異議申立や告訴は出来ないのです」

「それをなぜ前もって言ってくれなかったのですか？」

「なにをですか？」

「給料を差押えられることですよ」

「撤回すれば押えられるのは当然ですよ」

弁護士はわらっていた。

「当然だとおっしゃるが、私は法律には素人ですよ。あなたはそれを教えてくれるのが当然ではないか！」

「まあ、そう怒らんで欲しいですな。あなたは、串田に横領されて告訴しているのだから、それが決着するまでは支払えないと異議申立が出来るのです」

「早速やってくれませんか」

「私は、いまのところ、日程がいっぱいつまっているので、他の弁護士を頼んでみなさい。それに、私は、あなたのために、長見さんの方の弁護はやめたのです。一人の弁護士が敵と味方双方を弁護は出来ませんからね」

弁護士はわらっていた。

寺石は、瞞着《まんちやく》されたことへの怒りと、みじめな気持を味わい、そこをでた。彼は、長見が見捨てた八万円の元金が、自分が異議申立を撤回し、利息制限法違反の告訴から自分だけ告訴をとりさげたことで、生きたことにはじめて気づいた。串田は、公正証書不実記載でも金融業者を告訴していた。そこから寺石がすべての申立と告訴を取りさげたとなると、寺石だけは公正証書の正当性を認めたことになるのであった。花田弁護士は寺石のためになるように、と見せかけ、その実、金融業者の利益をはかっておき、後は手を引いたのであった。寺石はそのことにはじめて気づいた。寺石はこのとき、串田から、あの弁護士はあなたのためになるような方法はとってくれないだろうし、三百代言という言葉があるのをおぼえておいた方がよい、と言われたのを、切実に想いかえしていた。

彼はその足で長見を訪ねた。

しかし長見は、以前のように親切な態度はみせず、串田のために三百五十万円を損したことばかり語り、しまいには、寺石が教育者でありながら何故あんな男と交際していたのか、と責めた。

寺石は長見の家を出て、ひどい孤独に包まれて歩きながら、串田にあいたいと思った。現在の彼にそれはいちばん懐しい顔だった。仕事であったことを忘れるな、それを忘れると、とんだ禍を招く、と言った串田を、彼はいま明確に想いかえしていた。二重の悔恨が彼を責めさいなんだ。

彼は串田に会うよりほか方法がないと考え、五月の午後の街を重い足どりで串田の家に向った。

串田の家の門の内側では、ライラックの白い花が散っていた。寺石は、なにかほっとした気持でライラックの小粒の花を眺めた。門から庭にでるには、石の段を十数段あがらねばならなかった。

寺石がその石段を登り、離れの庭にでたら、串田夫婦は廊下で言い争っていた。串田は寺石を認めると、あがりなさい、と言い、彼の妻の言っているのをきいていた。

寺石は廊下から部屋にあがり、夫婦の争いが終るのを待った。そこから庭をみると、庭から山裾にかけて一面に白い罌粟《けし》の花が展《ひろ》がっていた。しばらく串田の家を訪ねないうちに、罌粟はこんなにのびていた。寺石は、午後の陽のもとに静まりかえっているその白さを視つめているうちに眩暈がした。じつに白いな、寺石はその白さにすいこまれて行きそうな気がした。串田の妻が、その白い花が串田にみえてきた、と言ったことを想いだし、彼はそれが判る気がした。

「それで僕にどうしろと言っているのかね?」

廊下では串田が言っていた。

「わたしは、あなたに、なにかをやってもらいたい、と申しあげているのではないのよ。あなたの態度のことを言っているのです。わたしとあなたは、いったい、なんなのかしら。夫婦なの?それとも、単に同棲《どうせい》生活をしているだけなの? 答えてちょうだい」

しかし串田はだまっていた。かなりの沈黙が続き、再び串田の妻がくちをきった。

「わたし、これ以上は、あなたとの生活に耐えられそうもないわ。別れていただくわ」

そして彼女はハンカチを目にあて、玄関から出て行った。

寺石は、他人事《ひとごと》ながら彼女を気の毒に思い、どうしたのか、と串田にきいた。

「なに、あのひとの以前の亭主のことですよ。昼前のことですが、僕が駅前のコーヒー店にいたら、あのひとが、別れた亭主と連れだって入ってきたのです。二人は、奥にいる僕には気づかずに、入口ちかくでコーヒーをのんでいたのですが、帰るときに僕のいるのに気がついて、それが喧嘩《けんか》のもとですよ。要するに、僕が彼女に話しかけなかったのが悪い、と彼女は僕を責めているんですが、寺石さんは三木君からきいて知っていらっしゃるでしょう」

寺石は返事に困り、詳しいことは知らない、と答えた。彼は、いつか串田の妻から、彼女が他の男と喫茶店で逢引《あいびき》し、それを串田が知ったとしても串田は黙っている男だ、ときかされたのを想いだし、あの女は何度も楠木と逢っているのだろうか、と彼女が出て行った玄関の方をみた。

「あのひとは、僕から愛の確証とかいうものを求めているらしいのですが、どだい無理な注文ですよ。とんだところをお目にかけましたね」

寺石はやはり返事に困り、だまってウイスキイをコップに入れた。

しばらくして彼は、給料差押えの通知を受けたこと、花田弁護士と長見の罠《わな》にかかったことなどを語った。

「やはりそうですか。弁護士をかえたら如何です。いまからでもおそくはないですが」

「そうしようかと思っているのですが……」

寺石は答えながら、どうすれば串田のもとに戻れるだろうか、を考えた。

しかし、ながい時間をかけて串田と向きあってウイスキイを飲んだきり、寺石はやがて串田の家をでた。……

市内バスがほこりをまきあげて寺石のかたわらを走り去った。俺はあの日、串田のもとに戻りたいという意志を表明できずに戻ったが、あくる日も串田を訪ね、やはり言いそびれて帰ってきた。弁護士をかえるか、串田のもとに戻るか、と考えているうちに俺の給料は差押えられ、気づいたときには異議申立の期日を失していた。そして俺はしまいには串田を訴えておきながら法廷にも出なかった。串田のもとに戻るといっても、串田と連名で申立てた異議を、告訴を、自分だけ取りさげたのを、もとに戻すことが出来ないのを俺は後で知った。俺はあせっただけで結局はなんの方法も講じなかった。それでも俺は串田が憎めなかった。

二

ながい道を歩いて帰宅したら、三木がきて待っていた。

「三時間も待っていたが、どこへ行っていたの？」

三木は不機嫌《ふきげん》な調子で言った。

「串田のところだよ」

寺石は小声で答えると、ちからなく坐りこみ、壁に背中をもたせかけた。

「日直で学校にいたら、昼すぎに校長がきてね、寺石さんの様子を見てきてくれと頼まれたよ。校長は心配していた」

三木が言った。

「どうにもならんよ」

「どうにもならないって言うが、なんとか方法は講じているんだろう？」

「いや、どうにもならんよ」

「校長は串田に会ってみると言っていたよ」

「校長が串田に？」

「そう。自分に出来ることなら、と言っていたが」

「校長が串田に会ったってしようがないじゃないか」

「寺石さんを串田に紹介したのが悪い、と俺は校長から叱られた。なぜ紹介したのかって校長は怒っていたが、俺だって、串田のなかまではわからんものな」

「みんな俺が悪いんだ。心配してくれるのは有難いが、どうにもならないんだ。校長は、きみが今日は日直なのを知っていて学校へ来たのか？」

「はじめ電話がかかってきて、寺石さんの家を知っているか、ときいてきたよ。日直が僕だと判ったものだから、それに校長の家は学校から近いだろう、下駄ばきでやってきたよ。どうする？　校長は串田と会ってみると言っていたが……」

「会ってどうすると言うんだね。水と油が会うみたいなものじゃないか」

「俺にも答えようがないから、こうして来たんだが、とにかく明日でも校長の家に行ってみろよ。校長は、夏休みのうちになんとかかたをつけた方がいい、と言っていたがね」

「かたなんてつくものか。俺はだいぶ前から眩暈がし、頭が針で刺されるように痛んでしようがないんだ」

「暑いところを無帽で歩くからじゃないか」

「いや、春からだよ」

寺石は両手で顳顬《こめかみ》を押えた。

「医者に診てもらえよ。それより、串田と会って、なにかいい案でも話しあったのかい?」

「いや」

寺石は頭から手を放すと煙草に火をつけながら答えた。

「なにか話しあったのだろう?」

「きみはわらうかも知れんが、俺は門の前で引きかえしてきた。あの男に会っても、どうにかなる、なんてことはないんだよ。俺は五月いらい、何度も串田と会っているが、どうにもならんのだ」

「どうしてこうなったのかね?」

「判らんよ。……とにかく、俺が連帯保証人になったことでは、あの男から頼まれたことは一度もないんだ。みんな俺が自分から買って出ているんだ。どうしてこうなったのか、どうにも判らない。それに、俺は、どうしてもあの男が憎めないんだ」

「妙なはなしだね」

「妙だよ。俺は、いまも帰ってきながら、あの男と出会ったときからのことを考えてみたが、どうしてこうなったのか、まるっきり判らん。俺にさえ見当がつかないのに、校長が串田に会ってもはじまらんよ」

「そうかね。とにかく、明日にでも校長に会ってみろよ。おそくなったから、俺はこれから学校に戻り、当直の由井君と受けつぎをしなければならないが」

三木がたちあがった。

寺石は目を閉じ、返事をしなかった。くちをきく気力がなかった。

三木はしばらく立っていたが、だまって部屋をでて行った。

寺石は再び顳顬を押えたまま、じっとしていた。蚊のうなり声がしたがそれは自分の頭のなかのあっちこっちで鳴っている気がした。

茶の間では二人の子供がテレビをみていた。妻はまだ帰ってきていなかった。彼は、子供が自分に同情しているのを知っていたが、子供と顔があうのを避けていた。上の娘が高等学校三年生で、下の男の子が高等学校一年生だった。寺石は、五月いらい、子供にまっとうな学用品を調えてやれなかった。二十万円の残金は、家と土地を担保に金を借りた業者に返し、その後、学校の共済組合の洋服の月賦積立金を生活費にあてたこともあった。子供達のことを考えるたびに心が痛んだが、なにもしてやれなかった。

娘が部屋に入ってきて、夕食にするか、ときいた。彼は要らないと答え、座蒲団を二つ折りにして枕にし、畳に寝ころんだ。

間もなく彼はいびきをたてはじめた。

三

寺石の目の前に、懶《ものう》い八月の午前が展《ひろ》がっていた。

彼は軀がだるく、眩暈がし、頭が針で刺されるように痛かった。彼は、朝から、外出を待っていたが、もう間もなく昼になるというのに、妻は外出する気配がなかった。一日、妻と顔をあわせているのはやりきれなかった。しばらくして彼は、外出の支度をしている娘に、お母さんは今日でかけるのか、ときいた。

「でかけないんだって」

娘は、庭で洗濯物を乾している母親の背中をみて小声で答えると、これからアルバイトのくちをかけてある店に出かけるのだと言った。寺石も出ることにした。

彼はやがて本を三冊ふろしきにくるむと、それをわきにかかえ、台所から外にでた。

娘は百メートルほど前方を歩いていた。寺石は古本屋に行くのに道を左に折れた。白茶けた道に陽が照りかえし、彼は眩暈がし、頭が針で刺されるように痛んだ。

本は二百円で売れた。彼はその金で煙草を買い、残りの金を電車賃にして串田のところにでかけた。

串田は廊下で籐《とう》の寝椅子に横になり、童話の本を読みながらビールを飲んでいた。

「よろしかったら、おやりください」

と串田がビールをすすめてくれた。寺石は棚からコップを持ってきてビールを注いだ。

「串田さん、なにか〈仕事〉はないでしょうか？」

寺石はビールをひとくち飲むと、おそるおそるきいてみた。

「さしあたっての仕事はないんですが。……金貸しを踏み倒す仕事は、もうこの県では出来ません。そのうちに隣の県に移ってまたやるかも判りませんが」

「そうですか。この前の件で、おいやになったとは思いますが、もし〈仕事〉があったら、また私にも手伝わせてもらえませんか」

これは前夜から考えていたことだった。しかし、俺はなぜこんなことをこの男に相談しているのだろう、とふっと考え、やはり串田と自分の関係が判らなくなってきた。

「いいでしょう。仕事が出来たら、お知らせしますよ」

「それから、今日は、もうひとつお願いがあって伺ったのですが……」

「なんでしょうか？」

「お金をすこし借りられないかと思いまして……」

「おいくらですか？」

「出来れば十万ほど。しかし、御無理なようでしたら、五万でもいいんです」

「承知しました」

「子供の学校にいろいろと出費がかさむもので。今度〈仕事〉をしたときにお返しできると思います」

すると串田は寝椅子からおきあがり、部屋の戸棚から札束をひとつ持ってきて寺石の前においた。

寺石は、すぎ去った串田との奇妙な関係を想いかえしながら目の前の札束をみて、苦い気持になった。

彼は札束を視つめているうちに眩暈がし、頭の芯が針で刺されるように痛んできた。それから彼は札束をとりあげ、封印を切り、丹念《たんねん》に数えだした。紙幣は千円札で百枚あった。彼は数え終った金を、本を包んできたふろしきを出してひろげ、丹念にくるんだ。そしてそれをズボンのポケットに押しこんだ。

ひとしきり蟬《せみ》の声がかしましかった。

寺石はビールを注いで飲んだ。赤いヘリコプターが一台、二人の頭上を旋回して去った。寺石はまたビールを飲んだ。そして晴れた夏空を見あげ、庭に視線を戻したとき、一面に白い罌《け》粟《し》の花をみた。おかしいな、罌粟の花は六月に散ってしまったはずなのに、となおも庭を視つめているうちに、白い花は徐々に消え去った。

それから彼はポケットからふろしき包みをひきぬくと、それをテーブルの上にひろげ、札束をとりあげ、もう一度数えはじめた。紙幣を数える彼の目が一瞬生彩を放った。数え終えると彼は首をかしげた。

「どうなさったんですか?」

串田が怪訝《けげん》な目を向けた。

「一枚足らないんです」

「僕は、寺石さんが数えるのを二度とも見ていましたが、百枚ありましたよ。それに、それは銀行からおろしてきたばかりの金です」

すると寺石はまたはじめから数えだした。彼は半分ほど数えてから手をやすめ、ヒマラヤ杉を見あげた。

「あいつのせいだな」

「蝉ですか」

串田が言うと立ちあがり、下駄をつっかけて行き、木をゆすぶった。数匹の蝉が飛び散って行った。

寺石はまた数えなおした。串田は寺石の目を見続けていた。寺石が数え終った。

「百枚ありましたか?」

「今度は一枚多いんです」

「そうですか。きっと、神様が恵んでくれたのでしょう」

串田がわらいながら言った。

寺石は再び紙幣をふろしきに丹念にくるむと、ポケットに入れた。そして彼は串田の目を見て怖気《おじけ》た目になった。

「頭が痛いんです。これで失礼します」

寺石はたちあがると串田を見て最敬礼をした。それから彼は廊下から庭におりたとき、目の前一面に展がっている白い罌粟の花をみた。それはどこまでも続いていた。彼は、俺はいま幸福だと思った。

やがて彼は罌粟畑のなかを歩いて行った。

四

楠木素子《もとこ》は坂道を半分ほど登ったところの木蔭で日傘をたたんだ。そして前方を見あげたら、門から寺石が出てきた。彼は右手をあげ後頭部を叩きながら坂をおりてきた。足が地についていないような歩きかただった。

彼は近づいてくると、

「やあ、奥さん」

と言った。

「お帰りですの？」

「いま、串田さんから、お金を借りたんですが、一枚多いんですよ。これは神様が恵んでくれたらしいのですが、串田さんにはだまっていてくださいよ」

素子は、はじめは、寺石が冗談を言っているのかと思った。

「ときに奥さん、串田さんとはうまく行っているんですか？」

「みられる通りですわ。どうにもなりませんもの」

素子は食料品のつまった買物籠を持ちかえながら答えた。

「この白い罌粟はまったくきれいですよ。奥さんもそのうちに絵が描けるようになりますよ」

寺石は自分の足下をゆびさしながら言った。そして、ではまた、と彼は手をあげると、地に足がついていないような妙な歩きかたで、坂道を降りて行った。

素子は門の前まで歩いてから、変に気になり、うしろをふりかえった。どうしたのかしら？

と考え、それから門をあけた。素子はそこで立ちどまってしばらく考え、あッ！　と小さくさけぶと掌《て》でくちを押え、怖いものを見るような気持でもう一度うしろをふりかえった。寺石は後頭部を叩きながら歩いていた。坂を降りてきた寺石から話しかけられたとき、今日はどこか焦点の定まらない目をしているとは思ったが、彼女はいま、その寺石の目を鮮かに想いかえしていた。

そして素子は、なにかに急《せ》かれるような気持で門を入り、離れに通じる石段を見あげた。そこに串田が立ってこっちを見おろしていた。串田が金融業者を計画的に踏み倒していることは、素子も裁判所の出頭令状が何通か届いたときに知ってはいたが、まさか寺石を狂わせてしまうことまでは、とうてい予想できなかった。

素子は石段をあがると、串田の前に立った。

「あなた、寺石さんのこと気づいた？」

「うん。……来たときからおかしかったよ」

「あなたが狂わせてしまったのよ！」

素子は憎悪をこめて言いきった。

「そうかも知れない」

串田は動じない目で坂道を見おろしていた。

「いまに、わたしも、あなたのために、あんな風になるかも知れないわ！」

しかし串田はもう返事をせず、坂道を見おろしていた。

流鏑馬《やぶさめ》

一

馬を馳《は》せて鏑矢《かぶらや》で的を射る騎射の流鏑馬神事《やぶさめしんじ》は、平安時代にはじまり鎌倉・室町《むろまち》時代にさかんに行われた、と伝えられているが、それが儀式化されて今日にいたり、各地の神社で年中行事のひとつとして残っているのは、どういうわけか、方子《まさこ》は知らない。

方子が二十五歳で輿入《こしい》れしてきた五年前、夫の鬼頭武彦《きとうたけひこ》は、もう馬と弓はやめており、代りに、夫の弟の武二が、鎌倉八幡宮の流鏑馬神事に出場していた。

夫の武彦とは九年のひらきがある二十一歳の武二は、まことに好青年であった。方子が受けた初印象は、凛々《りり》しい、という一語に要約できた。

水干《すいかん》、綾藺笠《あやいがさ》、行縢《むかばき》、弓籠手《ゆごて》の扮装《ふんそう》で白重籐《しらしげどう》の弓を持ち、馬を馳せている武二の姿は、かつて方子の育ってきた世界では見られなかった男の姿だった。彼はそのとし、青竹の串に挟《はさ》んで立てた方板を三的とも射砕き、練達した腕前を見せた。三的とも射当てるのは容易ではない、とかたわらの夫が言った。

「あいつは、いつの間にあんなに上手になったのかな。どうも、親父の血をひいているのは、俺よりもあいつの方が濃い、という感じがするな」

「あなたも、もちろん、三的とも射砕かれたのでしょう?」

方子は夫の横顔を見あげてきいた。

「いや、俺の軀《からだ》はあんなに高級には出来ていない。二的がせいいっぱいだった。最初の的を射て、すぐ背中の箙《えびら》から矢をぬき弓に番《つが》えたときには、とうに二の的の前を通りすぎ、三の的の前に来ているんだな。……弱かったあいつが、よくここまで練習したものだ。これじゃ、俺は考えなければならんな」

「なにをです?」

「いや、こっちのことだ。商売のことだ」

それから二年して、夫の武彦は、柳橋《やなぎばし》の芸者を落籍《ひか》し、女には世田谷《せたがや》の豪徳寺《ごうとくじ》に一戸をかまえて小料理店を出させ、鎌倉の自宅には帰らなくなった。

この間、武二は、流鏑馬の騎手として稀《まれ》にみる腕前をそなえた青年になっていた。弓と乗馬が好きなことから腕前が上達したのは争えなかったが、三十メートル離れている的を馬を馳せながら射抜く手腕は凡手ではなかった。ましてや的との距離が弓二杖とはない流鏑馬の行事に、彼が抜群の手腕を見せたとしても不思議ではなかった。

子供は北風にさらして育てるべきだ、というのが鬼頭家代々の家風で、この点、姑《しゅうとめ》の静はまことに賢夫人であった。子供が泣きごとを並べるのを許さなかった。女中には台所仕事だけをやらせ、庭掃除から湯殿で燃す薪割《まきわ》りはいっさい武二にやらせていた。嫁にやった二人の娘にも、下着類はめいめいに洗わせていたらしかった。

そんなわけで、虎の門《とらのもん》のある建築事務所に勤めている武二は、毎朝、出勤前に、玄関から門までの道と門の外の道路を掃き清めるのを日課としていた。そして、彼には欠かすことの出来ない仕事、厩《うまや》の掃除があった。

彼の唯一の贅沢《ぜいたく》は、他の青年が最新型の乗用車を持っているように、一頭の不具の名馬を持っていることだった。

今年は、流鏑馬神事は九月十六日であった。武二は、すでに様式化してしまったこの神事に疑問は抱いていないらしかった。方子の見たところでは、彼は、儀式と制約の裡《うち》に己《おの》れをおくことで自らの青春にきびしさを与えているらしかった。

「あの子は、人一倍弱い体でした。それが、見ている方ではらはらするくらい、自分の軀に度を超《こ》えた訓練を課してきたのです」

と姑の静はいつか方子に語ったことがある。

方子は、そんな武二をずうっとみてきたが、夫が家を空けだした三年前からは、自分の裡に、ある明確な青年の像を宿したように思う。まさか、と思いながら、しかしその青年の像は動かなかった。これは武二さんではない、理想の青年像だ、と自分に言いきかせたこともあったが、要するにそれは自己弁護にすぎなかった。

武二の馬は、三年前に北海道から買いいれた今年四歳になるサラブレッドの牡《おす》で、購入代金のうち半分を舅《しゅうと》の浩一がだしてやったらしかった。

「おまえが弓と馬をやめないかぎりは、わしは返してもらうつもりはない。ただし、理由なく何《いず》れかをやめたら、日歩三銭の利息をつけて返してもらう」

と浩一が語ったのを、方子はそばできいていた。せっかく子供を北風にさらして育てても、武彦のような遊び人になっては困る、と浩一は考えたのだろう。

武二の馬は鳳凰《ほうおう》という名であった。血統を辿《たど》るとかなりの名門らしかったが、鳳凰は競馬用馬として使うには欠点があった。右の前脚《まえあし》が他の三本に比べて四センチほど短かったのである。その脚だけ蹄鉄《ていてつ》に四センチ厚みを加えればよい、というようなことでは競馬用馬にはならないらしかった。

武二は、この不具の名馬のはなしを、兄の武彦の友人である但馬克之《たじまかつゆき》からきいてきた、と言っていた。七里ヶ浜の乗馬クラブでもそんな話があり、やがて武二は、信じられないほどの廉《やす》い値だから、と父に相談して買い入れた。

やがて武二は、この馬の右前脚に二センチ五ミリの厚みを加えた蹄鉄を打ちつけてもらい、調教にだした。すると鳳凰は間もなく普通の馬と殆《ほとん》ど変りない走りかたを見せた。

方子は、そんな武二をずうっとみてきて、そこに夾雑物《きようざつぶつ》のない一人の青年の像を垣間見たのである。

二

ようやく夏の喧噪《けんそう》が去りかけた八月末の日曜日の午後、方子は、所用で鎌倉山の生家に行った。

方子が生家を出てきたのは三時すぎであった。そして、高砂《たかさご》のバス停留所で、桜並木の木洩《こも》れ陽《び》が散る地面の一点をみつめてバスを待っていたとき、遠くの方から馬の蹄《ひづめ》の音が伝わってきた。蟬時雨《せみしぐれ》に包まれたあたりの静寂さを破るような音であった。

「武二さんかしら……」

方子は顔をあげ、若松方面を見た。やがて蹄の音は夢幻の世界から現世に渡ってくるように、その響きを増し、しばらくして馬の走ってくるのが見えた。

馬上の青年はまぎれもなく武二だった。

武二は方子の前で馬をとめた。方子は馬上の義弟を眩《まぶ》しそうに見あげた。

「今日はこんなところになんですか」

武二は手拭で顔の汗をふきながら語りかけてきた。

「家に用があってきましたの」

「あ、そうか。ここには姉さんの生れた家があったんだな」

そして彼は馬から降りた。

「武二さんがお父さまと矢場にいらしたときに出てきましたの」

矢場は鬼頭家の裏庭に設けてあった。

「兄貴は、昨夜も帰ってこなかったんですか？」

「ええ。……あのひとが帰ってくるのは、月に一度あるかないかでしょう。御存じのくせに」

方子は足もとに目を落した。

「そうでしたね。しかし、どういうつもりなんだろうな、兄貴は」

「昨日、お金を送ってきましたの。当分帰らないつもりなんでしょう」

「奇妙な夫婦もいるものだな」

「武二さん、わたしが馬鹿な女に見えまして？」

方子は顔をあげた。微風が汗くさい男の匂《におい》を運んできた。

「そう見えればいいんですがね。……それより、最近、おやじかおふくろから、なにかきいていませんか？」

「なにもきいていないわ。わたしに関してのことなの？」

「いずれは誰かが姉さんに話さねばならないことですが。……こんな場所で姉さんが卒倒するといけないから、家へ帰ってから話しましょう」

「大丈夫よ。卒倒しませんから、きかせてください。卒倒なら、もう何度もしておりますから、大丈夫よ」

「では話しましょう。……向うのひとに子供がうまれました。この春のことです。もっとも、僕とおやじがそれを知ったのは、夏に入ってからですが」

「そう……」

方子は視線を落した。どこかで予期していたことではあったが、相手の女に子供がうまれた、となると、こっちには無いものが向うには有る、という気がして、すこしばかり惨めな思いがした。しかしその感情が方子の裡《うち》をよぎったのは瞬時のことであった。

「それで、男の子？　女の子？」

方子はすぐ元の自分に還り、義弟にきいた。

「男の子です。こんな事実を教えるのは、僕にしても気のすすまないことですが、悪く思わないでください」

「いいえ、よろしいのよ。早く知った方がよい場合もあるのよ」

方子は、ふうっと肩から力をぬくように溜息《ためいき》をした。

「兄貴が家を空《あ》けだしてから、かれこれ三年になるでしょう。しかし、三年という年月は、ちょっと容易ではないな」

「わたしに同情してくださっているの？」

「そうかも知れません。……姉さんのようなひとを三年間も独りにしておく男の心が判らない、と言った方がいいかも知れません」

「武二さん、それ、なんのこと？」

「バスが来ました。夕飯にうまいのをつくっておいてください」

武二は馬にまたがると、拍車をかけた。

方子は、やがて到着したバスに乗った。

他の女のもとにいる夫を想う日は、かなり前から消えていた。夫がいつ還ってくるか、と心待ちしていた夜々も、いつのまにかうすらいでいた。ここ半歳あまりは、日々を耐えることで毎日が過ぎて行ったように思う。調和のとれた舅や義弟に反して夫はまるで八方破れの性格であった。舅のように冷徹な商人の目をそなえていないことが、夫を今日の立場に追いこんだのかも知れない、と思うことがあった。夫はいまでも鬼頭商店には週に三度ほど午後から顔をだしていらしかった。呉服問屋鬼頭商店は、日本橋堀留《ほりどめ》で四代続いた店であった。夫はそこで副社長の地位をあたえられており、そこから貰う月給が、毎月、方子のもとに送られてきているわけであった。豪徳寺の家は、小料理屋とはいえ、女を三人もつかい、夫はそこで唐桟《とうざん》の着物などを着こみ、昼間から酒をのんでいるらしかった。馬鹿めが！　と舅は言っていたが、いずれは帰ってきますよ、と静は方子をなぐさめてくれた。二年前のことである。しかし、子供が出来た、となると、夫がそう簡単に帰ってくるとも思えなかった。

方子は、豪徳寺の家には行ったことがない。もちろん相手の女がどんな女なのかも知らなかった。

義弟から子供のことをきいてしまったいまの方子の裡では、なにかが死にかけ、一方ではなにかが芽ばえかけていた。わたしのような女を三年間も独りにしておく男の心が判らない、とあの方はおっしゃった。方子は、きびしい制約のなかに自分をおいている武二をみてきただけに、彼の言葉に嘘いつわりはないだろう、と思った。時間が経ってみると、義弟の言葉は、方子の胸をしめつけてくる響きを残していた。でも、そんなことが出来るわけがない……。方子は、自分が困難な立場に追いこまれたのを知った。

三

それから数日すぎた日の夜、方子が、茶を持って二階の義弟の部屋にあがろうとしたら、二階から、舅の浩一が怒鳴っているような声がした。方子が階段の下で話をきいていると、舅は、豪徳寺に行ってわしの意向を正確に伝え、返事をもらってこい、と言った。

「父さんから直接兄さんに言うわけにはいかんのですか。兄さんは店に来ているでしょうが」

「あいつはいつもわしを避けおる。今度の土曜日の午後、行ってくれないか」

「あまり嬉しくない使いですが、行ってきましょう」

「小田急の豪徳寺駅を降りて直ぐのところだ。店の名は〈弥生《やよい》の里〉という。馬鹿め、少女趣味みたいな名をつけおって。もっとも、身請けした女の名が弥生とか言っていたな。男が見れば、誰でもきれいだと思う女だ。おまえは、そんなものには目をくれず、あいつから返事をもらってこい。そうだ、方子を連れて行ったらどうだろう」

「姉さんをですか？」

「このさい、ひと騒動あった方がよい」

「姉さんは行きませんよ。あれだけ矜《ほこ》りのたかい人が、そんなことをするものですか」

「そうか。……わしはまた方子を別な風に考えていたが、なるほど、そうだったのか」

方子はここまで話をきき、茶の間に引きかえした。

しばらくして浩一が降りてくる気配がした、と思ったら、やがて廊下伝いに離れに去って行った。方子はちょっと間をおいて二階にあがった。

「さっき、下できいていました。途中からだから全部の内容が判らなかったけど、お舅《とう》さん、あなたになにを頼みましたの?」

方子は武二の前に茶をおきながらきいた。

「店をやめるか、ここに戻ってくるか、の返事をもらってこい、とのことでした」

武二はなにか浮かない顔をしていた。

「きっと、あの人、お店をやめると思うわ」

「どうしてそう思いますか。親父は、もし兄貴がここに戻らなかったら、鬼頭商店は関口豊四郎に継がすと言っていました。従業員を五百人も抱えた店を、親父としても、本当は、婿になど渡したくないはずです。兄貴は帰ってきますよ」

「いいえ、わたし、そうは思いません。あの人、金や地位を欲しがるのは勘定の支払いを心配する人間だけだ、とわたしに言ったことがあります。あの人、なにか頭に立って人を引っぱっていくのが、めんどうくさいと思っているのです。それに、生活なら、豪徳寺のお店だけで充分やって行けるでしょう」

「姉さんはそれで安心しているんですか?」

「わたし、そうなったら、この家をでるつもりでおります」

「別れる、とおっしゃるんですね」

「ええ。わたし、鎌倉山にかえります。……武二さん、そうなったら、あなた、馬でいらっしゃるとき、ときには、わたしの家に寄ってくださるかしら……」

「姉さん、僕は、兄さんが姉さんのもとに帰ってくるのを望んでいます。……むかし、兄が家を空けだした頃、僕はよく、自分のなかに宿ったある感情に対して、自問自答したものでした。姉さんは、いつも、僕の手の届く場所にいました。僕にとり、夢想と現実は、いつも紙一重でした。兄貴はもう別の女のところに棲《す》みついてしまった、と考えながらも、しかしこの人は兄の妻である、そんな社会的な制約が、今日まで僕を瀬踏みさせていたのです。正直のところ、兄がもうここには戻らない、と知ったときには、僕は内心よろこびもしました。……でも、いまは、やはり、兄貴が姉さんのもとに戻る方を希望しています」

「どうしてあの人がわたしのもとに戻るのを望んでいらっしゃるの? それをおきかせください」

「姉さんのように、矜りがたかく、耐えることを知っている女、当世では、こんな女はめったにいないものです。はじめの頃、僕は、姉さんには嫉妬の感情がないのか、とさえ思いました。しかし、あの豊かな表情の裏にそんなものがひとつも無い、などとは、とうてい考えられなかったのです。すべては奥深くに秘められていたのです。そんな女を、いくら兄貴が放蕩《ほうとう》無頼におちいっているとはいえ、忘れるはずがありません」

「武二さん、判りました。わたし、本当は、とても嫉妬深い女なのです。……でも、もし、わたしが山に戻るようになったら、そのとき、あなた、わたしを訪ねてくださる？」

「そのときは訪ねます。誰にも遠慮は要らないはずです」

「それから、わたし、あなたより、四つとしが多いのよ」

「僕より、としが多いことは、姉さんがこの家に来た日から変らないのです」

「そう。うれしいわ……」

方子は、男から、このようにやさしい感情を抱かれたのは、久しくなかった気がした。いや、男からこうした語りかけを受けたのははじめてであった。夫とは見合結婚であった。娘の頃、淡い雲にも似た恋愛経験がなかったわけではない。しかし、このような明確なかたちで男から語りかけられたのは、今日がはじめてであった。

四

つぎの日曜日の朝、方子がおきたとき、裏の矢場では矢を射る弦の音がしていた。方子は蒲《ふ》団《とん》をたたみ、顔を洗うと、矢場にでてみた。

朝の弱い陽光が周りの樹木の葉叢《はむら》で砕け散り、地面は湿っていた。方子が矢場にでたとき、武二は、左手に弓束を握り、矢筈《やはず》を弓弦にかけて番《つが》えたところだった。彼はそれをきまった動作で引きしぼった。方子は、この動作を何度も見てきたが、もっとも静かでもっとも緊張した瞬間であった。弦音がした。彼の放った矢が、鏑《かぶら》をぬける風の響きをのこして九月の朝の光のなかを貫いて行き、的にあたった。

方子は、かつて武二からきいたことがある。矢を番えてひきしぼり的をねらう一瞬は、ちょうど水盤に水をいっぱい湛《たた》えて持ち歩いている状態に似ている、と言ったことを。

鬼頭家に古くから伝わっている品のなかに、重籐《しげどう》の弓がひとふりあった。その弓は、武二が十六歳になるまで使いこなせなかったそうであった。

「半分しかひきしぼれなかったのです。ちからがあるだけでは弓はひきしぼれないのです。僕は、その十六歳のある朝のことを忘れることが出来ません。五月の朝でした。まだ陽が昇る前の湿った庭土を踏んで立ち、その弓に矢を番えてひきしぼったとき、一直線上に的が見えたのです。脱けだせた、と思うと同時に矢を放ちました。矢は爽やかな音をのこして的に命中しました。それまでは、弓が腕のなかで静止せず、矢はいつも的をはずれていました。本当にうれしかったですね、その朝は」

方子はいまも目の前に武二のそんな純一無雑な姿勢を見ている。等間隔の規則正しい音を耳にする。矢を射放つときの弦の鳴る短音、矢が風を切って走るときの長音、矢が的にあたるときの短音である。二つの短音が一つの長音をはさんで陽の光のなかで繰りかえされる。それは、単純そのものの音であった。

このとき、武二に見えるのは的だけであろう。なにも考えず、なにも感じず、間をおいて規則正しく矢を番えて射放つ。多くの仲間が学生運動に熱中していたとき、彼はひたすら矢を射てきた。大弓を使いだしたのが十五歳の春であった。的まで十五尺の距離から射はじめ、一カ月に五尺ずつ距離を延ばして行った。四十尺の距離までになるのに八カ月かかったが、そこから六十尺の距離になるには一年半かかった。そして、メートル法になおして五十メートルの距離になるまでには、二十五歳の夏までの時を費やさねばならなかった。彼は、ただ矢を的に射当てるのではなく、矢はいつも的の中心を射当てねばならなかった。腕や足にかすり傷を負わすのではなく、目や心臓を射通さねばならなかった。

「僕がこのようになったのは、先祖が弓矢とる身であった事実とはかかわりないのです。これは自ら求めた行為でした。弓を習いはじめた、当時十二歳だった少年の僕に、祖父が最初に課した訓練は、すこし風変りなものでした。それは、弓に矢を番えてひきしぼった状態で的をみつめることでした。この状態で五分立っています。さらに十分立っています。この訓練をかさねた結果、弓矢が腕のなかで静止し、全身のなかで静止し、的が一直線上に見えはじめました。そのときはじめて、自然に矢が弦からはなれ、的の中心を射当てたのでした」

方子は、この話をきいたとき、かつてなかった爽やかさを感じた。いま方子の目の前に展《ひろ》がっている矢場の光景も、それと同じであった。

武二が、足もとに立ててある箙《えびら》から最後の矢を取りあげたとき、舅の浩一がこっちに歩いてきた。

「お早ようございます」

と方子は頭をさげた。

「早いじゃないか。もう朝飯か？」

「いいえ、わたし、いまおきたばかりでございます。いつにない早いお稽古《けいこ》なので、見物にまいりました」

「見物か。今朝の味噌汁は、若八丁に仙台味噌をすこし入れてくれ」

「はい、かしこまりました」

方子は、浩一に一礼すると、弓をひきしぼっている武二の水干《すいかん》と指貫姿《さしぬきすがた》をちらと見て、それから家に引きかえした。

方子は、女中に、湯殿の窯《かま》に火をつけるよう命じると、台所に入った。台所の窓からみると、姑の静が庭の花を見て歩いていた。これで夫が家にいてくれたら、この朝の一刻は、申分のない幸福な時間であるはずだった。いまは別の幸福感があったが、それは、どこか針でさされるような痛みをともなっていた。

しばらくして、浩一が廊下から上がってきて湯殿に入って行った。稽古を終えたのだろう。

方子は、勝手口から裏庭にでると、厩《うまや》で秣《まぐさ》を刻んでいる武二に、昨日は豪徳寺にいらしたの？　ときいた。それから、畑の前にしゃがんで朝食の膳にのせるサラダ菜を二株ぬきとった。

「ええ、行きました。しかし、兄貴には会えませんでした。向うの人が病気で入院し、兄貴は病院に行っていたらしいのです」

「子供さんの顔をごらんになった？」

「いや、見ません。僕は、昨日、おそくまで仕事があったので、使用人に、兄貴が戻ったら事務所に電話をくれるように頼んで、そこを出たのですが、夕方、兄貴から電話がありました。兄貴は、今日の午後、ここに来る、と言っていました」

「そう。……わたし、昨夜、あなたが帰っていらしたのを知らなかったわ」

「終電車だったのです」

「いやなお使いだったでしょう」

「まあ、いいでしょう、そんな話は。……僕は、この家のためにも、兄と姉さんが元通りになるのを望んでおります」

「なにか、わたし、両天秤《りょうてんびん》をかけているように思えるわ。もし、あなたのおっしゃるように、あの人がここに戻ってきたとしても、一度死んでしまったわたしの生活は、もう戻らないと思います」

「両天秤だなんて、僕はそんな風には考えたこともありません」

「これでは、わたし、自分の意志というのが持てないじゃありませんか」

「それは判ります。でも、兄がここに戻っても、姉さんにたいしての僕の感情は変りません。姉さんも古風でしょうが、僕も古風な青年かも判りません。手前勝手な人間ばかりがふえてしまったいまの世に、僕達のような人間がいてもいいとは思いませんか。おふくろがこっちに歩いてきましたよ。深刻な顔をなさらないでください」

武二の言葉に、方子はサラダ菜を持つと立ちあがった。

「午後は家にいらっしゃるの？」

方子は勝手口に帰りかけて足をとめると武二に訊《き》いた。

「いや、でかけます。めしをすましたら一鞭《むち》あてててきて、午後からは、流鏑馬の打ちあわせがあるので、八幡宮に行きます」

方子を見る武二の目には濁りがなかった。

夫の武彦が一カ月半ぶりに戻ってきたのは、正午をすこしまわった頃だった。

方子が茶の間で新聞を読んでいたとき、親父は？　とふとい声とともに大きな姿が目の前に現われた。武彦は無造作にあぐらをかいて方子の向いがわに坐った。

「お二人とも、離れにいらっしゃいます」

方子は新聞をたたみながら目を伏せて答えると、武二が家を留守にしたのは賢明な処置だった、と思った。どんな夫であるにせよ、夫のいない家で、義弟と心を通いあわせていた事実は、げんに夫を目の前にしてみると、やはり後ろめたかった。予期しなかったことであった。

「お子さんがおうまれになったとか、ききましたが……」

「皮肉か？」

「いいえ。わたしに子供が出来ないだけに、どんな子かと思いまして……」

「五月《さつき》という名だ。知られた以上は、名前ぐらいは教えてやらねばなるまい。おまえは、妙な親切心をおこしてくれた、と思うかも知れないが」

「五月？　だって、男の子でしょう！」

「男の子に勇壮な名をつけるのは、日本古来の不幸な習慣だよ。まったくの話、俺も、あんな箍《たが》のゆるんだ親父をもったおかげで、すくなからず時間を損して来た。文学をやりたいという息子を、無理矢理に経済学部へなど押しこめやがってな。あの子はきちんと箍にはめて育てるつもりだ。ところで、おまえ、話はきいているのか？」

「ええ……すこしはきいております」

「それなら話しいいというものだ。親父には、この家は継がない、と後で一言伝えておく。それで話はおしまいだ。おまえもそれで判ったと思うが」

「では、誰がお店を継ぐんですか？」

「武二に継がせる。京子の奴、亭主の関口を店の社長にしようと暗躍しているらしいが、俺の目のくろいうちは、そうはさせん。武二は、あいつはいい奴だ。ああいうのを正統派と言うんだろうが」

「でも、武二さんのような学者肌のひとに、商才があるのかしら……」

「商才？　それはまわりが教えてくれるものだ。関口のような木偶《でく》の坊がいるかぎり、鬼頭商店はやって行けるよ。俺は店を継がないと言っても、店をやめるつもりはない」

「判りました。……あなたは、もう、ここへはお帰りにならないおつもりなんですね」

「そういうことだ。おまえのような女は、そうざらにはいないだろう。それは認めよう。きれいな女だとも思う。おまえに比べたら、俺がいま向うでいっしょに暮している女は、喩《たと》えでいえば、おまえを芍薬《しやくやく》だとしたら、向うは菫《すみれ》というところだな。無知で善良なだけが取柄という女だ、こんな話をしたからといって、悪く思うなよ。要するに、俺は、おまえのような完全無欠な女が性に合わないんだ。おまえは、俺のおふくろより完全な女に生まれついている。不確実こそ魅力というもので、俺は結婚してしまってから、しまった、と思ったものだ。家を空けだしてからこれで三年になる。この春、五月がうまれたときには、おまえのことを考え、さすがに心が痛んだよ。亭主がよりつかないというのに、ああしてひっそり暮している、いったい、どうするつもりなんだろう、とね」

「それでは、まるで、他人事をおっしゃっているようですわ」

「そうそう。しかし心は痛んだ。再婚先を世話してやろうか、と考えたこともあった」

「もう、結構ですわ。どうぞ、離れにいらしてください」

「失礼したな」

武彦はあっさりたちあがると、部屋を出て行った。

方子は、庭の樹木にきらめいている陽ざしをみつめ、廊下を離れに向って歩き去る夫の足音をきいた。もうあの足音は再びこちらには向ってこない、と思うと、やはり感慨はあった。夫婦生活は二年足らずであった。なにか、こちらを未熟のままにしておき、他の女のもとに去った男であった。たがいをたしかめ合う間もない二年間であった。

しばらくして部屋のブザーが鳴った。ブザーの音をききつけて女中が出てきた。

「いいわ。わたしが行くわ」

方子はその若い女中をさがらせると、離れに行った。

「武彦はいま出て行きました」

静が言った。

「さようですか」

方子は膝《ひざ》もとをみつめ、武二のことを想った。

「わしらのちからでは、どうにもならなかった。この家では、代々、出来そこないが一人は出ている勘定になるが、あいつは、もっとも出来のよくない奴だった」

「あなた、いまさら、そんなことを方子さんに話しても仕方ありませんわ。……出来るだけのことはしてあげるつもりですが、山の御両親になんとお詫びしてよいやら……」

「よろしいんです。……しばらく、独りで考えてみます。それから、山へ帰るなりいたします」

方子は、ふっと涙ぐんだ。鬼頭家に輿入れしてきて初めて見せる涙だった。

この日の夕食時を、鬼頭家の人々は沈んだまま迎えたが、方子は常の動作でふるまった。

方子は、昼間、離れで涙をこぼしたのを、いまでは悔んでいた。その時の方子の裡に、男に捨てられた女とか身の不運を嘆く気持があったわけではない。心に一人の青年の像が宿っていたとはいえ、これでなにもかもが終ってしまった、とふっと虚《うつ》ろになった一刻であった。もしかしたら、あれは故《ゆえ》のない涙だったかも知れない、といま方子は思っている。

食後、浩一老夫妻は離れにひきあげて行き、間もなく武二が離れに出かけた。鬼頭商店の後継ぎのことで相談があったのだろう。

離れに行った武二はなかなか戻ってこなかった。

方子は、茶の間で九時すぎまでテレビを観《み》ていた。それから間もなく、女中が湯殿からあがり、自室にひきあげた。柱時計が十時をうったが、武二は戻らなかった。

五

方子は、女中の部屋であかりが消えてからしばらくして、二階にあがった。

二階は三間あり、方子は、武二が書斎にしている部屋にそうっと入った。建築雑誌や家の模型が並べてあるその部屋は、黴《かび》くさい匂が充ちていた。襖《ふすま》をあけ放してある隣の部屋には、さっき女中がのべた蒲団が鈍く光っていた。方子は机の前の椅子にかけ、目の前の建築雑誌の表紙を眺めた。

しばらくして、階下の廊下に足音がし、やがて足音は二階にあがってきた。

「ここにいらしたんですか」

武二は方子のそばに来ると、別の椅子を引きよせて腰をおろした。

「話はみんなききました」

武二は煙草をつけると言った。

「わたし、九月いっぱいで、山に帰ろうと思っています」

「仕方ないでしょう」

「武二さんは、喜んでくださらないの?」

「喜ぶとか哀しむとかいうより、なにか、複雑な気持ですね。姉さんはどうなんですか?」

「同じだと思います。でも、わたし、疲れました。なにか空虚なんです。山へ戻ったら、もとに戻れるかも判りません。わたしは、三年間、死んだも同然の生活をしてきましたから、もとへ戻るのには、すこし時間がかかると思います。……でも、あなたが訪ねてくださるなら、もっと早く元気になれると思います」

「なるべく早く訪問することにします」

「それで、お店のこと、どうなりましたの？」

「いままで、そのことで話しあったのですが、僕が店をつぎ、僕が一人前に仕事をおぼえるまで、兄貴が補佐する、まあ、そんなところで話がおちつきました。ただし、鬼頭商店のビルの一室に、僕の建築事務所を設ける条件つきです。建築をやめるわけには行きませんからね」

方子は、武二のはなしをききながら、そのときわたしはどうなるのだろうか、と思った。武二がこの家を継ぐとなれば、わたしは再度この家に入ってこなければならない。果してそんなことが出来るだろうか。

「兄貴とは、どんな風に話しあったのですか？　おやじもおふくろも、兄貴と姉さんがどんな話をしあったのかは知っていないようですが……」

「話しあいもなにもありません。あのひと、独りできめてしまうと、さっさと帰ってしまったのです。三年も待っていた女が、いまさらなにをどう言えばよいのか、わたしには方法がなかったわ」

方子は、視線を落した。机のスタンドのうすあかりに、着ている藍《あい》の単衣《ひとえ》が部屋に溶けこむような感じがしてきた。虚ろになった心のなかで、揺れているものがあった。方子は、その揺れているなにかをみつめていたのである。

「武二さん」

方子は顔をあげて相手をよぶと、静かに立ちあがった。そして隣室に入ると、襖を閉め、蒲団の足もとで帯を解いた。

六

方子が、ひっそりと身じまいして二階から降りてきたのは、暁方《あけがた》ちかかった。

自室に戻り、自分の蒲団に軀を横たえたとき、一人の無垢《むく》な青年に自分のすべてを与えきった、というよろこびが、改めて胸をよぎって行った。

方子は、夫との初夜をはっきり記憶にとどめている。そのときは判らなかったが、いま一人の無垢な青年に自分の軀をあたえてはじめて、夫がそれまでどれだけ女の軀に馴染んでいたかを知った。軀のなかから噴《ふ》きあげてくるこの歓びはなんだろう。方子は、もう季節おくれの夏蒲団をかけると、かつてなかった安堵《あんど》をおぼえ、やがて睡りにさそいこまれて行った。

ひんやりする暁方の床のなかで、方子は夢をみた。武二が、自分の乳房に顔を埋めている夢であった。

そしてあくる夜から、方子の新しい規則的な生活がはじまった。夜の十一時に二階にあがり、暁方の四時に自室に戻る生活がはじまったのである。想いかえしてみても、夫との生活で、これだけの歓びはなかったように思う。未熟のまま固まりかけた軀が、機を得て一度に花開いた、自分でもそんな感じがした。そんな夜が五日続いた。方子は昼間は常のように動いた。彼女は、常と変らない昼間の自分の行動に安堵していた。九月十六日の流鏑馬を見て、それから山の生家に戻り、武二の訪れを待つ、そんな希望がうまれていた。二人のあいだには渝《かわ》らぬものが通いあっている、方子はそう信じていた。

六日目の昼すぎ、方子は街に使いにでた。夜の惣菜《そうざい》の材料を買いととのえて帰宅したら、静が、ちょっと方子さん、と呼んだ。静は離れに歩いて行った。方子が従《つ》いて行くと、静は、お入りなさい、と庭の方に目をやりながら言った。

「おかしなことになりました。怒らないできいてください。でも喜んでよいことです」

しばらくして静が言った。

方子は、まさか武二とのあいだが知れたわけでもあるまい、しかし、なんだろう、とすこしばかり不安をおぼえ、姑のつぎの言葉を待った。

「武彦が帰ってくると言ってきたのです」

「あの人が……」

方子は意味がのみこめないままに、絶句した。

「豪徳寺の女が亡くなったのです。病名は、なにかむずかしい名前でした。葬式をすませたら、子供をつれて帰ってくるとのことです。あなたが使いに出てしばらくして電話がありました。わたし、そのとき、武彦に約束をとりつけさせました。ここで、一生、方子さんと生活する、という約束をさせました。もちろんお父さんも承知しました。武彦は最初、会社のお父さんの方に詫びを入れたのです。方子さん、あなたには子供が出来ない。不承知でしょうが、自分の子だと思い、二人を温かく迎えてやってくれませんか。あの子、電話でいきなり、まだ方子は実家に帰っていないでしょうね、と訊《き》いてきたのです。豪徳寺は、一時の迷いだった、とわたしは見ております。でも、まあ、あなたが此処にいてくれてよかった。わたしも、これで安心しましたよ、方子さん」

静は言い終ると手で胸を撫でおろした。

このとき、方子は、それまで心の裡で燃えていた晩夏の陽の光が、にわかに色褪《いろあ》せて行くのを、虚ろな気持でみていた。姑はなにも知らないのだ、わたしが喜んでいると思っている。方子はけんめいに堪えていた。

「どんな女か……亡くなってみると、豪徳寺の人もかわいそうだし、その人が生んだ子でも、武彦の子にはちがいないのですから、あなたも、そう急には出来ないでしょうが、気持を切りかえて行ってください」

静がこう言ったとき、方子は、自分の死を垣間みた気がした。戻ってくると言う夫がいやなのではなく、他の女がうんだ子供がいやなのでもなかった。たった五日間で女のいのちが終った、そんなおもいが心を領してきたのである。

「それで、あのひと、いつこちらに？」

「十七日か十八日に、と言っていました。向うのお店は売りにだすそうです」

方子は、しばらくして、はい、判りました、と言うとたちあがった。このままここにいたら、倒れてしまう気がした。

自室に入ると、鏡に顔を映してみた。すっかり血の気を失った顔に、目ばかりが妖《あや》しい光を湛《たた》えていた。勝手すぎる夫だとはいまさら思わなかった。はじめから八方破れで身勝手な男であった。

庭では陽が翳《かげ》り、翳が遠くまでひろがって行った。十六日が流鏑馬神事の行われる日だから、夫はそのあくる日あたりに帰ってくるわけだった。流鏑馬まであと二日しかなかった。

七

その日の夜、武二は、流鏑馬神事に出場するのは今年かぎりだ、と言った。

「今年かぎりだなんて、なにか、あなたとわたしのあいだを象徴しているみたいね」

「でも、それでいいじゃありませんか。兄貴がここに帰ってくる話は、これで打ちきりましょう。かわりに、弓の話をきいてくださいませんか」

「あなたの話なら、なんでもききます。わたし、よろこんできけると思います」

「僕はよく少年時代を想いかえします。弓に矢を番《つが》えてひきしぼり、ちからが尽きるまでその状態でいる、この話は以前話したことがありますが、この風変りな訓練を僕に課したお祖父さんは、これを続けろ、と言っただけで、強制はしませんでした。いまから想うと、己れに克《か》つ、ということをお祖父さんは僕に教えたかったわけでした。これは僕にとって古い道徳ではなかったのです。腕が腫《は》れあがり物が持てなくなるまで僕はこの風変りな訓練を続け、腕が直るとまた続けました。僕は、自分をこのように育ててくれたお祖父さんを、いまでも有難いと思っております。弓で人を射ることのない現代では、これはもはや武術ではなく、単なるスポーツの一種目にすぎませんが、僕は弓を自分にとって儀式だと考えてきました。スポーツには感傷とたのしみが伴っていますが、儀式には制約ときびしさだけがありました。弓で矢を射る、これは静寂な世界でした。僕はそこに自分の掟《おきて》のようなものを発見していました。五十メートルの距離から強弓で的を射当てた二十五歳の夏、僕は、きびしい掟のなかに、僕自身の自由をみたいと思いました。このときはじめて、儀礼化された流鏑馬神事が、単なる儀式とは思えなくなってきたのです。時代錯誤的な扮装《ふんそう》や神事は問題ではありませんでした。このとき、僕のなかでは、僕自身の流鏑馬が生れていたのです」

「掟のなかに自由をみた、という話は面白いわ」

「流鏑馬にでるのは今年かぎりですが、弓はやめないつもりです」

二人は、座卓をあいだにはさんで向いあっていた。方子の裡では、ほんとに、このひととのあいだは、これでおしまいだろうか、という思いが噴きあがっていた。

「明後日の流鏑馬には、家につたわっている重籐《しげどう》の弓を使う予定でいます。この弓で射る矢は、雁股鏃《かりまたやじり》でも、的の方板を射砕き、矢のそれるのを防ぐため方板の後ろに立てかけてある畳を射ぬきます」

「それで、来年からあなたの代りに出る人はきまっておりますの？」

「土佐君です」

「あのかたなら、あなたの代り、というか、後を継ぐ人にお似合いの人よ」

「いい奴です」

二人は、こんな話をしながらも、暗黙のうちに苦痛をわかちあっていた。

八

九月十六日はよく晴れた日であった。

装束は前日に取りだしてあった。そして水干は、数日前に静と方子が洗張りして縫いなおしてあった。地は、かたねりの精好《せいごう》で、方子は、その緻密、精美な織りを懐かしいと思った。表にいそがしい現代があればあるほど、方子は、裏で、この織物のような時代おくれの世界で生きてきたと思う。

「むかしは流鏑馬には水干を着用した、という話ですが、鎧直垂《よろいひたたれ》になったのはいつ頃のことでしょうね」

静が水干を持ち、武二の前に差しだしながら訊いた。

「僕はそんな故実をさぐる興味はありませんが」

武二は水干を受けとりながら答えた。

「この子は、この水干が好きで、みなさん鎧直垂を着るのに、とくにおねがいして水干を使っているのですよ」

静は方子を見て言った。

馬の装具は浩一がつけてくれた。昔にくらべれば装具は簡単になったと言われていたが、それでも唐鞍《からくら》にまたがって馬を馳《は》せるには熟練を必要とした。

武二は水干を着ると夏鹿毛《なつかげ》の行縢《むかばき》をつけた。そして革足袋《かわたび》をはき、左腕の臂《ひじ》には弓籠手《ゆごて》、手には韘《ゆがけ》をつけた。それから揉烏帽子《もみえぼし》をかぶると玄関にでた。玄関で烏帽子の上から綾藺笠《あやいがさ》をかぶって紐《ひも》を結ぶ。物射沓《ものいぐつ》をはく。そして最後に、征矢《そや》五本鏑矢《かぶらや》六本を盛った逆頬箙《さかつらえびら》を背に負うと、太刀を佩《は》き腰刀を差し、重籐の弓をにぎって鳳凰《ほうおう》にまたがった。

この儀礼化されたあげ装束に、方子は、輿入れしてきた年いらいみてきた武二の姿の集約をみたと思った。このとき、方子の裡では、弓を通して彼自身の流鏑馬を発見したという武二の言葉が、まぎれもない的確さで照応してきたのである。夫が帰ってくる、と静からきかされた日いらい、方子のなかでは、武二の掟と同じようなものが芽ばえていた。そして、たった五日間で女のいのちは終った、と自分の死を垣間みたとき、方子はその五日間に移ろわぬものを感じた。

「あとからいらっしゃいますか?」

武二は馬上からきいた。

「ええ、すぐまいります。通りはたくさんの人出でしょうから、馬に気をつけてくださいよ」

静が答えた。

方子は門を開いた。

「あとからおいでになるでしょう」

「いいえ、わたしは、今日は、留守番をしてお待ちしております」

「どうしてですか？」

「武二さん、なにも考えずに的を射ていらっしゃい。あなたが、いつまでも弓をやめないよう、心から願っておりますわ」

「それは、どういう意味ですか」

「わたしの願いです」

「弓だけに没頭しろとおっしゃっているのですか？」

「そうですわ。飛行機がとび、自動車が走っているいまの世のなかで、ひたすら弓を習ってきたあなたの動じない姿だけが美しかったのです。いまの時代に、ほかにこれだけの美しい世界があるでしょうか。わたしは、この家に来ていらいずうっと、あなたのそんな姿をみつめてきたのです。行っていらっしゃい」

武二は、腑《ふ》に落ちない、といった表情をみせ、やがて門を出て行った。

真昼のひっそりした住宅街に、馬の蹄《ひづめ》の音だけが高く響き、やがてそれは遠くなって行った。

しばらくして方子は、流鏑馬を観に行く浩一夫妻と女中を送りだした。

「武彦は、今日帰ってくるかもわかりません。そのときわたしがいないと困りますから」

方子はこんな理由をつけて留守番をする、と申しでたのであった。

一同が出た後、方子は門を閉め、座敷に戻ると、庭をみて坐った。庭いちめんに九月の陽が照り、秋を告げる花が周りを彩っていた。武二との短時日の睦《むつ》みあいは、なにかに比べられない豊饒《ほうじよう》さで残っていた。

方子は、ふところから懐紙に包んだ剃刀《かみそり》をとりだし、目の前においた。

大事にしてくれた舅夫妻の事後の迷惑や、鎌倉山の老父母の嘆きを考えると、心が痛んだが、時世の移り変りの外側で生きてきた方子には、こうするよりほか自分を生かせなかった。夫への復讐《ふくしゆう》と武二への貞節が、自分の死によって同時に果されるわけであった。

方子は、右手に剃刀を持ちあげると、まず左手首の動脈を深く切った。一瞬、夥《おびただ》しい血が噴きだし、膝もとの畳を染めていった。それから左手に剃刀を持ちかえると、右手首の動脈を切った。そして剃刀をわきにおくと、庭の陽の光をみつめた。

時間は急速に過ぎて行くように思われた。やがて陽の光がうすれて行き、気の遠くなるような苦痛がきた。しばらくして、軀が前にくず折れて行き、闇がきた。このとき方子は、遠くから蹄の音がこちらに向ってくるのをきいた。やがて蹄の音は近くなり、矢を射放つ弦の鳴る短い音がした。そして、風を切って走る矢の長音、矢が的にあたる短い音がした。二つの短音が一つの長音をはさんで陽の光のなかで繰りかえされるこの単純そのものの音は、方子の裡で限りない豊饒さで鳴り響いた。

しばらくして全く闇がきた。

（お断り）

本書は1971年新潮社より発刊された文庫を底本としております。
あきらかに間違いと思われるものについては訂正いたしましたが、
基本的には底本にしたがっております。
また、底本にある人種・身分・職業・身体等に関する表現で、現在からみれば、
不当、不適切と思われる箇所がありますが、著者に差別的意図のないこと、
時代背景と作品価値とを鑑み、著者が故人でもあるため、原文のままにしております。

剣ヶ崎・白い罌粟

2015年5月25日　初版第1刷発行
2024年2月7日　第7刷発行

著者　立原正秋
発行人　五十嵐佳世
発行所　株式会社　小学館
〒101-8001
東京都千代田区一ッ橋2-3-1
電話　編集　03-3230-9355
販売　03-5281-3555
印刷所　大日本印刷株式会社
製本所　大日本印刷株式会社
装丁　おおうちおさむ（ナノナノグラフィックス）

ISBN978-4-09-352207-6

P+D BOOKS